初岸 Chu an

与美同栖

·沈从文文集·

怯步集

沈从文 ◎著

民主与建设出版社

·北京·

©民主与建设出版社，2018

图书在版编目（CIP）数据

怯步集 / 沈从文著 . ——北京：民主与建设出版
社，2018.3
（沈从文文集；10）
IBSN 973-7-5139-2043-8

Ⅰ.①怯…　Ⅱ.①沈…　Ⅲ.①散文集—中国—现代
Ⅳ.①I266

中国版本图书馆 CIP 数据核字（2018）第 050048 号

怯步集
QIE BU JI

出 版 人	李声笑
著　　者	沈从文
责任编辑	刘树民
封面设计	白砚川
出版发行	民主与建设出版社有限责任公司
电　　话	（010）59417747　59419778
社　　址	北京市海淀区西三环中路 10 号望海楼 E 座 7 层
邮　　编	100142
印　　刷	三河市天润建兴印务有限公司
版　　次	2018 年 6 月第 1 版
印　　次	2018 年 6 月第 1 次印刷
开　　本	880mm×1230mm　1/32
印　　张	10 印张
字　　数	267 千字
书　　号	ISBN 978-7-5139-2043-8
定　　价	40.00 元

注：如有印、装质量问题，请与出版社联系。

目录
contents

怯步集

003_　一封未曾付邮的信

007_　流　光

011_　市　集

018_　狂人书简

022_　怯步者笔记

024_　西山的月

029_　Láomei, zuohen !

036_　游二闸

043_　海上通讯

047_　街

051_　三年前的十一月二十二日

058_　时　间

061_　沉　默

非梦集

069_ 昆明冬景

075_ 记蔡威廉女士

080_ 云南看云

086_ 绿 魇

108_ 黑 魇

118_ 白 魇

125_ 北平的印象和感想

132_ 怀昆明

137_ 一个传奇的本事

162_ 芷江县的熊公馆

水云集

173_ 致唯刚先生

176_ 水 云

209_ 从现实学习

231_ 二十年代的中国新文学

239_ 从新文学转到历史文物

新晴集

251_ 井冈诗草

259_ 匡庐诗草

261_ 郁林诗草

264_ 喜新晴

266_　拟咏怀诗

269_　京门杂咏

271_　双溪大雪

烛虚

277_　烛　虚

299_　潜　渊

305_　长　庚

310_　生　命

怯步集

本集为新编集，共收录散文作品 13 篇，具体为《一封未曾付邮的信》《流光》《市集》《狂人书简》《怯步者笔记》等。

一封未曾付邮的信

阴郁模样的从文，目送二掌柜出房以后，用两只瘦而小的手撑住了下巴，把两个手拐子搁到桌子上去，"唉！无意义的人生！——可诅咒的人生！"伤心极了，两个陷了进去的眼孔内，热的泪只是朝外滚。

"再无办法，火食可开不成了！"二掌柜的话很使他十分难堪，但他并不以为二掌柜对他是侮辱与无理。他知道，一个开公寓的人，如果住上了三个以上象他这样的客人，公寓中受的影响，是能够陷于关门的地位的。他只伤心自己的命运。

"我不能奋斗去生，未必连爽爽快快去结果了自己也不能吧？"一个不良的思绪时时抓着他的心。

生的欲望，似乎是一件美丽东西。也许是未来的美丽的梦，在他面前不住的晃来晃去，于是，他又握起笔来写他的信了。他要在这最后一次决定自己的命运。

A　先生：

　　在你看我信以前，我先在这里向你道歉，请原谅我！

　　一个人，平白无故向别一个陌生人写出许多无味的话语，妨碍了别人正经事情；有时候，还得给人以不愉快，我知道，这是一桩很不对的行为。不过，我为求生，除了这个似乎已无第二个途径了！所以我不怕别人讨嫌，依然写了这信。

先生对这事，若是懒于去理会，我觉得并不什么要紧。我希望能够象在夏天大雨中，见到一个大水泡为第二个雨点破了一般不措意。

我很为难。因为我并不曾读过什么书，不知道如何来说明我的为人以及对于先生的希望。

我是一个失业人——不，我并不失业，我简直是无业人！我无家，我是浪人——我在十三岁以前就成了一个无家可归的人了。过去的六年，我只是这里那里无目的的流浪。

我坐在这不可收拾的破烂命运之舟上，竟想不出办法去找一个一年以上的固定生活。我成了一张小而无根的浮萍，风是如何吹——风的去处，便是我的去处。湖南，四川，到处飘，我如今竟又飘到这死沉沉的沙漠北京了。

经验告我是如何不适于徒坐。我便想法去寻觅相当的工作，我到一些同乡们跟前去陈述我的愿望，我到各小工场去询问，我又各处照这个样子写了好多封信去，表明我的愿望是如何低而容易满足。可是，总是失望！生活正同弃我而去的女人一样，无论我是如何设法去与她接近，到头终于失败。

一个陌生少年，在这茫茫人海中，更何处去寻找同情与爱？我怀疑，这是我方法的不适当。

人类的同情，是轮不到我头上了。但我并不怨人们待我苛刻。我知道，在这个扰攘争逐世界里，别人并不须对他人尽什么应当尽的义务。

生活之绳，看看是要把我扼死了！我竟无法去解除。

我希望在先生面前充一个仆欧。我只要生！我不管任何生活都满意！我愿意用我手与脑终日劳作，来换取每日最低限度的生活费。我愿……我请先生为我寻一生活法。

我以为："能用笔写他心同情于不幸者的人，不会拒绝这样一个小孩子"，这愚陋可笑的见解，增加了我执笔的勇气。

我住处是×××××，倘若先生回复我这小小愿望时。

愿先生康健！

"伙计！伙计！"他把信写好了，叫伙计付邮。

"什么？——有什么事？"在他喊了六七声以后，才听到一个懒懒的应声。从这声中，可以见到一点不愿理会的轻蔑与骄态。

他生出一点火气来了。但他知道这时发脾气，对事情没有好处，且简直是有害的，便依然按捺着性子，和和气气的喊，"来呀，有事！"

一个青脸庞二掌柜兼伙计，气呼呼立在他面前。他准备把信放进刚写好的封套里，"请你发一下！……本京一分……三个子儿就得了！"

"没得邮花怎么发？……是的，就是一分，也没有！——你不看早上洋火、夜里的油是怎么来的！"

"……"

"一个子没有如何发？——哪里去借？"

"……"

"谁扯谎？——那无法……"

"那算了吧。"他实在不能再看二掌柜难看的青色脸了，打发了他出去。

窗子外面，一声小小冷笑送到他耳朵边来。

他同疯狂一样，全身战栗，粗暴的从桌上取过信来，一撕两半。那两张信纸，轻轻的掉了下地，他并不去注意，只将两个半边信封，叠做一处，又是一撕，向字篓中尽力的掼去。

一九二四年十二月中旬作

流　光

上前天，从鱼处见到三表兄由湘寄来的信，说是第二个儿子已有了四个月，会从他妈怀抱中做出那天真神秘可爱的笑样子了。我惘然想起了过去的事。

那是三年前的秋末。我正因为对一个女人的热恋得到轻蔑的报复，决心到北国来变更我不堪的生活，由芷江到了常德。三表兄正从一处学校辞了事不久，住在常德一个旅馆中。他留着我说待明春同行。本来失了家的我，无目的的流浪，没有什么不可，自然就答应了。我们同在一个旅馆同住一间房，并且还同在一铺床上睡觉。

穷困也正同如今一样。不过衣衫比这时似乎阔绰一点。我还记着我身上穿的那件蓝绸棉袍，初几次因无罩衫，竟不大好意思到街上去。脚下那英国式尖头皮鞋，也还是新从上海买的。小孩子的天真，也要多一点，我们还时常斗嘴哭脸呢。

也许还有别种缘故吧，那时的心情，比如今要快乐高兴得多了。并不很小的一个常德城，大街小巷，几乎被我俩走遍。尤其感生兴味不觉厌倦的，便是熊伯妈家中与F女校了。熊家大概是在高山巷一带，这时印象稍稍模糊了。她家有极好吃的腌莴苣，四季豆，醋辣子，大蒜；每次我们到时，都会满盘满碗从大覆水坛内取出给我们尝。F女校却是去看望三表嫂——那时的密司易——而常常走动。

我们同密司易是同行。但在我未到常德以前却没有认识过。我们是怎么认识的，这时想不起了！大概是死去不久的漪舅母为介绍过一次。……唔！是了！漪舅妈在未去汉口以前，原是住到 F 校中！而我们同三表兄到 F 校中去会过她。当第一次见面时，谁曾想到这就是半年后的三表嫂呢！两人也许发现了一种特别足以注意的处所！我们在回去路上，似乎就说到她。

她那时是在 F 女校充级任教员。

我们是这样一天一天的熟下去了。两个月以后，我们差不多是每天要到 F 女校一次。我们旅馆去女校，有三里远近。间或因有一点别的事情——如有客，或下雨，但那都很少，——不能在下午到 F 校同上课那样按时看望她时，她每每会打发校役送来一封信。信中大致说有事相商，或请代办一点什么。事情当然是有。不过，总不是那末紧急应当即时就办的。不待说，他们是在那里创造永远的爱了。

不知为甚，我那时竟那样愚笨，单把兴味放在一架小小风琴上面去了，完全没有发现自己已成了别人配角。

三表哥是一个富于美术思想的人。他会用彩色绫缎或通草粘出各样乱真的花卉，又会绘画，又会弄有键乐器。性格呢，是一个又细腻、又懦怯，极富于女性的，搀合粘液神经二质而成的人。虽说几年来常到外面跑，做一点清苦教书事业，把先时在凤凰充当我小学校教师时那种活泼优美的容貌，用衰颓沉郁颜色代去了一半，然清癯的丰姿，温和的性格，在一般女性看来，依然还是很能使人愉快满意的！

在当时的谈话中，我还记着有许多次不知怎么便谈到了恋爱上去。其实这也很自然！这时想来，便又不能不令人疑到两方的机锋上，都隐着一个小小针。我们谈到婚姻问题时，她每每这样说：

"运用书本上得来一点理智——虽然浅薄——便可以吸引异性虚

荣心，企慕心，为永远或零碎的卖身，成了现代婚姻的，其实同用金钱成交的又相差几许？我以为感情的结合，两方各在赠与，不在获得。……"

她结论是"我不爱……其实独身还好些"。这话用我的经验归纳起来，其意正是：过去所见的男性，没有我满意的，故不愿结婚。

一个有资格为人做主妇，为小孩子做母亲，却寻不到适意对手的女人，大都是这么说法。这正是一点她们应有的牢骚。她当然也不例外。

凡是两方都在那里用高热力创造爱情时，谁也会承认，这是非常容易达到"中和"途径的！于是，不久，他们便都以为可以共同生活下去，好过这未来的春天了。虽然他俩也会在稍稍冷静时，察觉到对方的不足与缺陷，不过那时的热情狂潮，已自动的流过去弥缝了。所以他们就昂然毅然……自然别人没法阻间也不须阻间。

这消息传出后，就有许多同学姐姐妹妹，不断的写信来劝她再思三思。这是一些不懂人情、不明事理人的蠢话罢了！哪能听的许多？

在他们还没有结婚之前，我被不可抵抗的命运之流又冲到别处去了，虽然也曾得到他们结婚照片，也曾得过他夫妇几次平常的通讯。

不久，又听到三表兄已成为一个孩子的父亲了。不久，又听到小孩子满七天时得惊风症殇掉了！……在第一次我叫三表嫂、三表兄觑着我做出会心的微笑，而她却很高兴的亲自跑进厨房为我蒸清汤鲫鱼时，那时他们仍在常德住着，我到她寓中候轮。这又是去年夏天的事了！

在这三四年当中，她生命上自必有许多值得追怀，值得流泪，值得歌咏的经过；可是，我，还依然是我！几年前所眷恋的女人，早安分的为别人做二夫人养小孩子了！到最近便连梦也难于梦见。人呢，一天一天的老去了！长年还丧魂失魄似的东荡西荡，也许生活的结束才是归宿。……

市　集

　　廉纤的毛毛细雨，在天气还没有大变以前欲雪未能的时节，还是霏霏微微落将下来。一个小小乡场，位置在又高又大陡斜的山脚下，前面濒着觓觓儿①的河，被如烟如雾雨丝织成的帘幕，一起把它蒙罩着了。

　　照例的三八市集，还是照例的有好多好多乡下人，小田主，买鸡到城里去卖的小贩子，花幞头大耳环丰姿隽逸的苗姑娘，以及一些穿灰色号褂子口上说是来察场讨人烦腻的副爷们，与穿高筒子老牛皮靴的团总，各从附近的乡村来做买卖。他们的草鞋底半路上带了无数黄泥浆到集上来，又从场上大坪坝内带了不少的灰色浊泥归去。去去来来，人也数不清多少。

　　集上的骚动，吵吵闹闹，凡是到过南方（湖湘以西）乡下的人，是都会知道的。

　　倘若你是由远远的另一处地方听着，那种喧嚣的起伏，你会疑心到是滩水流动的声音了！

　　这种洪壮的潮声，还只是一般做生意人在讨论价钱时很和平的每个论调而起。就中虽也有遇到卖牛的场上几个人象唱戏黑花脸出台时

_____

　　① 觓，方言，读作 léng，瘦。

那么大喊大嚷找经纪人，也有因秤上不公允而起口角——你骂我一句娘，我又骂你一句娘，你又骂我一句娘……然而究竟还是因为人太多，一两桩事，实在是万万不能做到的！

卖猪的场上，他们把小猪崽的耳朵提起来给买主看时，那种尖锐的嘶喊声，使人听来不愉快至于牙齿根也发酸。

卖羊的场上，许多美丽驯服的小羊儿咩咩地喊着。一些不大守规矩的大羊，无聊似的，两个把前蹄举起来，作势用前额相碰。大概相碰是可以驱逐无聊的，所以第一次訇的碰后，却又作势立起来为第二次预备。牛场却单独占据在场左边一个大坪坝，因为牛的生意在这里占了全部交易四分一以上。那里四面搭起无数小茅棚（棚内卖酒卖面），为一些成交后的田主们喝茶喝酒的地方。那里有大锅大锅煮得"稀糊之烂"的牛脏类下酒物，有大锅大锅香喷喷的肥狗肉，有从总兵营一带担来卖的高粱烧酒；也还有城里馆子特意来卖面的。假若你是城里人来这里卖面，他们因为想吃香酱油的缘故，都会来你馆子，那么，你生意便比其他铺子要更热闹了。

到城里时，我们所见到的东西，不过小摊子上每样有一点罢了！这里可就大不相同。单单是卖鸡蛋的地方，一排一排地摆列着，满箩满筐的装着，你数过去，总是几十担。辣子呢，都是一屋一屋搁着。此外干了的黄色草烟，用为染坊染布的五倍子和栎木皮，还未榨出油来的桐茶子，米场白濛白濛了的米，屠桌上大只大只失了脑袋刮得净白的肥猪，大腿大腿红腻腻还在跳动的牛肉……都多得怕人。

不大宽的河下，满泊着载人载物的灰色黄色小艇，一排排挤挤挨挨的相互靠着也难于数清。

集中是没有什么统系制度。虽然在先前开场时，总也有几个地方上的乡约伯伯，团总，守汛的把总老爷，口头立了一个规约，卖物的照着生意大小缴纳千分之几——或至万分之几，但也有百分之几——的场捐，或经纪佣钱，棚捐，不过，假若你这生意并不大，又不须经纪人，则不须受场上的拘束，可以自由贸易了。

到这天，做经纪的真不容易！脚底下笼着他那双厚底高筒的老牛皮靴子（米场的），为这个爬斗；为那个倒箩筐。（牛羊场的）一面为这个那个拉拢生意，身上让卖主拉一把，又让买主拉一把；一面又要顾全到别的地方因争持时闹出岔子的调排，委实不是好玩的事啊！大概他们声音都略略嚷得有点嘶哑，虽然时时为别人扯到馆子里去润喉。不过，他今天的收入，也就很可以酬他的劳苦了。

…………

…………

因为阴雨，又因为做生意的人各都是在别一个村子里住家，有些还得在散场后走到二三十里路的别个乡村去；有些专靠漂场生意讨吃的还待赶到明天那个场上的生意，所以散场很早。

不到晚炊起时，场上大坪坝似乎又觉得宽大空阔起来了！……再过些时候，除了屠桌下几只大狗在啃嚼残余因分配不平均在那里不顾命的奋斗外，便只有由河下送来的几声清脆篙声了。

归去的人们，也间或有骑着家中打筛的雌马，马项颈下挂着一串小铜铃叮叮当当跑着的，但这是少数；大多数还是赖着两只脚在泥浆里翻来翻去。他们总笑嘻嘻的担着箩筐或背一个大竹背笼，满装上青菜，萝卜，牛肺，牛肝，牛肉，盐，豆腐，猪肠子一类东西。手上提的小竹筒不消说是酒与油。有的拿草绳套着小猪小羊的颈项牵起忙跑；有的肩膊上挂了一个毛蓝布绣有白四季花或"福"字"万"字的褡裢，赶着他新买的牛（褡裢内当然已空）；有的却是口袋满装着钱心中满装着欢喜，——这之间各样人都有。

我们还有机会可以见到许多令人妒羡，赞美，惊奇，又美丽，又娟媚，又天真的青年老奶（苗小姐）和阿㛹（苗妇人）。

一九二五年三月二十日于窄而霉小斋作

附一

这是多美丽多生动的一幅乡村画。

作者的笔真象是梦里的一只小艇，在波纹瘦鰜鰜①的梦河里荡着，处处有著落，却又处处不留痕迹。这般作品不是写成的，是"想成"的。给这类的作者，批评是多余的，因为他自己的想象就是最不放松的不出声的批评者。奖励也是多余的，因为春草的发青，云雀的放歌，都是用不着人们的奖励的。

志摩的欣赏②

----

① 鰜，读作 jiān，鱼名，眼睛长在身体的一侧。
② 此处的"志摩"即诗人徐志摩。

附二

关于《市集》的声明

志摩先生：

看到报，事真糟，想法声明一下吧。近来正有一般小捣鬼遇事寻罅缝，说不定因此又要生出一番新的风浪。那一篇《市集》先送到《晨报》，用"休芸芸"名字，久不见登载，以为不见了。接着因《燕大周刊》有个熟人拿去登过；后又为一个朋友不候我的许可又转载到《民众文艺》上——这此又见，是三次了。小东西出现到三次，不是丑事总也成了可笑的事！

这似乎又全是我过失。因为前次你拿我那一册稿子问我时，我曾说统未登载过，忘了这篇。这篇既已曾登载过，为甚我又连同那另外四篇送到晨报社去？那还有个原由：因我那个时候正同此时一样，生活悬挂在半空中，伙计对于欠账逼得不放松，故写了三四篇东西并录下这一篇短东西做一个册子，送与勉己先生，记到附函曾有下面的话——

"……若得到二十块钱开销一下公寓，这东西就卖了。《市集》一篇，曾登载过……"

至于我附这短篇上去的意思，原是想把总来换二十块钱，让晨报社印一个小册子。当时也曾声明过。到后一个大不得，而勉己先生尽我写信问他请他退这一本稿子又不理，我以为必是早失落了，失落就失落了，我哪来追问同编辑先生告状打官司的气力呢？所以不问。

不期望稿子还没有因包花生米而流传到人间。不但不失，且更得了新编辑的赏识，填到篇末，还加了几句受来背膊发麻的按语，纵无好揽闲事的虫豸们来发见这足以使他自己为细心而自豪的事，但我自己看来，已够可笑了。且前者署"休芸芸"，而今却变成"沈从文"，我也得声明一下：实在果能因此给了虫豸们一点钻蛀的空处，就让他永久是两个不同的人名吧。

从文

于新窄而霉斋

从文，不碍事，算是我们副刊转载的，也就罢了。有一位署名"小兵"的劝我下回没有相当稿子时，就不妨拿空白纸给读者们做别的用途，省得揉上烂东西叫人家看了眼疼心烦。

我想另一个办法是复载值得读者们再读三读乃至四读五读的作品，我想这也应得比乱登的办法强些。下回再要没有好稿子，我想我要开始印《红楼梦》了！好在版权是不成问题的。

志摩

狂人书简

——给到 × 大学第一教室绞脑汁的可怜朋友

可怜的你们，既然到这里来，大概都是为着生活的威迫而陷于失业时候了。你们没有职业，为甚不去爽爽利利的结果了自己，何苦对于"生"如此眷恋？你们也许因为你们自己的梦，你们也许因为自己家中可怜的父母姊妹——她们的梦又建筑在你们身上——而觉得生足以眷恋吧？但是，这世界，是能让你们这样柔懦的人们，永远的，永远的，做着梦生下去的世界吗？

你们抱着偌大的希望，来到这里，期望自己写的那两个小楷字，什么意见书的文章，走到看卷先生们眼下，引起注意，得蒙赏识，认定你们的能力时，会给你们一口饭吃；可你们人是这样多，而足以安置你们的书记又是这样少！你们的希望，可怜啊！你们两百人中间一百九十几个的希望。

我想你们的脑汁实在不必绞了！——尤其少年的弟兄。你们应当到别的事情上去想法。这桩事，最好是让老到不能干重活粗活的叔父们去干。你们可以跑到军队中去，你们可以去做与兵对称与兵相互变易名号的匪队里去。你们除了兵匪以外也还可以去做一个苦力——但你们无论如何却不应做这种事情。你们还年青！你们的梦也不能建筑在这种比卖淫的女人还不如的事业上！你们既不能借着父兄余荫，享一点安乐福；你们又不会象别人百计钻营，最好还是当兵哟！我们当兵去，我们都可以当兵去！别个朋友劝我当兵，我更想劝你们都去。当兵的好处，比象每日随着打筛的马同一步骤同一待遇的书记强多了！当兵入伍，比我们到这囚牢中绘一些狗看我们象受刑的囚犯似的情形好多了！

左右我们在世界上实在值不得活下去，——就是春天的好处也没有你我的分；一枪打死，算个什么呢。万一中若不被打死，你就可以去打人了；你可以用枪随你的意思去向敌人瞄准，不拘打哪一块。

你们也许还认不清你们的敌人。这我可以告你。眼前的一切，都是你的敌人！法度，教育，实业，道德，官僚……一切一切，无有不是。至于象在大讲堂上那位穿洋服梳着光溜溜的分头的学者，站立在窗子外边呲着两片唇口嘻笑的未来学者（以及同你在战场上血肉搏争的对抗兵士），他们却不是你们的敌人，只是在你们敌人手下豢养而活的可怜两脚兽罢了！他们虽然对于你们的苦囚样子，感到一点好玩的卑劣意思，为着自己地位的骄傲，暗里时常发笑，也间或会于不能自已的时候，想把你们放到脚下来蹂躏几脚，抒抒他们被他主人践踏无处发泄的怨气。但他们终不是我们敌人。他们的行为，我们见到，也只觉得又讨嫌又可怜罢了。

说到匪，你们会比兵还更其愿听，但这不是你们的罪，却是束缚你们的链索太紧了，所以也许你们听到我的话时，要不知不觉把两个手掌掩到耳朵上来。你们似乎以为抢劫犯是人类中最劣等的东西，抢劫是人类中最不良的行为。其实，你们错了！你们都给传下来的因袭奴隶德性缚死了！你们不是不知道满足你们生命的要求——你们知道可以满足你们要求实现你们梦的路途，却不敢去走，可怜啊！你们这些懦弱不中用的傻子！

你们理智告你们抢人是不道德，只准你屈服于生活下。怎么你们就这样傻？在你不得吃饭那天，抱着肚子到卤肉铺门前嗅香味，"嘟嘟"咽唾沫时，从铺子里出来的那个穿狐皮大衣的肥白脸子的绅士，曾因为见到你的可怜，抛掷过一小节腊肠给你吗？假使你真遇到过这么一回事，你的道德心也不空用了！到这世界上，谁个不是仗着与同类抢抢夺夺来维持生存？你不夺人，别人把你连生活下去的权利也剥夺去了！金钱，名位，哪里不是从这个手中抢到那个手中？你们眼力也不算很差，在后排的还能看出黑板上面那题目几个小字，但为甚这么大一条谎骗人的东西，却看不出？

别人的抢劫，有制度为他护符；有强力为他勒迫承认，——但抢还是抢，你既不能象别人那么去抢，连干脆凭本领去抢人也不行吗？你们，该死的你们！你们不知道别人连你生存权利也早抢了去，你们已不配生；你们不敢去抢人，单做点梦来欺骗你自己，你们也不能生！

在可怜的柔懦弟兄们圈子中偷跑出来的一个人

附言

　　承"试官先生"给了一份卷子，使我能写出这信与各弟兄们谈谈，在此特别致谢。承另一位先生引示我到讲室的途径，我也在此谢谢。出讲室时，又承众多在外面看热闹的弟兄，各把冷的视线投到脸上，我也在此谢谢。不知是哪个先生，曾说过"这是一个癫子！"这我不仅谢谢他的好意；并且更觉得这位不识面的先生眼力过人而值得佩服了！

一九二五年四月十五日作

怯步者笔记
——鸡声

在雨后的中夏白日里，麻雀的吱喳虽然使人略略感到一点单调寂寞，但既没有沙子风吹扬，拿本书坐在槐树林下去看，还不至于枯燥。

镇日被街市电车弄得耳朵长是嗡嗡噪噪的响，忽又跑到这半乡村式的学校来了，地方名为骆驼庄，却不见一匹负载有石灰包的骆驼，大概它们这时都在休息了吧。在这里可以听到富于生趣的鸡声，还是我到北京来一个新发见。这些小喉咙喊声，是夹在农场上和煦可见的母牛呼唤小犊的喊声里的。还有躲在榆树林里的流氓鹧鸪同它们相应和。

至少有两年以上，我没有听到过鸡声了。乡下的鸡声，则是民十（一九二一年）时在沅州的三里坪农场中听过。也许还有别种缘故吧，凡是鸡声，不问它是荒村午夜还是清阴白昼，总能给我一种极深的感动。过去的切慕与怀恋，而我也会从这些在别人听来或许但会感到夏日过长催人欲睡的单调长声中找出。

初来北京时，我爱听火车汽笛的长鸣。从这声音中我发见了它的伟大。我不驯的野心，常随那些呜呜声向天涯不可知的辽远渺茫中驰去。但这不过是空虚寂寞的客寓中一种寄托罢了！若拿来同乡村中午鸡相互唱酬的叫声相比，给人的趣味，可又完全不同了。

我在客寓中从来不曾有过一回半夜里被鸡声叫醒的事情。至于白日里，除了电车的嘈嘈声以外，便是百音合奏远近的市声——连母鸡下蛋时"咯咯咯"也没有听到过，我于是疑心北京城里住户人家是不养鸡的。然而，我又知道我这猜测不对了，每次被相识拉到饭馆子去，总听到"辣子鸡""熏鸡"一类名色。我到菜市场去玩时，看到那些小摊子下面竹罩里，的确也又还有些活鲜鲜（能伸翅膀，能走动，能低头用嘴壳去清理翅子但不做声）的鸡。它们如同哑子，挤挤挨挨站着却没有做声。它们之所以不能叫，或者并不是不会叫，因为凡鸡都会叫，就是鸡婆也能"咯咯咯"，只是时时担惊受怕，想着那锋利的刀，沸滚的水，忧愁不堪，把叫的事都忘怀了吧！好比我们人，到忧愁无聊时，不是连讲话也不大愿开口了吗？

　　然而我还有不解者：北京的鸡，固然是日陷于宰割忧惧中，难道别地方的鸡，就不是拿来让人宰割的？为什么别的地方的鸡就有兴致引吭高歌呢？我于是觉得北京古怪。

　　看着沉静不语的深蓝天空，想着北京城的古怪，为那些一递一声的鸡唱弄得点疲倦了。日光下的小生物，行动野俏可厌而又可爱的蚊子，地空中如流星般来去，似乎更其愉快活泼，我忽然记起了"飘若惊鸿，宛若游龙"两句古典文章来。

一九二五年六月十四日作

西山的月

"求你将我放在你心上如印记，带在你臂上如戳记。"我念诵着
《雅歌》来希望你，我的好人。

你的眼睛还没掉转来望我，只起了一个势，我早惊乱得同一只听
到弹弓弦子响中的小雀了。我是这样怕与你灵魂接触，因为你太美丽
了的缘故。

但这只小雀它愿意常常在弓弦响声下惊惊惶惶乱窜，从惊乱中它
已找到更多的舒适快活了。

在青玉色的中天里，那些闪闪烁烁的星群，有你的眼睛存在：因
你的眼睛也正是这样闪烁不定，且不要风吹。

在山谷中的溪涧里，那些清莹透明的出山泉，也有你的眼睛存在：
你眼睛我记着比这水还清莹透明，流动不止。

我侥幸又见到你一度微笑了，是在那晚风为散放的盆莲旁边。这
笑里有清香，我一点都不奇怪，本来你笑时是有种比清香还能沁人心
脾的东西！

我见到你笑了，还找不出你的泪来。当我从一面篱笆前过身，见到那些嫩紫色牵牛花上负着的露珠，便想：倘若是她有什么不快事缠上了心，泪珠不是正同这露珠一样美丽，在凉月下会起虹彩吗？

　　我是那么想着，最后便把那朵牵牛花上的露珠用舌子舐干了。

　　"怎么这人哪，不将我泪珠穿起？"你必不会这样来怪我，我实在没有这种本领。我头发白得太多了，纵使我能，也找不到穿它的东西！

　　病渴的人，每日里身上疼痛，心中悲哀，你当真愿意不愿给渴了的人一点甘露喝？

　　这如象做好事的善人一样：可怜路人的渴涸，济以茶汤，恩惠将附在这路人心上，做好事的人将蒙福至于永远。

　　我日里要做工，没有空闲。在夜里得了休息时，便沿着山涧去找你。我不怕虎狼，也不怕伸着两把钳子来吓我的蝎子，只想在月下见你一面。

　　碰到许多打起小小火把夜游的萤火，问它们，"朋友朋友，你曾见过一个人吗？"

　　"你找寻的那个人是个什么样子呢？"

　　我指那些闪闪烁烁的群星，"哪，这是眼睛。"

　　我指那些飘忽的白云，"哪，这是衣裳。"

　　我要它们静心去听那些涧泉和音，"哪，她声音同这一样。"

　　我末了把刚从花园内摘来那朵粉红玫瑰在它们眼前晃了一下，"哪，这是脸。"

这些小东西，虽不知道什么叫做骄傲，还老老实实听我的话，但当我问它们听清白没有？只把头摇了摇就想跑。

"怎么，究竟见不见到呢？"——我赶着追问。

"我这灯笼照我自己全身还不够！先生，放我吧。不然，我会又要绊倒在那些不忠厚的蜘蛛设就的圈套里……虽然它们也不能奈何我，但我不愿意同它麻烦。先生，你还是问别个吧，再扯着我会赶不上它们了。"——它跑去了。

我行步迟钝，不能同它们一起遍山遍野去找你——但凡是山上有月色流注到的地方我都到了，不见你的踪迹。

回过头去，听那边山下有歌声飘扬过来，这歌声出于日光只能在垣外徘徊的狱中。我跑去为他们祝福：

　　你那些强健无知的公绵羊啊！
　　神给了你强健却吝了知识：
　　每日和平守分地咀嚼主人给给你们的窝窝头，
　　疾病与忧愁永不凭附于身；
　　你们是有福了——阿们！

　　你那些懦弱无知的母绵羊啊！
　　神给了你温柔却吝了知识：
　　每日和平守分地咀嚼主人给你们的窝窝头，
　　失望与忧愁永不凭附于身；
　　你们也是有福了——阿们！

世界之霉一时侵不到你们身上，

你们但和平守分的生息在圈牢里：

能证明你主人底恩惠——

同时证明了你主人底富有；

你们都是有福了——阿们！

当我起身时，有两行眼泪挂在脸上。为别人流还是为自己流呢？我自己还要问他人。但这时除了中天那轮凉月外，没有能做证明的人。

我要在你眼波中去洗我的手，摩到你的眼睛，太冷了。

倘若你的眼睛真是这样冷，在你鉴照下，有个人的心会结成冰。

这也是我游香山时找得的一篇文章，找得的地方是半山亭。似乎是什么人遗落忘记的稿子。文章虽不及古文高雅，但半夜里能一个人跑上半山亭来望月，本身已就是个妙人了。

当我刚发见这稿子念过前几段时，心想不知是谁个女人来消受他这郁闷的热情，未免起了点妒羡心。到末了使我了然，因最后一行写的是"待人承领的爱"这六个字令我失望，故把它圈掉了。为保存原文起见，乃在这里声明一句。

若有某个人能切实证明这招贴文章是寄她的，只要把地点告知，我也愿把原稿寄她，左右留在我身边也是无用东西。至于我，不经过别人许可，就在这里把别人文章发

表了，不合理的地方，特在此致一声歉，不过想来既然是
招贴类文章，擅自发表出来，也不算十分无道德心吧。

一九二五年九月一日作

Láomei, zuohen! ①

微微的凉风吹拂了衣裙，

淡淡的黄月洒满了一身。

星样的远远的灯成行排对，

灯样的小小的星无声长坠。

（《月下》）

在长期的苦恼中沉溺，我感到疲倦，乏力，气尽，希望救援，置诸温暖。在一种空虚的想望中，我用我的梦，铸成了偶像一尊。我自己，所有的，是小姐们一般人所不必要的东西，内在的，近于潜伏的，忧郁的热情。这热情，在种种习俗下，真无价值！任何一个女人，从任何一个男子身上都可找到的脸孔上装饰着的热情，人来向我处找寻，我却没有。我知道，一个小小的殷勤，能胜过更伟大但是潜默着的真爱。在另一方面，纵是爱，把基础建筑到物质一方，也总比到空虚不可捉找的精神那面更其切于实用。这也可说是女人们的聪明处。不过，傻子样的女人呢，我希望还是有。

我所需要于人，是不加修饰的热情，是比普通一般人更贴紧

---

① 苗语：妹子，真美呀！

一点的友谊，要温柔，要体谅。我愿意我的友人脸相佳美，但愿意她灵魂更美，远远超过她的外表。我所追求的，我是深知。但在别人，所能给我的，是不是即我找寻的东西？我将于发现后，再检察我自己。这时，让它茫然的，发痴样，让朋友引我进到新的矿地，用了各样努力，去搜索，在短短期间中，证明我的期望。暂忘却我是一个但适宜于白日做梦的独行人，且携了希望，到事实中去印证。于我适宜的事，是没有比这更其适宜了，因此我到了一个地方。

呵，在这样月色里，我们一同进入一个夸大的梦境。黄黄的月，将坪里洒遍，却温暖了各人的心。草间的火萤，执了小小的可怜的火炬，寻觅着朋友。这行为，使我对它产生无限的同情。

小的友人！在这里，我们同是寻路者，我将燃起我心灵上的火把，同你样沉默着来行路！

月亮初圆，星子颇少。拂了衣裙的凉风，且复推到远地，芦苇叶子，瑟瑟在响。金铃子象拿了一面小锣在打，一个太高兴了天真活泼的小孩子！

四人整齐的贴到地上移动的影子，白的鞋，纵声的笑，精致的微象有刺的在一种互存客气中的谈话，为给我他日做梦方便起见，我一一的连同月色带给我的温柔感触，都保留到心上了。真象一个夸大的梦！我颇自疑。在另一时，一件极其平常的事，就会将我这幻影撞碎，而我，却又来从一些破碎不完整的残片中，找寻我失去的心。我将在一种莫可奈何中极其柔弱的让回忆的感情来宰割，且预先就见到我有一天会不可自拔的陷进到这梦的破灭的哀愁里。虽然，这时我却是对人颇朦胧，说是不需要爱，那是自欺的事，但我真实的对于人，还未能察觉到的内心就是生了沸腾，来固执这爱！在如此清莹的月光下，白玉雕像样的 láomei 前，我竟找不到我是蒙了幸福的处所来。我只觉得寂寞。尤其是这印象太美。我知道，我此后将于一串的未来日子里，再为月光介绍给我这真实的影子，在对过去的追寻里，我会苦恼得成一个长期囚于荒岛的囚人。

我想，我是永远在大地上独行的一个人，没有家庭，缺少朋友，过去如此，未来还是如此，且，自己是这样：把我理想中的神，拿来安置在一个或者竟不同道的女人身上，而我在现实中，又即时发现了事实与理想的不协调。我自己看人，且总如同在一个扩大镜里，虽然是有时是更其清白，但，谬误却随时随地显著暴露了。一根毛发，在我看来，会发见许多鳞片。其实这东西，在普通触觉下，无论如何不会刺手；而我对一根毛发样的事的打击，有时竟感到颇深的疼痛。……

我有所恐惧，我心忽颤抖，终于我走开了。我怕我会在一种误会下沉坠，我慢慢的把自己留在月光下孤独立着了。

我想起我可哀的命运，凡事我竟如此固执，不能抓住眼前的一切，享受刹那的幸福，美的欣赏却总偏到那种恍惚的梦里去。

"眼前，岂不是颇足快乐么？"谢谢朋友的忠告，正因为是眼前，我反而更其凄凉了。这样月色，这样情景，同样的珍重收藏在心里，倘若是不能遗忘，未必不可作他日温暖我们既已成灰之心。但从此事看来，人生的渺茫无端，就足使我们一同在这明月下痛哭了！

他日，我们的关系，不论变成怎样，想着时，都使我害怕。变，是一定的。不消说，我是希望它变成如我所期待的那一种，我们当真会成一个朋友。这也是我每一次同女人在一种泛泛的情形中接触时，就发生的一个希望。我竟不能使我更勇猛点，英雄点，做一个平常男子的事业，尽量的，把心灵迷醉到目下的欢乐中。我只深深的忧愁着：

尽力扩张的结果，在他日，我会把我苦恼的分量加重，到逾过我所能担负的限度以外。我就又立时怜悯我自己起来。在一种欢乐空气中，我却不能做一点我应做的事，永远是向另一个虚空里追求，且竟先时感到了还未拢身的苦楚！

在朋友面前，我已证明我是一个与英雄相反的人了，我竟想逃。

在真实的谈话中，我们可以找出各人人格的质点来。在长期沉默里，我们可以使灵魂接近。但我都不愿去做。我欲从别人方面得到一个新的启示，把方向更其看得清楚，但我就怀了不安，简直不想把朋友看得透彻一点。力量于我，可说是全放到收集此时从视觉下可以吸入的印象上面去了。别人的话，我不听；我的话，却全不是我所应当说的夹七杂八的话。

"月亮真美！"

"月亮虽美，láomei，你还更美！"象朋友，短兵直入的夸赞，我却有我的拘束，想不到应如此说。

我的生涩，我的外形的冷静，我的言语，甚至于我的走路的步法，都不是合宜于这种空气下享受美与爱的，我且多了一层自知，我，熨贴别人是全无方法，即受 láomei 们来安慰，也竟不会！

朋友们，所有的爱，坚固得同一座新筑成的城堡样，且是女墙上插了绣花旗子，鲜艳夺目。我呢，在默默中走着自己的道路而已。

到了一个地方，大家便坐了下来。行到可歇憩处便应休息，正同友情一个样子。

"我应该怎么办？"想起来，当真应当做一点应做的事，为他日证明我在此一度月圆时，我的青春，曾在这世界上月光下开了一朵小小的花过。从官能上，我应用一种欣赏上帝为人造就这一部大杰作样去尽意欣赏。这只是一生的刹那，稍纵，月儿会将西沉，人也会将老去！

Láomei，zuohen！ 一个春天，全在你的身上。一切光荣，一切幸福，以及字典上一堆为赞美而预备的字句，都全是为你们年青 L á omei 而预备。

颇远的地方，有市声随了微风扬到耳边。月亮把人的影子安置到地上。大坪里碎琉璃片类，在月下都反射着星样的薄光。一切一切，在月光的抚弄下，都极其安静，入了睡眠。月边，稀薄的白云，如同淡白之微雾，又如同扬着的轻纱。

……单为这样一个良夜圆月，人即使陌生再陌生，对这上天的恩惠，也合当拥抱，亲吻，致其感谢！

一个足以自愕的贪欲，一个小小的自私，在动人的月光下，便同野草般在心中滋长起来了。我想到人类的灵魂用处来。我想到将在这不可复得之一刹那，在各人心头，留下一道较深的印子。在两人的嘴边，留下一个永远的温柔的回味。时间在我们脚下轻轻滑过，没有声息，初不停止，到明日，我们即已无从在各人脸上找出既已消失的青春了！用颇大的力量，把握到现实，真无疑虑之必须！

把要求提高，在官能上，我可以做一点粗暴点的类乎掠夺样的事情来，表示我全身为力所驱迫的热情，于自己，私心的扩张，也是并不怎样不恰当。且，那样结果，未必比我这么沉默下来情形还更坏。照这样做，我也才能更象男子一点。一个男子，能用力量来爱人，比在一种女性的羞腼下盼望一个富于男性的女子来怜悯，那是好多了。

但我并不照到我的心去做。头上月亮，同一面镜子，我从映到地下的影子上起了一个颓唐的自馁的感慨，"不必在未来，眼前的我，已是老了，不中用了，再不配接受一个人的友情了。倘若是，我真有那种力量，竟照我自私的心去办，到他时，将更给我痛苦。这将成我一个罪孽，我曾沉溺到忏悔的深渊里，无从自救。"于是，身虽是还留在别人身边，心却偷偷悄悄的逃了下来，跑到幽僻到她要找也无从找的一处去了。

Láomei, zuohen！一个春天，全在你的身上。一切光荣，一切幸福，以及字典上一堆为赞美而预备的字句，都全是为你们而有。一切艺术由你们来建设。恩惠由你们颁布给人。剩下来的忧愁苦恼，却为我们这类男子所有了！

> 在蓝色之广大空间里，
> 月儿半升了银色之面孔，
> 超绝之"美满"在空中摆动，
> 星光在毛发上闪烁——如神话里之表现。

> （《微雨·她》）

我如同哑子，无力去狂笑，痛哭，宁静的在梦样的花园里勾留，且斜睨无声长坠之流星。想起《微雨·幽怨》的前段：

> 流星在天心走过，反射出我心中一切之幽怨。不是失望的凝结，抑攻击之窘迫，和征战之败北！……

心中有哀戚幽怨，他人的英雄，乃更形成我的无用。我乃留心沙上重新印下之足迹，让它莫在记忆中为时光拭尽。

"我全是沉闷，静寂，排列在空间之隙。"

朋友离我而他去，淡白的衣裙，消失到深蓝暗影里。我不能说生命是美丽抑哀戚。在淡黄色月亮下归来，我的心涂上了月的光明。倘他日独行旷野时，将用这永存的光明照我行路。

一九二六年八月二十一日深夜作

游二闸

到晚来，料不到的是天气会骤变，天空响了雷，催来了急雨。人坐在灯下，听到院中雷声雨声的喧闹，象是两人正在那里争持一种两可的意见，怀想着二闸及二闸一切，正因为有雨声雷声，人反而更觉寂寞了。

这时的二闸，是不是也正落着象有人在半空用瓢浇下的雨，是使人关心的事。无论雨是否落到了二闸与否，凡是日间在闸下，那些赤精了身体，钻到水瀑下面去摸游客掷下铜子的小孩，想来大概都全回家了。家中有着弟妹的，或者还正将着日间从水里摸到的铜子，炫耀给那弟弟妹妹看。弟妹伸手要，但不成，这是自己的，于是，抱在做母亲的手上更小的孩子哭了。于是，作母亲的赏哥哥一掌，于是大的也哭起来。从这种推想下，我便依稀听到一种急剧的短而促的孩子的哭声，深深悔我当时的吝啬。多掷下铜子数枚，在我不过少坐一趟车，在别人家庭，不是就可以免掉那不必起的争端么？也许其中还有那无父无母的孤儿，这时就正把从我们手下得来的铜子，向附近小铺子买了烧饼在那庙门下嚼吧。也许在这些孩子当中，有着那病瘫的母亲，其中孩子的一个，这时就正在他母亲炕前跪着呈奉那一枚铜子，领受那病人瘦手在脸部抚摩吧。也许有空手转家去的孩子，到家时，正为父亲责着，说是生来无用，抢不得一钱，挨着骂，低头在灶边吃窝窝头。也许还有用这钱供家中赎当。……在各式各样的想象下，都使我深悔不多给这些孩子一点钱。我且奇怪起我自己来，为什么当时明明见到这些人伸手，就能毅然不理，且装着滑稽口吻，向这些人连说"回头见"！若这些孩子，这时还能想到游客中的我们，对我们有所抱怨，也是自然而且应该的事情。

孩子们对这雷雨是喜悦还是忧愁，也使我关心。落了雨，闸下水瀑益大，来二闸玩看水瀑的人当益多，则可以从各种娱乐游客的技艺中多得些铜子，看来孩子们应当感谢这天气的骤变了。

然而一落雨，河里的水当更冷。天气已近到深秋，适宜于裸着身子在瀑下钻来爬去的时期似乎已过去。纵有多数游人乐于把钱掷到瀑里去，下水淘摸不已变成一件苦事么？并且，跟着这秋来的便是那能将一切凝成冰冻的冬天，到了瀑水溪河全结了薄冰以后，这些孩子们，又将什么来供游二闸人娱乐兼以自娱？推冰车冰船吧，这又不是一个不到十二岁的孩子们的事。如果这时我还有那往游二闸的兴趣。大概可以见着他们站在闸堤旁缩成一团很无聊的望那冬景了。住在二闸左右的人家，似乎没有一家称得起中产小康的。那萧条景色，到春天还没有能改变过来，这些孩子们，自然也不会有受教育机会了。运河恢复清以来旧观，已是本地人所不敢梦想的事。二闸纵有着一点空名，足以在春夏二季吸引一些好事的人的游踪，然二闸在天然淘汰下，亦只有日复一日萧条下去了！这些孩子，眼见的还有着那比自己更小的一辈，正在努力学着泅水学着打余子，以图来年夏季的发财。大一点的，将渐渐长大，若不去务农，总仍然是在划船赶骡两种职业上找到他的终身浪荡生活。但小一点的，到可以从高堤坎上翻觔斗下掷的年龄，又来供谁开心？并且，那新补了父兄划船职业的纤手舵手青年男子，对于他的职业是不是还能象今天那掌舵汉子对于生活的乐观？到那时，船上所载的，总不外乎粪肥、稻草、干柴、芦苇束之类，再要白脸新衣的学生，花两毛钱到这船上来嗅这微臭的空气，把船在这从北京流出的阳沟水面上缓缓的驶行，是办得到的事么？

从这个小小地方，想到国内许多人许多事业，在社会进化过程中消沉灭亡的情形，见到这一类人无可奈何的只能在这旧的事业、在这一小块土地上，艰难地度过他们的终生，心中为一种异样惨戚所浸溺，觉得这些人的命运，正和中国我所知道的大小城市乡村的孩子命运差不多，不会有什么前途可言。

到了二闸玩一天，要象许多许多人，记那一个城里人下乡的记录，且赞美着说是秋来天色草木如何如何美，这在我是不可能的事。北京的天气，不拘何时都很容易见到那种四望无边如同一块月蓝竹布天幕的。因为昨夜的雨把空气滤过一道。空中无灰尘，纵有微风，人也不难受。公寓中我住的是东屋，太阳早上晒不着，颇觉冷，一出城，则疑心这是春天刚完的初夏，背当着太阳，就渐渐的发热了。

沿着铁轨从崇文门到东便门，又沿着运河从东便门到了二闸，是步行去的。陪着我走的，有也频和他的同伴。这一次，算我们今年来走得最远的一次散步了。在另一个时期中，我能负背囊全套及子弹二十八排，另外加打一支曼里夏五响枪，每日随到大队走八十里路，并且一连走六天，把我自己以及一个头等兵的家业从我本乡运到川东去。这事情，在近来谈及，不知不觉就要采用一点骄傲朋友兼自炫其英雄的口气了。因为自从来到北京后，我的生活只给了我在桌边尽呆的机会，按照那"一种能力久久不用便归消灭"的一条自然规律，我的行路本事在我自己看来就早已失去了。今天居然走到了二闸，腿膝又还似乎并不十分倦，我又觉得多少我还保留一些旧日的本领！

走到后，一切同前年，水同两岸的房子，全是害着病一样。若是单把这些破旧房子陈列在眼前，教人分不出时季。冬天这些门前也是有着那粪肥味与干草味，小小的成群飞着的虫子，似乎是在春夏秋三个节候里都还存在。光身的蹲在补锅匠的炉边看热闹的小孩子，见了人来就把眼睛睁得多大，来看这些不认识的体面的来客。船夫在我们身上做起小小的梦了。赶骡人在我们身上做起梦来了。孩子们有些本来披着衣服在闸上蹲着望水的，开始脱下一切沿着那堤坎旁边一株下垂的树跳下水去了。因了我们来此，至少有二十个人做着发"小洋财"的好梦。这些梦，在各人脸上，在各人和蔼的话语里，在一切叫嚷空气中，都可以看出。

在闸边稍呆一会，于是便有个很有礼貌的孩子挨到身边来，说有一毛钱，便可以从这三丈高的堤上下掷到水中。可我们并不需要瞧的。于是这孩子又致词，说是把钱掷丢到水瀑下去，哥儿们能找到。也频按照他的建议，试掷了一钱，即刻便为一个猴儿精小子把钱用口衔着了。再掷了一钱，便又见到这四个五个如同故事上所传海和尚一样的孩子钻进瀑下去即刻又出来。

"先生，你把你那银角子扔下去，呆会儿，大家就全下水了。"

全下水，总有二十个以上吧。一枚铜子有四人竞争，一枚银角便有二十人抢夺，从这里我可以了解钱在此地的意义。十个二十个人全下水，万一因抢夺不已，其中一个为水所淹没，怎么办？为了莫太使那大一点的狡猾的孩子得意，也频虽身边有钱也不掷了。但为了莫过分给那不中用的孩子失望，我故意把钱抛到较浅水中去，待到最小那一个口中也衔着一枚铜子时，我们跳上回头的船了。

我们还为他们带了一些欢喜来，这是我们先前所想不到的。但是象这种天气，能够从城中为二闸的人带些小小幸福来，人象是已越来越少了。因此到了那铁桥边遇到第二批四个男女学生模样的人时，我就为那些孩子高兴。

"怎么二闸这样荒凉地方也值得人称道？"

这疑惑，在我心上咬着，如同陶然亭一样，我真不明白。

此时得我们的舵公给了一个详确解释了。

这老者，一面不忘用两手揹着那可怜舵把——舵把用"可怜"字样，不是我夸张，我总疑心那是别个人家废辘轳上一段朽木头。——他说道："先前几年，虽不算热闹，但并不荒凉，一年四季来这玩的人多着啦。"

"怎么来？"我问，想得到这原由。"说不定这又同三官庙、鹦鹉冢一样，因为是有着公主或郡主属于女子一类艳闻传说而来的。"我心想。

话匣子，先是只揭去封条，如今可为我给掀开盖子了。除了用一些话帮助他叙述下去以外，我们用手扶着船棚架子只是静静听。

从他口中我们才知道，以前运粮大船，长达十来丈。一些生长在北方的老乡，单为看船，也就有走到二闸一趟的需要了。那时内城既"闲人免入"，其他如戏场、市场、天桥又全不曾有什么玩的地方，所以把喝茶一类北方式的雅兴全部寄托到这运河最后一段的二闸，也是自然的结果。因此我们又才明白二闸赋予北京人的意义，且寓雅俗共赏的性质，比之陶然亭，单在适于新旧诗迷作诗却大不相同。

关于这运河，那老者说，这对清室也还有一种用意。粮食何以必得拨来拨去？从通州到此还得拨粮五次才入京，比陆路更费。然而为了这里的闲人着想，使之既不至因无工作而缺食，又不至徒邀恩而懒废，故这条河在京奉路通车以后还有物可运。宣统皇帝退了位，就没有人想到此事了。这老者对于满人政治手段当然是同意，可没有说到这一批船户一批靠运河吃饭的人改业以后怎么样，但从靠接送游人的船生意萧条上看，也就可想而知，随了地方的衰败以后凋落不少门户了。我略一闭目，就似乎见到一只八丈九丈长的崭新运粮船从后面撑来，同我们的船并排前进，一支高高的桅子竖起，拉船是用一百个纤手。这些纤手多穿着新蓝布长衫，头上是红缨帽子，有些还能从容取出荷包里的鼻烟壶，倒出一小撮褐色粉末向鼻孔里按。又有一人，在船舷上站立，这人职位应属于游击、参将一类，穿的衣服戴的帽子都极其鲜明，手上还套了一个碧玉扳指，这人便是我从书上知道的运粮官。

又有一个人，穿戴把总衣帽，马蹄袖子翻卷起，口上轻轻骂着纯京腔的"混账忘八蛋"一类官场中的雅言督促着纤夫。这人是正两手把着舵（舵的把手当然彫刻的是犀牛、独角兽那类能够分水的怪兽的头）。这人脸相便是此刻我们船上这位老艄公脸相，不过年轻得多。河中的水也还清澄，可以见鱼鳖在水藻内追逐。……我到记得分明我们船上也正有着一位同样好看品貌的"舵把子"时，微细的风送来一阵河水的臭味，那大的运粮船便消失了。

我心想，可惜这运粮船，也频和他的同伴都无缘能看见，独自己是俨然欣赏一番了，就不觉好笑。也许也频在虚空中所见到的是另一种式样的船吧。因为当那艄公在述及那大船来去时，也频的眼正微闭，似乎在他自己脑中用着艄公所给的材料，也建筑了一只合于经验的船啊！

用一些无所事事的小孩子，身子脱得精光，把皮肤让六月日头炙得成深褐，露着两列白白的牙齿，狡猾地从水中冒出头来讨零钱，代替了大批运粮船来去供人的观览，二闸的寂寞，在那艄公心上骡夫心上都深深的蕴藉着！当我想到这些人，只在天气的恩惠下得一毛两毛钱，度着无聊无赖的生活，心上也就觉着有颇深的寂寞了。在今年，我们什么时候再能来到二闸玩玩？单是记着临下船时那一句"回头见"套话，似乎在最近一个月内我们还应重来一次。

"大通桥的鸭子——各分各帮。"

多给了二十枚酒钱，得到了二闸人奉赠的一句土话。在大通桥下的白色大鸭子，的确象是能够各找到各的队伍，到时便会从容分开的。我们同二闸也分开了。回到北京城来，在一些富人贵人得意男女队伍中驻足，我总是自觉人是站在另外一边样子的。二闸人倘若有那闲思想，能够想到今天日里来二闸玩的我们，又不知道要以为我们同他那里的世界距离有多远了。

在这雨声中，这一帮的人念到那一帮的人，同做不经常的梦一样。说不定有人也正把那充满善意的思念系在我们这一边！

一九二七年九月二十二日深夜作完

海上通讯 [1]

骑老：

得南冠信说要用大相片，就用大的也好。你可以告他一下，我倒以为似乎这是完全不必的事情，因为登载上去或者把别人的幻象全毁了。正如在此教书以前，许多男女学生似乎感到很大趣味，可是待到一见了我这肮脏衣服同旧呢帽下阴沉沉的脸，谈话又差不多和衣饰一样的不足尊重，他们就都不免失望了。我是好象很清楚，我在年青人面前做人可说都失败了的，所以我近来越觉可怜。

近来每礼拜上课九点钟。有两月左右，就有十五个大学士离校了，这十五个人中我就有八个高足。我至始至终还不明白他们从我学了些什么去。他们都一肚子学问，一肚子聪明，大致有四个或五个将来北平升学。九点钟课一百五十块钱，学校待作家不为不优，可怜的是我教书比读书似乎还受压迫，因为一些不体面的女人同一些体面的女人，毫不吝惜过尊敬，我要这尊敬有什么用处？疑心尊敬是阴谋，与一些不体面的女人离远了。疑心尊敬是真的尊敬，与一些体面的女人也离远了。一个人的生活，先以为是被别人忽视为悲哀，到现在，

---

[1] 沈从文给夏斧心的信。夏斧心即夏云，曾在燕京大学任心理学系教授。

觉得忽视也是幸福了。因为最不幸的人，就是自己仿佛站在另一峰顶生活的人，大家见到他，他也见到大家，却好象被生活划成了两个世界。所以学生求教如何设法与女生认识的事情曾有过，这样，不说自己已经老迈是不行了。

天气也怪，昨几天可以衣单衫，昨天换夹衣，今天换绒皮厚衣，在这样不断变换天气下，每天看报纸则总是北方政府热闹不休。究竟热不热闹，怎么热闹，还有学府艳闻，本地趣事，择其与大人老爷无关者见告一二，实为大幸。

可以为问题的，譬如燕京新屋照相，全景新照相，西山近来的变迁。西直门的马路为大车碾烂没有？颐和园杨柳为军人卖尽没有？清华园女生下游泳池还成为新闻没有？燕京有新来的好女人没有？×××因之撤职的北大之皇后近来有新闻没有？北京洋车还是崭新么？凡到真光戏场的还同时到市场打一圈没有？听戏的改为看戏没有？（上海的电影是差不多全已改为又听又看的。）还有，中央公园有人玩没有？还有，北平名人如×××之类，有除了女儿死去以外新事没有？

到此常常见到贵校前名×××，夫婿倒还白脸标致，本人则已半老徐娘不足上台，只常见其推小娃车一辆，中容白胖孩子一枚，另外则其三妹随车而行，长大如其姊，且同为大口阔唇着小蛮靴，蹀躞公园中而已。见人之老大，始知自己之不济！近来常有年青人前来奉承，以为功成名就，应见其乐无涯。告人曰："愿以此时之地位，易一学生地位，于是大胆装痴，择其所欢喜而爱之。于是流泪心烦，写信作诗，于是碰壁，于是颓废，……"但现在，做先生，一切权利皆消失到尊敬中矣。似乎有不少人尚张目诧异，以为"难道尊敬不利于活动么"。因以为北平是适宜于用教授名分得一好女人的便利地方，所以总愿意来试试。其实上海何尝无女人。到上海还说为女人苦恼，当然为呆话而已。不过上海之从文比北京之从文并不变成两个人，其脏其迂，则初不因教书稍有修正。其实此间若谋一治家事，懂学问，耐烦生活，二十四岁女人，尚不缺少，惟不欲费神，懒于应对，只求方便干脆，便以为北方一定胜过南方耳。

上海每天捉青年人，放到监牢里去，这规矩在北平好象也有，不足奇怪。上海有钱的人不少，因此每天有人被绑，这事北平就不如了。上海看电影下午三点，五点半，九点一刻，一共三场。大的洋的，白天楼下一元晚上也一元。小的洋的白天楼下半块。有声音，真刀真枪杀仗，唱夏威夷黑人歌。国际新闻则免不了是美国足球比赛，笑片则是爱尔兰兵士上城里逛游剧场。另外，小的中的只花小洋两毛，有飞来伯老片子。大马路有印度阿三站岗，大石库门房子有白俄将军把门，可不威风凛凛，多是醉意朦胧。三马路小绸缎铺每天作纪念周，大减价拍卖，雇了五个六个穿红制服的肮脏人坐到楼上吹"四季花"拍子，打鼓敲板，许多流氓同土娼就站满了一堆。广西路有大屁股娼妓画眉毛成钩形，在鞋铺门前看鞋子。北京路仍然各处是旧木器，多处是烂书旧报。电车各路皆挤满了人，因为公共汽车罢了工。小报上每天有载登国府要人趣事的消息。《良友杂志》随时有女校皇后和电影明星相片登载到上面，或者用手支颐，或者低头敛辅，都特别比本人标致。闸北四川路，一到下午就有无数年青男女在街上逛玩，其中一半是学生，一半是土娼流氓，洋野鸡也不少。这地方上海文学家称之为"神秘之街"。到四马路望平街去，所有大书铺皆在那里，到那些书店去时，常可以见到赵景深，可以见到别的作家。到公园去，全是小洋团团的天下，白发黄毛，都很有趣味。到车站去，有女稽查员搜索女人身上。到旅馆去，各处是唱戏打牌声音。到跳舞场去，只见许多老人家穿长衣带跌带跳的抱了女人的小腰满房子里走。还有跑狗场，回力球场，都极热闹。……上海好处就是这些，也是和北京不同的。还有各处每天皆有新屋落成。有些好房子使人不愿意离开那大门边他去。上海是复杂而又诙谐的地方，许多人一夜发了大财，许多人一夜又输得精光，所以上海流氓似乎比中国内地各处的流氓的总和还多。外国流氓也多得出奇。

我们这里去海很近。去炮台也近。去上海约三十五里。去上海法租界约五十里。来去倒怪方便。到此教书换四次车才能到学校，但一礼拜不少熟人仍然来三次，一来一往计一百里强。

我们这吴淞镇同海甸①差不多大，离中公比燕京离海甸远一半，那镇上每天卖鱼，可以敌得过北京城东单菜市的鱼行一年生意。

到五里路外的宝山去，城里的房屋可以用手量大校也有县，也有做纪念周的党部，警察站岗，全是徐州府人。这些人有时就在街上撒尿，地方古朴可知矣。

上海地方多的是香蕉，岂有此理的多，谁都不欢喜吃，尽它烂掉。

---

① 即今日海淀区。

街

　　有个小小的城镇，有一条寂寞的长街。

　　那里住下许多人家，却没有一个成年的男子。因为那里出了一个土匪，所有男子便都被人带到一个很远很远的地方去，永远不再回来了。他们是五个十个用绳子编成一连，背后一个人用白木梃子敲打他们的腿，赶到别处去作军队上搬运军火的案子的。他们为了"国家"应当忘了"妻子"。

　　大清早，各个人家从梦里醒转来了。各个人家开了门，各个人家的门里，皆飞出一群鸡，跑出一些小猪，随后男女小孩子出来站在门限上撒尿，或蹲到门前撒尿，随后便是一个妇人，提了小小的木桶，到街市尽头去提水。有狗的人家，狗皆跟着主人身前身后摇着尾巴，也时时刻刻照规矩在人家墙基上抬起一只腿撒尿，又赶忙追到主人前面去。这长街早上并不寂寞。

　　当白日照到这长街时，这一条街静静的象在午睡，什么地方柳树桐树上有新蝉单纯而又倦人声音，许多小小的屋里，湿而发霉的土地上，头发干枯脸儿瘦弱的孩子们，皆蹲在土地上或伏在母亲身边睡着了。作母亲的全按照一个地方的风气，当街坐下，织男子们束腰用的板带过日子。用小小的木制手机，固定在房角一柱上，伸出憔悴的手来，敏捷地把手中犬骨线板压着手机的一端，退着粗粗的棉线，一面用一个棕叶刷子为孩子们拂着蚊蚋。带子成了，便用剪子修理那些边沿，等候每五天来一次的行贩，照行贩所定的价钱，把已成的带子收去。

许多人家门对着门，白日里，日头的影子正正的照到街心不动时，街上半天还无一个人过身。每一个低低的屋檐下人家里的妇人，各低下头来赶着自己的工作，做倦了，抬起头来，用疲倦忧愁的眼睛，张望到对街的一个铺子，或见到一条悬挂到屋檐下的带样，换了新的一条，便仿佛奇异的神气，轻轻的叹着气，用犬骨板击打自己的下颌，因为她一定想起一些事情，记忆到由另一个大城里来的收货人的买卖了。她一定还想到另外一些事情。

有时这些妇人把工作停顿下来，遥遥的谈着一切。最小的孩子饿哭了，就拉开衣的前襟，抓出枯瘪的乳头，塞到那些小小的口里去。她们谈着手边的工作，谈着带子的价钱和棉纱的价钱，谈到麦子和盐，谈到鸡的发瘟，猪的发瘟。

街上也常常有穿了红绸子大裤过身的女人，脸上抹胭脂擦粉，小小的髻子，光光的头发，都说明这是一个新娘子。到这时，小孩子便大声喊着看新娘子，大家完全把工作放下，站到门前望着，望到看不见这新娘子的背影时才重重的换了一次呼吸，回到自己的工作凳子上去。

街上有时有一只狗追一只鸡，便可以看见到一个妇人持了一长长的竹子打狗的事情，使所有的孩子们都觉得好笑。长街在日里也仍然不寂寞。

街上有时什么人来信了；许多妇人皆争着跑出去，看看是什么人从什么地方寄来的。她们将听那些识字的人，念信内说到的一切。小孩子们同狗，也常常凑热闹，追随到那个人的家里去，那个人家便不同了。但信中有时却说到一个人死了的这类事，于是主人便哭了。于是一切不相干的人，围聚在门前，过一会，又即刻走散了。这妇人，伏在堂屋里哭泣，另外一些妇人便代为照料孩子，买豆腐，买酒，买纸钱，于是不久大家都知道那家男人已死掉了。

街上到黄昏时节，常常有妇人手中拿了小小的筐萝，放了一些米，一个蛋，低低地喊出了一个人的名字，慢慢的从街这端走到另一端去。这是为不让小孩子夜哭发热，使他在家中安静的一种方法，这方法，同时也就娱乐到一切坐到门边的小孩子。长街上这时节也不寂寞的。

黄昏里，街上各处飞着小小的蝙蝠。望到天上的云，同归巢还家的老鸹，背了小孩子们到门前站定了的女人们，一面摇动背上的孩子，一面总轻轻的唱着忧郁凄凉的歌，娱悦到心上的寂寞。

"爸爸晚上回来了，回来了，因为老鸹一到晚上也回来了！"

远处山上全紫了，土城擂鼓起更了，低低的屋里，有小小油灯的光，为画出屋中的一切轮廓，听到筷子的声音，听到碗盏磕碰的声音……但忽然间小孩子又哇的哭了。

爸爸没有回来。有些爸爸早已不在这世界上了，但并没有信来。有些临死时还忘不了家中的一切，便托人带了信回来。得到信息哭了一整夜的妇人，到晚上便把纸钱放在门前焚烧。红红的火光照到街上下人家的屋檐，照到各个人家的大门。见到这火光的孩子们，也照例十分欢喜。长街这时节也并不寂寞。

阴雨天的夜里，天上漆黑，街头无一个街灯，狼在土城外山嘴上噪着，用鼻子贴近地面，如一个人的哭泣，地面仿佛浮动在这奇怪的声音里。什么人家的孩子在梦里醒来，吓哭了，母亲便说："莫哭，狼来了，谁哭谁就被狼吃掉。"

卧在土城上高处木棚里老而残废的人，打着梆子。这里的人不须明白一个夜里有多少更次，且不必明白半夜里醒来是什么时候。那梆子声音，只是告给长街上人家，狼已爬进土城到长街，要他们小心一点门户。

　　一到阴雨的夜里，这长街更不寂寞，因为狼的争斗，使全街热闹了许多。冬天若夜里落了雪，则早早的起身的人，开了门，便可看到狼的脚迹，同糍粑一样印在雪里。

一九三一年五月十日作

三年前的十一月二十二日 [①]

　　六点钟时天已大亮，由青岛过济南的火车，带了一身湿雾骨碌骨碌跑去。从开车起始到这时节已整八点钟，我始终光着两只眼睛。三等车车厢中的一切全被我看到了，多少脸上刻着关外风雪记号的农民！我只不曾见到我自己，却知道我自己脸色一定十分难看。我默默地注意一切乘客，想估计是不是有一个学生模样的青年人，认识徐志摩，知道徐志摩。我想把一个新闻告给他，徐志摩死了，就是那个给年青人以蓬蓬勃勃生气的徐志摩死了。我要找寻这样一个说说话，一个没有，一个没有。

　　我想起他《火车擒住轨》那一首诗。

> 火车擒住轨，在黑夜里奔，
> 过山，过水，过陈死人的坟；
>
> 过桥，听钢骨牛喘似的叫，
> 过荒野，过门户破烂的庙；
>
> ……

---

　　① 徐志摩去世三年后，沈从文写下了怀念他的文章。

睁大了眼，什么事都看分明，

但自己又何尝能支使命运？

这里那里还正有无数火车的长列在寒风里奔驰，写诗的人已在云雾里全身带着火焰离开了这个人间。想到这件事情时，我望着车厢中的小孩，妇人，大兵，以及吊着长长的脖子打盹，作成缢毙姿势的人物。从衣着上看，这是个佃农管事。好象他迟早是应当上吊的。

当我动手把车窗推上时，一阵寒风冲醒了身旁一个瘦瘪瘪的汉子，睡眼迷蒙地向窗口一望，就说"到济南还得两点钟"。说完时看了我一眼，好象知道我为什么推开这窗子吵醒了他，接着把窗口拉下，即刻又吊着颈脖睡去了。去济南的确还得两点钟！我不好意思再惊醒他了，就把那个为车中空气凝结了薄冰的车窗，抹了一阵，现出一片透明处。望到济南附近的田土，远近皆流动着一层乳白色薄雾。黑色或茶色土壤上，各装点了细小深绿的麦种。一切是那么不可形容的温柔沉静，不可形容的美！我心想：为什么我会坐在这车上，为什么一个忽然会死？我心中涌起了一种古怪的感情，我不相信这个人会死。我计算了一下，这一年还剩两个月，十个月内我死了四个最熟的朋友。生死虽说是大事，同时也就可以说是平常事。死了，倒下了，瘪了，烂了，便完事了。倘若这些人死去值得纪念，纪念的方法应当不是眼泪，不是仪式，不是言语。采真是在武汉被人牵至欢迎劳苦功高的什么伟人彩牌楼下斩首的，振先是在那个永远使读书人神往倾心的"桃源洞"前被捷克制自动步枪打死的，也频是给人乱枪排了，和二十七个同伴一起躺到臭水沟里的，如今却轮到一个"想飞"的人，给在云雾里烧毁了。一切痛苦的记忆综合到我的心上，起了中和作用。我总觉得他们并不当真死去。多力的，强健的，有生气的，守在一个理想勇猛精进的，全给是早早的死去了。却留下多少早就应当死去了的阉鸡，懦夫，与狡猾狐鬼，愚人妄大，在白日下吃，喝，听戏，说谎，开会，著书，批评攻击与打闹！想起生者，方真正使人悲哀！

落雨了，我把鼻子贴住玻璃。想起《车眺》那首诗。

八点左右火车已进了站。下了火车，坐上一辆人力车，尽那个看来十分忠厚的车夫，慢慢的拉我到齐鲁大学。在齐鲁大学最先见到了朱经农，一问才知道北平也来了三个人，南京也来了两个人。上海还会有三四个人来。算算时间，北来车已差不多要到了。我就又匆匆忙忙坐了车赶到津浦车站去，同他们会面。在候车室里见着了梁思成，金岳霖同张奚若。再一同过中国银行，去找寻一个陈先生，这个陈先生便是照料志摩死后各事，前一天搁下了业务，带了夫人冒雨跑到飞机出事地点去，把志摩从飞机残烬中拖出，加以洗涤、装殓，且伴同志摩遗体同车回到济南的。这个人在志摩生前并不与志摩认识，却充满热情来完成这份相当辛苦艰巨的任务。见到了陈先生，且同时见到了从南京来的郭有守和张慰慈先生，我们正想弄明白出事地点在何处，预备同时前去看看。问飞机出事地点离济南多远，应坐什么车。方知道出事地点离济南约二十五里，名白马山站，有站不停车。并且明白死者遗体昨天便已运到了济南，停在城里一个小庙里了。

那位陈先生报告了一切处置经过后，且说明他把志摩搬回济南的原因。

"我知道你们会来，我知道在飞机里那个样子太惨，所以我就眼看着他们案子把烧焦的衣服脱去，把血污洗尽，把破碎的整理归一，包扎停当，装入棺里，设法运回济南来了！"

他话说的比记下的还多一些，说到山头的形势，去铁路的远近，山下铁路南有一个什么小村落，以及向村中居民询问飞机出事时情形所得的种种。

那时正值湿雾季节，每天照例总是满天灰雾。山峦，河流，人家，一概都裹在一种浓厚湿雾里。飞机去济南差不到三十里，几分钟就应当落地。机师卫姓，济南人，对于济南地方原极熟悉。飞机既已平安超越了泰山高岭，估计时间，应当已快到济南，或者为寻觅路途，或者为寻觅机场，把飞机降低，盘旋了许久，于是砰的碰了山头发了火。着了火后的飞机，翻滚到山脚下，等待这种火光引起村子里人注意，赶过来看时，飞机各部分皆着了火，已燃烧成为一团火了。躺在火中的人呢，早完事了。两个飞机师皆已成为一段焦炭，志摩坐位在后面一点，除了衣服着火皮肤有一部分灼伤外，其他地方并不着火。那天夜里落了小雨，因此又被雨淋了一夜。这件事直到第二天方为去失事地方较近的火车站站长知道，赶忙报告济南和南京，济南派人来查验证明后，再分别拍电报告北平南京。济南方面陈先生派过出事地点时，是二十的中午。当二十二大清早我们到济南时，去出事时已经三天了。

我们一同过志摩停柩处时，约九点半钟，天正落小雨，地下泥滑滑的，那地方是个小庙，庙名似乎叫"福缘庵"。一进去小院子里，满是济南人日常应用的陶器。这里是一堆钵头，那里有一堆瓦罐，正中有一堆大瓮同一堆粗碗，两廊又是一列一列长颈脖贮酒用的罂瓶。庙屋很小，房屋只有一进三间，神座上与泥地上也无处不是陶器。原来这地方是个售卖陶器的堆店。在庙中偏右墙壁下，停了一具棺材，两个缩头缩颈的本地人，正在那里烧香。

两个工人把棺盖挪开，各人皆看到那个破产的遗体了，我们低下头来无话可说。我们有什么可说？棺木里静静地躺着的志摩，载了一顶红顶绒球青缎子瓜皮帽，帽前还嵌了一小方丝料烧成"帽正"，露出一个掩盖不尽的额角，右额角上一个李子大斜洞，这显然是他的致命伤。眼睛是微张的，他不愿意死！鼻子略略发肿。想来是火灼炙的。门牙脱尽，额角上那个小洞，皆可说明是向前猛撞的结果。这就是永远见得生气勃勃，永远不知道有"敌人"的志摩。这就是他？他是那么爱热闹的人，如今却这样一个人躺在这小庙里。安静的躺在这个小而且破的古庙里，让一堆坛坛罐罐包围着的，便是另外一时生龙活虎一般的志摩吗？他知道他在最后一刻，扮了一角什么样稀奇角色！不嫌脏、不怕静，躺到这个地方，受济南市土制香烟缭绕的门外是一条热闹街市，恰如他诗句中的"有市谣围抱"，真是一件任何人也想象不及的事情。他是个不讨厌世界的人，他欢喜这世界上一切光与色。他欢喜各种热闹，现在却离开了这个热闹世界，向另一个寒冷宁静虚无里走去了。年纪还只三十六岁！由于停棺处空间有限，亲友只能分别轮流走近棺侧看看死者。

各人都在一分凄凉沉默里温习死者生前的声音与光彩，想说话说不出口。仿佛知道这件事得用着另一个中年工人来说话了，他一面把棺木盖挪拢一点，一面自言自语的说，"死了，完了，你瞧他多安静。你难受，他并不难受。"接着且告给我们飞机堕地的形式，与死者躺在机中的情形。以及手臂断折的部分，腿膝断折的部分，胁下肋条骨断折的部分。原来这人就是随同陈先生过出事地点装殓志摩的。志摩遗体的洗涤与整理皆由他一手处置。末了他且把一个小篮子里的一角残余的棉袍，一只血污泥泞透湿的袜子，送给我们看。据他说照情形算来，当飞机同山头一撞时，志摩大致即已死去，并不是撞伤后在痛苦中烧死的传闻，那是不可能的。

十一点听人说飞机骨架业已运到车站，转过车站去看飞机时，各处皆找不着，问车站中人也说不明白，因此又回头到福缘庵，前后在棺木前停下来约三个钟头。雨却越下越大，出庙时各人两脚都是从积水中通过的。

　　一个在铁路局作事朋友，把起运棺柩的篷车业已交涉停妥，上海来电又说下午五点志摩的儿子同他的亲戚张嘉铸可以赶到济南。上海来人若能及时赶到，棺柩就定于当天晚上十一点上车。

　　正当我们想过中国银行去找寻陈先生时，上海方面的来人已赶到福缘庵，朱经农夫妇也来了。陈先生也来了。烧了些冥楮，各人谈了些关于志摩前几天离上海南京时的种种，天夜下来了。我们各个这时才记起已一整天还不曾吃饭的事情，被邀到一个馆子去吃饭，作东的是济南中国银行行长某先生。吃过了饭，另一方面起枢上车的来报告人伕业已准备完全。我同北平来的梁思成等三人急忙赶到车站上去等候，八点半钟棺柩上了车。这列车是十一点后方开行的。南行车上，伴了志摩向南的，有南京来的郭有守，上海来的张嘉铸和张慰慈同志摩的儿子徐积锴。从北平来的几个朋友留下在济南，还预备第二天过飞机出事地点看看的。我因为无相熟住处，当夜十点钟就上了回青岛的火车。在站上，车辆同建筑，一切皆围裹在细雨湿雾里。这一次同志摩见面，真算是最后一次了。我的悲伤或者比其他朋友少一点，就只因为我见到的死亡太多了。我以为志摩智慧方面美丽放光处，死去了是不能再得的，固然十分可惜。但如他那种潇洒与宽容，不拘迂，不俗气，不小气，不势利，以及对于普遍人生万汇百物的热情，人格方面美丽放光处，他既然有许多朋友爱他崇敬他，这些人一定会把那种美丽人格移植到本人行为上来。这些人理解志摩，哀悼志摩，且能学习志摩，一个志摩死去了，这世界不因此有更多的志摩了？

纪念志摩的唯一的方法，应当扩大我们个人的人格，对世界多一分宽容，多一分爱。也就因为这点感觉，志摩死去了三年，我没有写过一句伤悼他的话。志摩人虽死去了，他的做人稀有的精神，应分能够长远活在他的朋友中间，起着良好的影响，我深深相信是必然的。

时 间

一切存在严格地说都需要"时间"。时间证实一切,因为它改变一切。气候寒暑,草木荣枯,人从生到死,都不能缺少时间,都从时间上发生作用。

常说到"生命的意义"或"生命的价值"。其实一个人活下去真正的意义和价值,不过占有几十个年头的时间罢了。生前世界没有他,他无意义和价值可言的;活到不能再活死掉了,他没有生命,他自然更无意义和价值可言。

正仿佛多数人的愚昧与少数人的聪明,对生命下的结论差不多都以为是"生命的意义同价值是活个几十年",因此都肯定生活,那么吃,喝,睡觉,吵架,恋爱,……活下去等待死,死后让棺木来装殓他,黄土来掩埋他,蛆虫来收拾他。

生命的意义解释的即如此单纯,"活下去,活着,倒下,死了",未免太可怕了。因此次一等的聪明人,同次一等的愚人,对生命的意义同价值找出第二种结论,就是"怎么样来耗费这几十个年头"。虽更肯定生活,那么吃,喝,睡觉,吵架,恋爱,……然而生活得失取舍之间,到底就有了分歧。这分歧一看就明白的。大别言之,聪明人要理解生活,愚蠢人要习惯生活。聪明人以为目前并不完全好,一切应比目前更好,且竭力追求那个理想。愚蠢人对习惯完全满意,安于现状，保证习惯。（在世俗观察上，这两种人称呼常常相反，安于习惯的被称为聪明人，怀抱理想的人却成愚蠢家伙。）

两种人即同样有个"怎么来耗费这几十个年头"的打算，要从人与人之间寻找生存的意义和价值，即或择业相同，成就却不相同。同样想征服颜色线条作画家，同样想征服乐器音声作音乐家，同样想征服木石铜牙及其他材料作雕刻家，甚至于同样想征服人身行为作帝王，同样想征服人心信仰作思想家或教主，一切结果都不会相同。因此世界上有大诗人，同时也就有蹩脚诗人，有伟大革命家，同时也有虚伪革命家。至于两种人目的不同，择业不同，即就更容易一目了然了。

看出生命的意义同价值，原来如此如此，却想在生前死后使生命发生一点特殊意义和永久价值，心性绝顶聪明，为人却好象傻头傻脑，历史上的释迦，孔子，耶稣，就是这种人。这种人或出世，或入世，或革命，或复古，活下来都显得很愚蠢，死过后却显得很伟大。屈原算得这种人另外一格，历史上这种人可并不多。可是每一时间或产生一个两个，就很象样子了。这种人自然也只能活个几十年，可是他的观念，他的意见，他的风度，他的文章，却可以活在人类的记忆中几千年。一切人生命都有时间的限制，这种人的生命又似乎不大受这种限制。

话说回来，事事物物要时间证明，可是时间本身却又象是个极其抽象的东西，从无一个人说得明白时间是个什么样子。时间并不单独存在。时间无形，无声，无色，无臭。要说明时间的存在，还得回过头来从事事物物去取证。从日月来去，从草木荣枯，从生命存亡找证据。正因为事事物物都可为时间作注解，时间本身反而被人疏忽了。所以多数人提问到生命意义同价值时，没有一个人敢说"生命意义同价值，只是一堆时间"。

"前不见古人，后不见来者"，这是一个真正明白生命意义同价值的人所说的话。老先生说这话时心中的寂寞可知！能说这话的是个伟人，能理解这话的也不是个凡人。目前的活人，大家都记得这两句话，却只有那些从日光下牵入牢狱，或从牢狱中牵上刑场的倾心理想的人，最了解这两句话的意义。因为说这话的人生命的耗费，同懂这话的人生命的耗费，异途同归，完全是为事实皱眉，却胆敢对理想倾心。

他们的方法不同，他们的时代不同，他们的环境不同，他们的遭遇也不相同；相同的是他们的心，同样为人类向上向前而跳跃。

一九三五年十月

沉　默

　　读完一堆从各处寄来的新刊物后，仿佛看完了一场连台大戏，留下种热闹和寂寞混和的感觉。为一个无固定含义的名词争论的文章，占去刊物篇幅不少，留给我的印象却不深。

　　我沉默了两年，这沉默显得近于有点自弃，有点衰老。是的。古人说，"玩物丧志"，两年来我似乎就在用某种癖好系住自己。我的癖好近于压制性灵的碰石，铰残理想的剪子。需要它，我的存在才能够贴近地面，不至于转入虚无。我们平时见什么作家搁笔略久时，必以为"这人笔下枯窘，因为心头业已一无所有"。我这支笔一搁下就是两年。我并不枯窘。泉水潜伏在地底流动，炉火闷在灰里燃烧，我不过不曾继续使用它到那个固有工作上罢了。一个人想证明他的存在，有两个方法：其一从事功上由另一人承认而证明；其一从内省上由自己感觉而证明。我用的是第二种方法。我走了一条近于一般中年人生活内敛以后所走的僻路。寂寞一点，冷落一点，然而同别人一样是"生存"。或者这种生存从别人看来叫作"落后"，那无关系。两千年前的庄周，仿佛比当时多少人都落后一点。那些善于辩论的策士，长于杀人的将帅，人早死尽了，到如今，你和我读《秋水》、《马蹄》时，仿佛面前还站有那个落后的衣着敝旧，神气落拓，面貌平常的中年人。

我不写作，却在思索写作对于我们生命的意义，以及对于这个社会明天可能产生的意义。我想起三千年来许多人，想起这些人如何使用他那一只手。有些人经过一千年或三千年，那只手还依然有力量能揪住多数人的神经或感情，屈抑它，松弛它，绷紧它，完全是一只有魔力的手。每个人都是同样的一只手，五个指头，尖端缀覆个淡红色指甲，关节处有一些微涡和小皱，背面还萦绕着一点隐伏在皮肤下的青色筋络。然而有些人的手却似乎特有魔力。是不是我们每个人都可以把自己的手变成一只魔手？是不是只要我们愿意，就可以把自己一只手成为光荣的手？

　　我知道我们的手不过是人类一颗心走向另一颗心的一道桥梁，作成这桥梁取材不一，也可以用金玉木石（建筑或雕刻），也可以用颜色线条（绘画），也可以用看来简单用来复杂的符号（音乐），也可以用文字，用各种不同的文字。也可以单纯进取，譬如说，当你同一个青年女子在一处，相互用沉默和微笑代替语言犹有所不足时，它的小小活动就能够使一颗心更靠近一颗心。既然是一道桥梁，借此通过的自然就贵贱不一。将军凯旋由此通过，小贩贸易也由此通过，既有人用它雕凿大同的石窟，和阗的碧玉，也就有人用它编织芦席，削刮小挖耳子。故宫所藏宋人的《雪山图》、《洞天山堂》等等伟大画幅，是用手作成的。《史记》是一个人写的。《肉蒲团》也是一个人写的。既然是一道桥梁，通过的当然有各种各色的人性，道德可能通过，罪恶也无从拒绝。只看那个人如何使用它，如何善于用心使用它。

　　提起道德和罪恶，使我感到一点迷惑。我不注意我这只手是否能够拒绝罪恶。倒是对于罪恶或道德两个名词想仔细把它弄清楚些，平时以于这两个名词显得异常关心的人，照例却是不甚追究这两个名词意义的人。我们想认识它；如制造燋饼人认识燋饼，到具体认识它的无固定性时，这两个名词在我们个人生活上，实已等于消灭无多意义了。文学艺术历史总是在"言志"和"载道"意义上，人人都说艺术应当有一个道德的要求，这观念假定容许它存在，创作最低的效果，应当是给自己与他人以把握得住共通的人性达到交流的满足，由满足而感觉愉快，有所启发，形成一种向前进取的勇气和信心。这效果的获得，可以说是道德的。但对照时下风气，造一点点小谣言，诪张为幻，通常认为不道德，然而倘若它也能给某种人以满足，也间或被一些人当作"战略运用"，看来又好象是道德的了。道德既随人随事而有变化，它即或与罪恶是两个名词，事实上就无时不可以对调或混淆。一个牧师对于道德有特殊敏感，为道德的理由，终日手持一本《圣经》，到同夫人勃谿，这勃谿且起源于两人生理上某种缺陷时，对于他最道德的书，他不能不承认，求解决问题，倒是一本讨论关于两性心理如何调整的书。一个律师对于道德有它一定的提法，当家中孩子被沸水烫伤时，对于他最道德的书，倒是一本新旧合刊的《丹方大全》。若说道德邻于人类向上的需要，有人需要一本《圣经》，有人需要一本《太上感应篇》，但我的一个密友，却需要我写一封甜蜜蜜充满了温情与一点轻微忧郁的来信，因为他等待着这个信，我知道！如没多数需要是道德的，事实上多数需要的却照例是一个作家所不可能照需要而给与的。大多数伟大作品，是因为它"存在"，成为多数需要。并不是因为多数"需要"，它因之"产生"。我的手是来照需要写一本《圣经》，或一本《太上感应篇》，还是好好的回我那个朋友一封信，很明显的是我可以在三者之间随意选择。我在选择。但当我能够下笔时，我一定已经忘掉了道德和罪恶，也同时忘了那个多数。

　　我始终不了解一个作者把"作品"与为"多数"连缀起来，努力使作品庸俗，雷同，无个性，无特性，却又希望它长久存在，以为它因此就能够长久存在，这一个观念如何能够成立。溪面群飞的蜻蜓够多了，倘若有那么一匹小生物，倦于骚扰，独自休息有一个岩石上或一片芦叶上，这休息，且是准备看一种更有意义的振翅，这休息不十分坏。我想，沉默两年不是一段长久的时间，若果事情能照我愿意作的作去，我还必需把这分沉默延长一点。

这也许近于逃遁，一种对于多数骚扰的逃遁。人到底比蜻蜓不同，生活复杂得多，神经发达得多。也必然有反应，被刺激过后的反应。也必然有直觉，基于动物求生的直觉。但自然既使人脑子进化得特别大，好象就是凡事多想一想，许可人向深处走，向远处走，向高处走。思索是人的权利，也是人其所能生存能进步的工具。什么人自愿抛弃这种权利，那是个人的自由，正如一个酒徒用剧烈酒精燃烧自己的血液，是酒徒的自由。可是如果他放下了那个生存进步的工具，以为用另外一种简单方式可以生存，尤其是一个作者，一个企图用手作为桥梁，通过一种理想，希望作品存在，与肉体脱离而还能独立存在若干年，与事实似乎不合。自杀不是求生的方式，谐俗其实也不尽是求生的方式。作品能存在，仰赖读者，然对读者在乎启发，不在乎媚悦。通俗作品能够在读者间存在的事实正多，然"通俗"与"庸俗"却又稍稍不同。无思索的一唱百和，内容与外形的一致摹仿，不可避免必陷于庸俗，庸俗既不能增人气力，也不能益人智慧。在行为上一个人若带着教训神气向旁人说：人应当用手足同时走路，因为它合乎大多数的动物本性或习惯。说这种话的人，很少不被人当作疯子。然而在文学创作上，类似的教训对作家却居然大有影响。原因简单，就是大多数人知道要出路，不知道要脑子。随波逐流容易见好，独立逆风需要魄力。

我觉得我应当努力来写一本《圣经》，这经典的完成，不在增加多数人对于天国的迷信，却在说明人力的可信，使一些有志从事写作者，对于作品之生长，多有一分知识。希望个人作品成为推进历史的工具，这工具必需如何造作，方能结实牢靠，象一个理想的工具。我预备那么写下去，第一件事每个作家先得有一个能客观看世界的脑子。可是当我想起不是这世界每个人都自愿有一个凡事能独立思考的脑子，都觉得必需有个这样脑子，进行写作才不必依靠任何权势而依旧能存在时，我依然把笔搁下了。人间广泛，万汇难齐。沮洳是水作成的，江河也是水作成的；桔柚宜于南国，枣梨生长北方。万物各适其性，各有其宜。应沉默处得沉默，古人名为"顺天体道"。雄鹰只偶尔一鸣，麻雀却长日叽喳，效果不同，容易明白。各适其性，各取所需，如果在当前还许可时，我的沉默是不会妨碍他人进步，或许正有助于别一些伟大成就的。

一九三六年十月八日北平作

非梦集

《非梦集》本集为新编，共收录散文作品10篇，具体为《昆明冬景》《记蔡威廉女士》《云南看云》《绿魇》《黑魇》《白魇》等。

昆明冬景 [1]

新居移上了高处，名叫北门坡，从小晒台上可望见北门门楼上用虞世南体写的"望京楼"的匾额。上面常有武装同志向下望，过路人马多，可减去不少寂寞。住屋前面是个大敞坪，敞坪一角有杂树一林。尤加利树瘦而长，翠色带银的叶子，在微风中荡摇，如一面一面丝绸旗帜，被某种力量裹成一束，想展开，无形中受着某种束缚，无从展开。一拍手，就常常可见圆头长尾的松鼠，在树枝间惊窜跳跃。这些小生物又如把本身当成一个球，在空中抛来抛去，俨然在这种抛掷中，能够得到一种快乐，一种从行为中证实生命存在的快乐。且间或稍微休息一下，四处顾望，看看它这种行为能不能够引起其他生物的注意。或许会发现，原来一切生物都各有它的心事。那个在晒台上拍手的人，眼光已离开尤加利树，向天空凝眸了。天空一片明蓝，别无他物。这也就是生物中之一种，"人"，多数人中一种人对于生命存在的意义，他的想象或情感，目前正在不可见的一种树枝间攀援跳跃，同样略带一点惊惶，一点不安，在时间上转移，由彼到此，始终不息。他是三月前由沅陵独自坐了二十四天的公路汽车，来到昆明的。

---

① 又名《在昆明的时候》。

敞坪中妇人孩子虽多，对这件事却似乎都把它看得十分平常，从不曾有谁将头抬起来看看。昆明地方到处是松鼠。许多人对于这小小生物的知识，不过是把它捉来卖给"上海人"，值"中央票子"两毛钱到一块钱罢了。站在晒台上的那个人，就正是被本地人称为"上海人"，花用中央票子，来昆明租房子住家工作过日子的。住到这里来近于凑巧，因为凑巧反而不会令人觉得稀奇了。妇人多受雇于附近一个小小织袜厂，终日在敞坪中摇纺车纺棉纱。孩子们无所事事，便在敞坪中追逐吵闹，拾捡碎瓦小石子打狗玩。敞坪四面是路，时常有无家狗在树林中垃圾堆边寻东觅西，鼻子贴地各处闻嗅，一见孩子们蹲下，知道情形不妙，就极敏捷的向坪角一端逃跑。有时只露出一个头来，两眼很温和的对孩子们看着，意思象是要说："你玩你的，我玩我的，不成吗？"有时也成。那就是一个卖牛羊肉的，扛了个木架子，带着官秤，方形的斧头，雪亮的牛耳尖刀，来到敞坪中，搁下架子找寻主顾时。妇女们多放下工作，来到肉架边讨价还钱。孩子们的兴趣转移了方向，几只野狗便公然到敞坪中来。先是坐在敞坪一角便于逃跑的地方，远远的看热闹。其次是在一种试探形式中，慢慢的走近人丛中来。直到忘形挨近了肉架边，被那羊屠户见着，扬起长把手斧，大吼一声"畜生，走开！"方肯略略走开，站在人圈子外边，用一种非常诚恳非常热情的态度，略微偏着颈，欣赏肉架上的前腿后腿，以及后腿末端那条带毛小羊尾巴，和搭在架旁那些花油。意思象是觉得不拘什么地方都很好，都无话可说，因此它不说话。它在等待，无望无助的等待。照例妇人们在集群中向羊屠户连嚷带笑，加上各种"神明在上，报应分明"的誓语，这一个证明实在赔了本，那一个证明买了它家用的秤并不大，好好歹歹作成了交易，过了秤，数了钱，得钱的走路，得肉的进屋里去，把肉挂在悬空钩子上。孩子们也随同进到屋里去时，这些狗方趁空走近，把鼻子贴在先前一会搁肉架的地面闻嗅闻嗅。或得到点骨肉碎渣，一口咬住，就忙匆匆向敞坪空处跑去，或向尤加利树下跑去。树上正有松鼠剥果子吃，果子掉落地上。"上海人"走过来拾起嗅嗅，有"万金油"气味，微辛而芳馥。

早上六点钟，阳光在尤加利树高处枝叶间敷上一层银灰光泽。空气寒冷而清爽。敞坪中很静，无一个人，无一只狗。

几个竹制纺车瘦骨伶精的搁在一间小板屋旁边。站在晒台上望着这些简陋古老工具，感觉"生命"形式的多方。敞坪中虽空空的，却有些声音仿佛从敞坪中来，在他耳边响着。

"骨头太多了，不要这个腿上大骨头。"

"嫂子，没有骨头怎么走路？"

"曲蟮有不有骨头？"

"你吃曲蟮？"

"哎哟，菩萨。"

"菩萨是泥的木的，不是骨头做成的。"

"你毁佛骂佛，死后入三十三层地狱，磨石碾你，大火烧你，饿鬼咬你。"

"活下来做屠户，杀羊杀猪，给你们善男信女吃，做赔本生意，死后我会坐在莲花上，直往上飞，飞到西天一个池塘里洗个大澡，把一身罪过一身羊臊血腥气洗得干干净净！"

"西天是你们屠户去的？做梦！"

"好，我不去让你们去。我们做屠户的都不去了，怕你们到那地方肉吃不成！你们都不吃肉，吃长斋，将来西天住不下，急坏了佛爷，还会骂我们做屠户的不会做生意。一辈子做赔本生意，不光落得人的骂名，还落个佛的骂名。肉你不要我拿走。"

"你拿走好！肉臭了看你喂狗吃。"

"臭了我就喂狗吃，不很臭，我把人吃。红焖好了请人吃，还另加三碗包谷烧酒，怕不有人叫我做伯伯、舅舅、干老子。许我每天念《莲花经》一千遍，等我死后坐朵方桌大金莲花到西天去！"

"送你到地狱里去，投胎变一只蛤蟆，日夜呱呱呱呱叫。"

"我不上西天，不入地狱。忠贤区区长告我说，姓曾的，你不用卖肉了吧，你住忠贤区第八保，昨天抽壮丁抽中了你，不用说什么，到湖南打仗去。你个子长，穿上军服排队走在最前头，多威武！我说好，什么时候要我去，我就去。我怕无常鬼，日本鬼子我不怕。派定了我，要我姓曾的去，我一定去。"

"××××××××"

"我去打仗，保卫武汉三镇。我会打枪，我亲哥子是机关枪队长！他肩章上有三颗星，三道银边！我一去就要当班长，打个胜仗，我就升排长。打到北平去，赶一群绵羊回云南来做生意，真正做一趟赔本生意！"

接着便又是这个羊屠户和几个妇人各种赌咒的话语。坪中一切寂静。远处什么地方有军队集合、下操场的喇叭声音，在润湿空气中振荡。静中有动。他心想："武汉已陷落三个月了。"

屋上首一个人家白粉墙刚刚刷好，第二天，就不知被谁某一个克尽厥职的公务员看上了，印上十二个方字。费很多想象把意思弄清楚了。只中间一句话不大明白，"培养卫生"。

好象是错了两个字。这是小事。然而小事若弄得使人糊涂，不好办理，大处自然更难说了。

带着小小铜项铃的瘦马，驮着粪桶过去了。

一个猴子似瘦脸嘴人物，从某个人家小小黑门边探出头来，喊"娃娃，娃娃"，娃娃不回声。他自言自语说道："你哪里去了？吃屎去了？"娃娃年纪已经八岁，上了学校，可是学校因疏散下了乡，无学校可上，只好终日在敝坪煤堆上玩。

"煤是哪里来的？""地下挖来的。""作什么用？""可以烧火。"

娃娃知道的同一些专门家知道的相差并不很远。那个上海人心想："你这孩子，将来若可以升学，无妨入矿冶系。因为你已经知道煤炭的出处和用途。好些人就因那么一点知识，被人称为专家，活得很有意义！"

娃娃的父亲，在儿子未来发展上，却老做梦，以为长大了应当作设治局长，督办。照本地规矩，当这些差事很容易发财。发了财，买下对门某家那栋房子。上海人越来越多，租房子肯出大价钱，押租又多。放三分利，利上加利，三年一个转。想象因之丰富异常。

做这种天真无邪好梦的人恐怕正多着。这恰好是一个地方安定与繁荣的基础。提起这个会令人觉得痛苦是不是？不提也好。

因为你若爱上了一片蓝天，一片土地，和一群忠厚老实人，你一定将不由自主的嚷："这不成！这不成！天不辜负你们这群人，你们不应当自弃，不应当！得好好的来想办法！你们应当得到的还要多，能够得到的还要多！"

于是必有人问："先生，你这是什么意思？在骂谁？教训谁？想煽动谁？用意何在？"

问的你莫名其妙，不特对于他的意思不明白，便是你自己本来意思，也会弄糊涂的。话不接头，两无是处。你爱"人类"，他怕"变动"。你"热心"，他"多心"。

"美"字笔画并不多，可是似乎很不容易认识。"爱"字虽人人认识，可是真懂得它的意义的人却很少。

一九三九年二月

记蔡威廉女士

民国十八年（一九二九年）左右，朋友胡也频先生丁玲女士两人，由上海迁往杭州葛岭暂时住家。过不久，两个人回到上海，行李中多了一张丁玲女士的半身油画像。那画颜色用得暗暗的，好象一个中年人的手笔。问及时，才知道是子民先生[①]大小姐蔡威廉女士画的。当时只听说她为人极忠厚老实，除教书外从不露面，在客人面前也少说话。画并无什么出奇惊人处，可是很文静，毫无浮嚣气，有功夫。人如其画，同样给人一个有教养的好印象。试想想，在一个国立艺术学校教西洋画十年，除了学生，此外几乎无人知道，不是忠厚老实，办得到办不到？现在说起谁人忠厚老实时，好象不知不觉就有了点"无用"意思在内。可是对于一个艺术家，说起这点性格，却同"伟大"十分接近。正因不少艺术家给人的印象似乎是太欠缺忠厚老实了。凡稍稍注意过中国艺术界情形的人，一定就还记得起二十年来的各种纠纷，以及各个人其所以出名露面的，或出国对客挥毫，用走江湖方式显其所长，在国内则阿谀权贵，用拜老头子方式贡其所有。雇打手，作伪证，搞自我宣传，用心之巧，设想之密，真是无所不至。能言善道，谈话之多，在教育史艺术史上亦属绝后空前。忠厚老

---

① 即蔡元培先生。

实的艺术家，是一种如何稀有少见的人物！若有人肯埋头努力，不求自见，十年如一日，工作不懈，成就且不说，只看看那个态度，实不能不令人产生敬佩之忱。所以当时丁玲女士就觉得她很好，很可爱，象一个理想艺术家。

那张画相虽出自一个忠厚老实艺术家的手笔，它的历史说起来却充满了浪漫性。第一次我看它挂在环龙路一个俄国妇人公寓里，正是丁玲写《在黑暗中》时节。第二次我看它挂在万宜坊某人家三楼，正是也频失踪前一日。到后隔了数年，丁玲女士忽然在上海失踪了，某个朋友记载这件事情时，曾提及这画相，说连同许多信件书籍，已统被没收入官。可是过半年后，她被禁在南京陵园附近狮子桥时，我去看望她，书房里却挂了那么一张大画相。谁还给她的，向谁讨回的，无人知道。

前年冬天我从北方回到湘西，住在沅陵。那时节南北两个国立艺术专门学校刚好合并，也迁沅陵上课，初来暂时都停顿在对河小旅馆里。我有个哥哥正住在沅陵城里"芸庐"新家，素称好事，生平只要得人信托，托他作事，总极高兴帮忙。为代学校找木匠工人，忙来忙去，十分兴奋。有一天，回来时却同我说："到南门街上××店铺里，看见一群孩子，很可爱也很狼狈，不知从什么地方逃来的。住在那么一个坏地方。孩子们无人看管，在小天井泥水中玩。我问他：'小东西，你是什么地方人？'那孩子举起小手来就说，'打你，打你。'好，要打我，我怕了，好厉害！"哥哥说到后来，笑了。哥哥同我上街去，从那铺子经过时，正好遇着一群孩子同一个中年妇人出门，走过去一点，却遇见一个长头发先生，很象胡也频。我想起在上海某地方升降机旁见过林文铮一面。试作招呼，果然是文铮。介绍后才知道女的就是蔡威廉。一群孩子是两个人的儿女。大家稍稍谈了一会，到城门边看看窑货，就分手了。我那哥哥知道是我熟人，且知道是蔡先生女儿时，恐怕他们初来，吃什么都不方便，便赶快为孩子们送了点小食去。看到孩子们都挤在一处，哥哥想，这不成，得换个住处才好，就自动为他们去找住处。因此和一个姓白的同乡交涉，租赁了他那未完工的新房住。可是过不几天，学校出了事，闹起风潮来了。一闹风潮，纠察队，打架队，以及什么古怪组织都一起出现了，风潮且牵涉到每一个教员。文铮原是杭州美专的教务长，自然也牵扯在内。以后教育部派了陈之迈先生来调停此事时，借用我家房子开会，有些学生竟装作写生，分批来到我家大门前作画，以便探听谁进谁出。我觉得这些人行为可鄙，十分讨厌。中国各地方正有百万人在为国家打仗，我家乡朋友亲戚，已死丧了上千人，不少下级军官，伤痕未愈，就即刻用荣誉师名分接了四营新兵，又出发向前打仗去了。这些读书人来到后方，却打来闹去，实在看不惯。且明白纠纠纷纷，是非混淆，外边人也毫无办法。很有几个"艺术家"疑心多，计策多，沾上去说不定还有人以为我也在内，要夺他们臭皮蛋！因此一来，同大家都不常见面，同文铮夫妇也只见过几次面。哥哥虽好客，且欢喜那一群孩子，也不敢邀他们来玩了。

我当时对于威廉的印象，同十年前差不多。她样子很朴实，语言很少，正和她那画像相称。且以为朴实的人，朴实的工作，将来成就一定会大得多。

到昆明来后，我们凑巧又成为邻居，同住昆明北门街。问及时，方知两夫妇都离开了艺专，失了业。其中经过情形并不明白，但总觉得古怪。文铮或和朋友意见不合，放下学校事不干。蔡女士为人那么忠厚老实，对人几乎可说从不说过一句闹别扭的话，对职务又那么热心认真，若非二三子有意作弄，她决不会同这个学校离开。当时学校负责人，若稍微肯为这个学校着想，肯为艺术教育着想，蔡威廉女士本人即或要辞职，也一定加以挽留，不许她离开。可是她竟然离开了学校。且据朋友们传说，生活情形在沅陵时即已经很窘迫。

但与两夫妇谈及学校时，她竟一句话不说。总好象贫穷是并不什么可怕的，学校风潮闹下去，倒有点可惜。人家不要她教书，她还是可以自己作画。为证明这点理想并不因离开学校而受挫折，墙壁上就贴满了她为孩子们作的小幅精美速写。

可是事实上随之而来生活上自然也就有点麻烦了。房子那么小，大杂院那么乱，想安静作画是不可能的。初来雇的本地用人照例不合式，做不上三天又走了，作主妇的就得为一家大小八口作饭。五个孩子虽然都很乖，大的是个女孩，家务事还能帮点小忙，提提水，炉子里加加松毛，拌和稀饭，最忙的自然还是主妇。并且腹中孩子已显然日益长大，到四五月间即将生产。我住处进出需从他们厨房楼下经过，孩子们一见我必大声招呼，我必同样向这些小朋友一一答话。常常看到这个作母亲的，看了件宽博印花布袍子，背身向外，在那小锅小桌边忙来忙去。听我和孩子招呼时，就转身对我笑笑，我心中总觉得很痛苦。生活压在这个人身上，实在太重了，微笑就是一种无可奈何的表示。想用微笑挪开朋友和自己那点痛苦，却办不到。

我每天早晚进出，依然同小朋友招呼。间或称呼他家第三位黑而胖的小姐做"大块头"，问她爸爸妈妈好，出不出门玩。小孩子依然笑嘻嘻答应"很好"。可是前两天听家里人说，才知道孩子的母亲，在家生产了一个小毛毛，已死去三天了。死的直接原因是产褥热，间接原因却是无书教，无收入，怕费用多担负不下，不能住医院生产，终于死去。人死了，剩下一堆画，六个孩子。

死下的完了，三十多岁就赍志而没，有许多理想无从实现。但人已死去，既不必为生活烦累，更不会受同行闲气，或比生前安适，也未可知。朋友们同情或不平，显然都毫无意义，既不能帮助这个朋友重生，也不容易使这个社会转好。惟生者何以为生？行将坠入这种困境或已经到了同样情形的朋友，是哺糟啜醨随波逐流以尽有涯之生，是改业跳槽经营小生意以糊口？艺术界方面二十年来我们饱看了一切人与人的斗争，用尽一切心机，使用各种法术，名分上为的是"理想"，"事业"，事实上不外"饭碗"二字。真真在那里为艺术而致力，用勤苦与自己斗争，改正弱点，发现新天地，如蔡威廉女士那么为人，实在不多，末了却被穷病打倒，终于死去，想起来未免令人痛苦寒心。

一九三九年六月

云南看云

　　云南是因云而得名的，可是外省人到了云南一年半载后，一定会和本地人差不多，对于云南的云，除了只能从它变化上得到一点晴雨知识，就再也不会单纯的来欣赏它的美丽。看过卢锡麟先生的摄影后，必有许多人方俨然重新觉醒，明白自己是生在云南，或住在云南。云南特点之一，就是天上的云变化得出奇。尤其是傍晚时候，云的颜色，云的形状，云的风度，实在动人。

　　战争给了许多人一种有关生活的教育，走了许多路，过了许多桥，睡了许多床，此外还必然吃了许多想象不到的苦头。然而真正具有深刻教育意义的，说不定倒是明白许多地方各有各的天气，天气不同还多少影响到一点人事。云有云的地方性：中国北部的云厚重，人也同样那么厚重。南部的云活泼，人也同样那么活泼。海边的云幻异，渤海和南海云又各不相同，正如两处海边的人性情不同。河南河北的云一片黄，抓一把下来似乎就可以作窝窝头，云粗中有细，人亦粗中有细。湖湘的云一片灰，长年挂在天空一片灰，无性格可言，然而桔子辣子就在这种地方大量产生，在这种天气下成熟，却给湖南人增加了生命的发展性和进取精神。四川的云与湖南云虽相似而不尽相同，巫峡峨眉夹天耸立，高峰把云分割又加浓，云有了生命，人也有了生命。

论色彩丰富，青岛海面的云应当首屈一指。有时五色相渲，千变万化，天空如展开一张张图案新奇的锦毯。有时素净纯洁，天空只见一片绿玉，别无它物，看来令人起轻快感，温柔感，音乐感。一年中有大半年天空完全是一幅神奇的图画，有青春的嘘息，煽起人狂想和梦想，海市蜃楼即在这种天空下显现。海市蜃楼虽并不常在人眼底，却永远在人心中。秦皇汉武的事业，同样结束在一个长生不死青春常住的美梦里，不是毫无道理的。云南的云给人印象大不相同，它的特点是素朴，影响到人性情，也应当是挚厚而单纯。

云南的云似乎是用西藏高山的冰雪，和南海长年的热浪，两种原料经过一种神奇的手续完成的。色调出奇的单纯。惟其单纯反而见出伟大。尤以天时晴明的黄昏前后，光景异常动人。完全是水墨画，笔调超脱而大胆。天上一角有时黑得如一片漆，它的颜色虽然异样黑，给人感觉竟十分轻。在任何地方"乌云蔽天"照例是个沉重可怕的象征，云南傍晚的黑云，越黑反而越不碍事，且表示第二天天气必然顶好。几年前中国古物运到伦敦展览时，记得有一个赵松雪[1]作的卷子，名《秋江叠嶂》，净白的澄心堂纸上用浓墨重重涂抹，给人印象却十分秀美。云南的云也恰恰如此，看来只觉得黑而秀。

可是我们若在黄昏前后，到城郊外一个小丘上去，或坐船在滇池中，看到这种云彩时，低下头来一定会轻轻的叹一口气。具体一点将发生"大好河山"感想，抽象一点将发生"逝者如斯"感想。心中可能会觉得有些痛苦，为一片悬在天空中的沉静黑云而痛苦。因为这东西给了我们一种无言之教，比目前政治家的文章，宣传家的讲演，杂感家的讽刺文都高明得多，深刻得多，同时还美丽得多。觉得痛苦原

---

① 即书画家赵孟頫。

因或许也就在此。那么好看的云，教育了在这一片天底下讨生活的人，究竟是些什么？是一种精深博大的人生理想？还是一种单纯美丽的诗的激情！若把它与地面所见、所闻、所有两相对照，实在使人不能不痛苦！

在这美丽天空下，人事方面，我们每天所能看到的，除了官方报纸虚虚实实的消息，物价的变化，空洞的论文，小巧的杂感，此外似乎到处就只碰到"法币"。大官小官商人和银行办事人直接为法币而忙，教授学生也间接为法币而忙。最可悲的现象，实无过于大学校的商学院，近年每到注册上课时，照例人数必最多。这些人其所以热中于习经济、学会计，可说对于生命无任何高尚理想，目的只在毕业后能入银行作事。"熙熙攘攘，皆为利往，挤挤挨挨，皆为利来。"教务处几个熟人都不免感到无可奈何。教这一行的教授，也认为风气实不大好。社会研究的专家，机会一来即向银行跑。习图书馆的，弄古典文学的，学外国文学的，工作皆因此而清闲下来，因亲戚、朋友、同乡……种种机会，不少人也象失去了对本业的信心。有子女升学的，都不反对子弟改业从实际出发，能挤进银行或金融机关作办事员，认为比较稳妥。大部分优秀脑子，都给真正的法币和抽象的法币弄得昏昏的，失去了应有的灵敏与弹性，以及对于"生命"较深一层的认识。其余平常小职员、小市民的脑子，成天打算些什么，就可想而知了。云南的云即或再美丽一点，对于那个真正的多数人，还似乎毫无意义可言的。

近两个月来本市连续的警报，城中二十万市民，无一不早早的就跑到郊外去，向天空把一个颈脖昂酸，无一人不看到过几片天空飘动的浮云，仰望结果，不过增加了许多人对于财富得失的忧心罢了。"我的越币下落了"，"我的汽油上涨了"，"我的事业这一年发了五十万财"，"我从公家赚了八万三"，这还是就仅有十几个熟人口里说说的。此外说不定还有三五个教授之流，终日除玩牌外无其他娱乐，想到前一晚上玩麻雀牌输赢事情，聊以解嘲似的自言自语："我输牌不输理。"这种教授先生当然是不输理的，在警报解除以后，不妨跑到老伙伴住处去，再玩个八圈，证明一下输的究竟是什么。一个人若乐意在地下爬，以为是活下来最好的姿势，他人劝他不妨站起来试走走看，或更盼望他挺起脊梁来做个人，当然是不会有什么结果的。

就在这么一个社会这么一种精神状态下，卢先生却来昆明展览他在云南的摄影，告给我们云南法币以外还有些什么值得注意。即以天空的云彩言，色彩单纯的云有多健美，多飘逸，多温柔，多崇高！观众人数多，批评好，正说明只要有人会看云，就能从云影中取得一种诗的感兴和热情，还可望将这种可贵的感情，转给另外一种人。换言之，就是云南的云即或不能直接教育人，还可望由一个艺术家的心与手，间接来教育人。卢先生摄影的兴趣，似乎就在介绍这种美丽感印给多数人，所以作品中对于云物的题材，处理得特别好。每一幅云都有一种不同的性情，流动的美。不纤巧，不做作，不过分修饰，一任自然，心手相印，表现得素朴而亲切，作品取得的成功是必然的。可是我以为得到"赞美"还不是艺术家最终的目的，应当还有一点更深的意义。我意思是如果一种可怕的庸俗的实际主义正在这个社会各组织各阶层间普遍流行，腐蚀我们多数人做人的良心做人的理想，且在同时还象是正在把许多人有形无形市侩化，社会中优秀分子一部分所梦想所希望，也只是糊口混日子了事，毫无一种较高尚的情感，更缺少用这情感去追求一个美丽而伟大的道德原则的勇气时，我们这个民族应当怎么办？大学生读书目的，不是站在柜台边作行员，就是坐在公事房作办事员，脑子都不用，都不想，只要有一碗饭吃就算有了出路。甚至于做政论的，作讲演的，写不高明讽刺文的，习理工的，玩玩文学充文化人的，办党的，信教的，……特别是当权做官的，出路打算也都是只顾眼前。大家眼前固然都有了出路，这个国家的明天，是不是还有希望可言？我们如真能够象卢先生那么静观默会天空的云彩，云物的美丽景象，也许会慢慢的陶冶我们，启发我们，改造我们，使我们习惯于向远景凝眸，不敢堕落，不甘心堕落，我以为这才象是一个艺术家最后的目的。正因为这个民族是在求发展，求生存，战争已经三年，战争虽败北，虽死亡万千人民，牺牲无数财富，可并不气馁，相信坚持抗战必然翻身。就为的是这战争背后还有个壮严伟大的理想，使我们对于忧患之来，在任何情形下都能忍受。我们其所以能忍受，不特是我们要发展，要生存，还要为后来者设想，使他们活在这片土地上更好一点，更象人一点！我们责任那么重，那么困难，所以不特多数知识分子必然要有一个较坚朴的人生观，拉之向上，推之向前，就是作生意的，也少不了需要那么一分知识，方能够把企业的发展与国家的发展放在同一目标上，分途并进，异途同归，抗战到底！

举一个浅近的例来说说：我们的眼光注意到"出路""赚钱"以外，若还能够估量到在滇越铁路的另一端，正有多少鬼蜮成性阴险狡诈的敌人，圆睁两只鼠眼，安排种种巧计阴谋，预备把劣货倾销到昆明来，且把推销劣货的责任，派给昆明市的大小商家时，就知道学习注意远处，实在是目前一件如何重要的事情！照相必选择地点，取准角度，方可望有较好效果。做人何常不是一样。明分际，识大体，"有所不为"，敌人即或花样再多，敌货在有经验商家的眼中，总依然看得出，取舍之间是极容易的。若只图发财，见利忘义，"无所不为"，把劣货变成国货，改头换面，不过是翻手间事！劣货推销不过是若干有形事件中之一种。此外统治者中上层和知识阶级中不争气处，所作所为，实有更甚于此者。哪一件事、哪一种行为不影响到整个国家前途命运！哪容许我们松劲！

　　所以我觉得卢先生的摄影，不仅仅是给人看看，还应当给人深思。

绿 魇

一、绿

我躺在一个小小山地上，四围是草木蒙茸枝叶交错的绿荫，强烈阳光从枝叶间滤过，洒在我身上和身前一片带白色的枯草间。松树和柏树作成一朵朵墨绿色，在十丈远近河堤边排成长长的行列。同一方向距离稍近些，枝柯疏朗的柿子树，正挂着无数玩具一样明黄照眼的果实。在左边，更远一些的公路上，和较近人家屋后，尤加利树高摇摇的树身，向天直矗，狭长叶片杨条鱼一般在微风中闪泛银光。近身园地中那些石榴树丛，各自在阳光下立定，叶子细碎绿中还夹杂些鲜黄，阳光照及处都若纯粹透明。仙人掌的堆积物，在园坎边一直向前延展，若不受小河限制，俨然即可延展到天际。肥大叶片绿得异常哑静，对于阳光竟若特有情感，吸收极多，生命力因之亦异常饱满。最动人的还是身后高地那一片待收获的高粱，枝叶在阳光雨露中已由青泛黄，各顶着一丛丛紫色颗粒，在微风中特具萧瑟感，同时也可从成熟状态中看出这一年来人的劳力与希望结合的庄严。从松柏树的行列缝隙间，还可看到远处浅淡的绿原，和那些刚由闪光锄头翻过赭色的田亩相互交错，以及镶在这个背景中的村落，村落尽头那一线银色湖光。在我手脚可及处，却可从银白光泽的狗尾草细长枯茎和黄茸茸杂草间，发现各式各样绿得等级完全不同的小草。

　　我努力想来捉捕这个绿芜照眼的光景，和在这个清洁明朗空气相衬，从平田间传来的锄地声，从村落中传来的春米声，从山坡下一角传来的连枷扑击声，从空气中传来的虫鸟搏翅声，以及由于这些声音共同形成的特殊静境，手中一支笔，竟若丝毫无可为力。只觉得这一片绿色，一组声音，一点无可形容的气味综合所作成的境界，使我视听诸官觉沉浸到这个境界中后，已转成单纯到不可思议。企图用充满历史霉斑的文字来写它时，竟是完全的徒劳。

　　地方对于我虽并不完全陌生，可是这个时节耳目所接触，却是个比梦境更荒唐的实在。

　　强烈的午后阳光，在云上，在树上，在草上，在每个山头黑石和黄土上，在一枚爬着的飞动的虫蚁触角和小脚上，在我手足颈肩上，都恰象一只温暖的大手，到处给以同样充满温情的抚摩。但想到这只手却是从亿万里外向所有生命伸来的时候，想象便若消失在天地边际，使我觉得生命在阳光下，已完全失去了旧有意义了。

　　其时松树顶梢有白云驰逐，正若自然无目的游戏。阳光返照中，天上云影聚拢复散开；那些大小不等云彩的阴影，便若匆匆忙忙的如奔如赴从那些刚过收割期不久的远近田地上一一掠过，引起我一点点新的注意。我方从那些灰白色残余禾株间，发现了些银绿色点子。原来十天半月前，庄稼人趁收割时嵌在禾株间的每一粒蚕豆种子，在润湿泥土与和暖阳光中，已普遍从薄而韧的壳层里解放了生命，茁起了小小芽梗。有些下种较早的，且已变成绿芜一片。小溪边这里那里，到处有白色蜉蝣蚊蠓，在阳光下旋成一个柱子，队形忽上忽下，表示对于暂短生命的悦乐。阳光下还有些红黑对照色彩鲜明的小甲虫，各自从枯草间找寻可攀登的白草，本意俨若就只是玩玩，到了尽头时，便常常从草端从容堕下，毫不在意，使人对于这个小小生命所具有的完整性，感到无限惊奇。

忽然间，有个细腰大头黑蚂蚁，爬上了我的手背，仿佛有所搜索，到后便停顿在中指关节间，偏着个头，缓慢舞动两个小小触须，好象带点怀疑神气，向阳光提出询问："这是什么东西？有什么用处？"

我于是试在这个纸上，开始写出我的回答："这个古怪东西名叫手爪，和动物的生存发展大有关系。最先它和猴子不同处，就是这个东西除攀树走路以外，偶然发现了些别的用途。其次是服从那个名叫脑子的妄想，试作种种活动，因此这类动物中慢慢的就有了文化和文明，以及代表文化文明的一切事事物物。这一处动物和那一处动物，既生存在气候不同物产不同迷信不同环境中，脑子的妄想以及由于妄想所产生的一切，发展当然就不大一致。到两方面失去平衡时，因此就有了战争。战争的意义，简单一点说来，便是这类动物的手爪，暂时各自返回原始的用途，用它来撕碎身边真实或假想的仇敌，并用若干年来手爪和脑子相结合产生的精巧工具，在一种多少有点疯狂恐怖情绪中，毁灭那个妄想与勤劳的成果，以及一部分年青生命。必须重新得到平衡后，这个手爪才有机会重新用到有意义方面去。那就是说生命的本来，除战争外有助于人类高尚情操的种种发展。战争的好处，凡是这类动物都异常清楚，我向你可说的也许是另外一回事，是因动物所住区域和皮肤色泽产生的成见，与各种历史上的荒谬迷信，可能会因之而消失，代替来的虽无从完全合理，总希望可能比较合理。正因为战争象是永远去不掉的一种活动，所以这些动物中具妄想天赋也常常被阿谀势力号称'哲人'的，还有对于你们中群的组织，加以特别赞美，认为这个动物的明日，会从你们组织中取法，来作一切法规和社会设计的。关于这一点你也许不会相信。可是凡是属于这个动物的问题，照例有许多事，他们自己也就不会相信！他们的心和手结合为一形成的知识，已能够驾驭物质，征服自然，用来测量在太空中飞转的星球的重量和速度，好象都十分有把握，可始终就不大能够处理'情感'这个名词，以及属于这个名词所产生的种种悲剧。大至于人类大规模的屠杀，小至于个人家庭纠纠纷纷，一切'哲人'和这个问题碰头时，理性的光辉都不免失去，乐意转而将它交给'伟人'或'宿命'来处理。这也就是这个动物无可奈何处。到现在为止，我们还缺少一种哲人，有勇气敢将这个问题放到脑子中向深处追究。也有人无章次的梦想过，对伟人宿命所能成就的事功怀疑，可惜使用的工具却已太旧，因之名叫'诗人'，同时还有个更相宜的名称，就是'疯子'。"

那只蚂蚁似乎并未完全相信我的种种胡说，重新在我手指间慢慢爬行，忽若有所悟，又若深怕触犯忌讳，急匆匆的向枯草间奔去，即刻消失了。它的行为使我想起十多年前一个同船上路的大学生，当我把脑子想到的一小部分事情向他道及时，他那种带着谨慎怕事惶恐逃走的神情，正若向我表示："一个人思索太荒谬了不近人情。我是个规矩公民，要的是可靠工作，有了它我可以养家活口。我的理想只是无事时玩玩牌，说点笑话，买点储蓄奖券。这世界一切都是假的，相信不得，尤其关于人类向上书呆子的理想。我只见到这种理想和那种理想冲突时的纠纷混乱，把我做公民的信仰动摇，把我找出路的计划妨碍。我在大学读过四年书，所得的结论，就是绝对不做书呆子，也不受任何好书本影响！"快二十年了，这个公民微带嘶哑充满自信的声音，还在我耳际萦回。这个朋友这时节说不定已作了委员厅长或主任，活得也好象很尊严很幸福。

一双灰色斑鸠从头上飞过，消失到我身后斜坡上那片高粱地里去了，我于是继续写下去，试来询问我自己："我这个手爪，这时节有些什么用处？将来还能够作些什么？是顺水浮舟，放乎江潭，是酺糟啜醨，拖拖混混？是打拱作揖，找寻出路？是卜课占卦，遣有涯生？"

　　自然无结论可得。一片绿色早把我征服了。我的心这个时节就毫无用处，没有取予，缺少爱憎，失去应有的意义。在阳光变化中，我竟有点怀疑，我比其他绿色生物，究竟是否还有什么不同处。很显明，即有点分别，也不会比那生着桃灰色翅膀，颈脯上围着花带子的斑鸠与树木区别还来得大。我仿佛触着了生命的本体。在阳光下包围于我身边的绿色，也正可用来象征人生。虽同一是个绿色，却有各种层次。绿与绿的重叠，分量比例略微不同时，便产生各种差异。这片绿色既在阳光下不断流动，因此恰如一个伟大乐曲的章节，在时间交替下进行，比乐律更精微处，是它所产生的效果，并不引起人对于生命的痛苦与悦乐，也不表现出人生的绝望和希望，它有的只是一种境界。在这个境界中，似乎人与自然完全趋于谐和，在谐和中又若还具有一分突出自然的明悟，必需稍次一个等级，才能和音乐所煽起的情绪相邻，再次一个等级，才能和诗歌所传递的感觉相邻。然而这个等次的降落只是一种比拟，因为阳光转斜时，空气已更加温柔，那片绿原渐渐染上一层薄薄灰雾，远处山头，有由绿色变成黄色的，也有由淡紫色变成深蓝色的，正若一个人从壮年移渡到中年，由中年复转成老年，先是鬓毛微斑，随即满头如雪，生命虽日趋衰老，一时可不曾见出齿牙摇落的日暮景象。其时生命中杂念与妄想，为岁月漂洗而去尽，一种清净纯粹之气，却形于眉宇神情间。人到这个状况下时，自然比诗歌和音乐更见得素朴而完整。

　　我需要一点欲念，因为欲念若与社会限制发生冲突，将使我因此而痛苦。我需要一点狂妄，因为若扩大它的作用，即可使我从这个现实光景中感到孤单。不拘痛苦或孤单，都可将我重新带近这个乱糟糟的人间，让固执的爱与热烈的恨，抽象或具体的交替来折磨我这颗心，于是我会从这个绿色次第与变化中，发现象征生命所表现的种种意志。如何形成一个小小花蕊，创造出一根刺，以及那个凭借草木在微风中摇荡飞扬旅行的银白色茸毛种子，成熟时自然轻轻爆裂弹出种子的豆荚，这里那里，还无不可发现一切有生为生存与繁殖所具有的不同德性。这种种德性，又无不本源于一种坚强而韧性的试验，在长时期挫折与选择中方能形成。我将大声叫嚷："这不成！这不成！我们人的意志是个什么形式？在长期试验中有了些什么变化和进展？它存在，究竟在何处？它消失，究竟为什么而消失？一个民族或一种阶级，它的逐渐堕落，是不是纯由宿命，一到某种情形下即无可挽救？会不会只是偶然事实，还可能用一种观念一种态度将它重造？我们是不是还需要些人，将这个民族的自尊心和自信心，用一些新的抽象原则重建起来？对于自然美的热烈赞颂，对传统世故的极端轻蔑，是否即可从更年青一代见出新的希望？"

不知为什么，我的眼睛却被这个离奇而危险的想象弄得迷蒙潮润了。

我的心，从这个绿荫四合所作成的奇迹中，和斑鸠一样，向绿荫边际飞去，消失在黄昏来临以前的一片灰白雾气中，不见了。

……一切生命无不出自绿色，无不取给于绿色，最终亦无不被绿色困惑。头上一片光明的蔚蓝，若无助于解脱时，试从黑处去搜寻，或者还会有些不同的景象。一点淡绿色的磷光，照及范围极小的区域，一点单纯的人性，在得失哀乐间形成奇异的式样。由于它的复杂与单纯，将证明生命于绿色以外，依然能存在，能发展。

二、黑

同样是强烈阳光中，长大院坪里正晒了一堆堆黑色的高粱，几只白母鸡在旁边啄食。一切寂静。院子一端草垛后的侧屋中，有木工的斧斤削砍声和低沉人语声，更增加这个乡村大宅院的静境。

当我第一次用"城里人"身分，进到这个乡户人家广阔庭院中，站在高粱堆垛间，为迎面长廊承尘梁柱间的繁复眩目金漆彩绘呆住时，引路的马夫，便在院中用他那个沙哑嗓子嚷叫起来："二奶奶，二奶奶，有人来看你房子！"

那几只白母鸡起始带点惊惶神气，奔窜到长廊上去。二奶奶于是从大院左侧断续斧斤声中侧屋走了出来。六十岁左右，一身的穿戴，一切都是三十年前老辈式样。额间玄青缎勒正中一片绿玉，耳边两个玉镶大金环，阔边的袖口和衣襟，脸上手上象征勤劳的色泽和粗线条皱纹，端正的鼻梁，微带忧郁的温和眼神，以及从像貌中即可发现的一颗厚道单纯的心。我心想："房子好，环境好，更难得的也许还是这个主人。一个本世纪行将消失、前一世纪的正直农民范本。"

我稍微有点担心，这房子未必能够租给我。可是一分钟后，我就明白这点忧虑为不必要了。

于是照一般习惯，我开始随同这个肩背微偻的老太太各处走去。从那个充满繁复雕饰涂金绘彩的长廊，走进靠右的院落。在门廊间小小停顿时，我不由得不带着诚实赞美口气说："老太太，你这房子真好，木材多整齐，工夫多讲究！"

正象这种赞美是必然的，二奶奶便带着客气的微笑，指点第一间空房给我看，一面说："不好，不好，好哪样！城里好房子多呐多！"

我们在雕花槅扇间，在镂空贴金拼嵌福寿字样的过道窗口下，在厅子里，在楼梯边，在一切分量沉重式样古拙朱漆灿然的家具旁，在连接两院低如船厅的长形客厅中，在宽阔楼梯上，在后楼套房小小窗口那一缕阳光前，在供神木座一堆黝黑放光的铜像左右，到处都停顿了一会儿。这其间，或是二奶奶听我对于这个房子所作的赞赏，或是我听二奶奶对于这个房子的种种说明。最后终于从靠左一个院落走出，回到前面大院子中，在那个六方边沿满是浮雕戏文故事的青石水缸旁站定，一面看木工拼合寿材，一面讨论房子问题。

"先生看可好？好就搬来住！楼上、楼下，你要的我就打扫出来。那边院子归我作主，这边归三房，都好商量。可要带朋友来看看？"

"老太太，房子太好了。不用再带我那些朋友来看了。我们这时节就说好。后楼连佛堂算六间，前楼三间，楼下长厅子算两间，全部归我。今天二十五，下月初我们一定会搬来。老太太，你可不能翻悔，又另外答应别人。"

"好罗，好罗，就是那么说。你们只管来好了。我们不是城里那些租房子的。乡下人心直口直，说一是一，你放心。"

走出了这个人家大门，预备上马回到小县城里去看看时，已不见原来那匹马和马伕，门前路坎边，有个乡下公务员模样的中年人，正把一匹枣骝马系在那一株高大仙人掌树干上，景象自然也是我这个城里人少见的。转过河堤前时，才看到马和马伕共同在那道小河边饮水。

这房子第一回给我的印象，竟简直象做个荒唐的梦。那个寂静的院落，那青石作成的雕花大水缸，那些充满东方人将巧思织在对称图案上的金漆槅扇，那些大小笨重的家具，尤其是后楼那几间小套房，房间小小的，窗口小小的，一缕阳光斜斜的从窗口流进，由暗朱色桌面逼回，徘徊在那些或黑或灰庞大的瓶罂间，所形成的那种特别空气、那种希有情调，说陌生可并不吓怕，虽不吓怕可依然不易习惯，说真话，真使人不大相信是一个房间，这房间且宜于普通人住下！可是事实上，再过三五天，这些房间便将有大部分归我来处置，我和几个亲友，就会用这些房间来作家了！

在马上时，我就试把这些房间一一分配给朋友。画画的宜在楼下那个长厅中，虽比较低矮，可相当宽阔光亮。弄音乐的宜住后楼，虽然光线不足，有的是僻静，人我两不相妨。

至于那个特殊情调，对于习音乐的也许还更相宜。前楼那几间单纯光亮房子，自然就归给我了。因为由窗口望出去，远山近树的绿色，对于我的工作当有帮助；早晚由窗口射进来的阳光，对于孩子们健康实更需要。正当我猜想到房东生活时，那个肩背微伛的马伕，象明白我的来意，便插口说："先生，可看中那房子？这是我们县里顶好一所大房子。不多不少，一共造了十二年。椽子柱子亏老爹上山一根一根找来！你留心看看，那些窗槅子雕的菜蔬瓜果，蛤蟆和兔子，样子全不相同，是一个木匠主事，用他的斧头凿子作成功的！还有那些大门和门闩，扣门锁门定打的大铁老鸹衔，那些承柱子的雕花石鼓，那些搬不出房门的大木床，哪一样不是我们县里第一！往年老当家的在世时，看过房子的人翘起大拇指说：'老爹，呈贡县（今昆明市呈贡区）唯有你这栋房子顶顶好！'老爹就笑起来说：'好哪样！你说的好。'其实老爹累了十二年，造成这栋大房子，最快乐的事，就是听人说这句话。他有机会回答这句话，老爹脾气怪，房子好不让小伙子住，说免得耗折福分。房子造好后好些房间都空着，老爹就又在那个房子里找木匠做寿材，自己监工，四个木匠整整做了一年，前后油漆了几十次，阴宅好后，他自己也就死了。新二房大爹接手当家，爱热闹，要大家迁进来住，谁知年青小伙子各另有想头，读书的、做事的、有了新媳妇的，都乐意在省上租房子住。到老的讨了个小太太后，和二奶奶合不来，老的自己也就搬回老屋，不再在新房子里住。所以如今就只二奶奶守房子。好大栋房子，拿来收庄稼当仓屋用！省上有人来看房子，二奶奶高高兴兴带人楼上楼下打圈子，听人说房子好时，一定和那个老爹一样，会说'好哪样'。二奶奶人好心好，今年快七十了。大爹嘎，别的学不到，只把过世老爹古怪脾气接过了手，家里人大小全都合不来。这几天听说二奶奶正请了可乐村的木匠做寿材，两副大四合寿木，要好几千中央票子！老夫老妇在生合不来，死后可还得埋在一个坑里。……家里如今已不大成。老当家在时，一共有十二个号口，十二个大管事来来去去都坐轿子，不肯骑马，老爹过去后只剩三个号口。民国十二年（一九二三年）土匪看中了这房子，来住了几天，挑去了两担首饰银器，十几担现银元宝，十几担烟土。省里队伍来清乡，打走土匪后，又把剩下的东东西西扫刮搬走。这一来一往，家里也就差不多了。如今想发旺，恐怕要看小的一代去了。……先生，你可当真预备来疏散？房子清爽好住，不会有鬼的！"

从饶舌的马伕口里，无意中得到了许多关于这个房子的历史传说，恰恰补足了我所要知道的一切。

我觉得什么都好，最难得的还是和这个房子有密切关系的老主人，完全贴近土地的素朴的心，素朴的人生观。不提别的，单说将近半个世纪生存于这个单纯背景中所有的哀乐式样，就简直是一个宝藏，一本值得用三百五十页篇幅来写出的动人故事！我心想，这个房子，因为一种新的变动，会有个新的未来，房东主人在这个未来中，将是一个最动人的角色。

一个月后，我看过的一些房间，就已如我所估想的住下了人。在其他房间中，也住了些别的人。大宅院忽然热闹起来。四五个灶房都升了火，廊下到处牵上了晒衣裳的绳子，小孩子已发现了几个花钵中的蓓蕾，二奶奶也发现了小孩子在悄悄的掐折花朵，人类机心似乎亦已起始在二奶奶衰老生命和几个天真无邪孩子间有了些微影响。后楼几个房间和那两个佛堂，更完全景象一新，一种稀有的清洁，一种年青女人代表青春欢乐的空气。佛堂既作了客厅，且作了工作室，因此壁上的大小乐器，以及这些乐器转入手中时伴同年青歌喉所作成的细碎嘈杂，自然无一不使屋主人感到新的变化。

过不久，这个后楼佛堂的客厅中，就有了大学教授和大学生，成为谦虚而随事服务的客人，起始陪同年青女孩子作饭后散步，带了点心食物上后山去野餐，还常到三里外长松林间去赏玩白鹭群。故事发展虽慢，结束得却突然。有一回，一个女孩赞美白鹭，本意以为这些俊美生物与田野景致相映成趣。一个习社会学的大学教授，却充满男性的勇敢，向女孩子表示，若有支猎枪，就可把松树顶上这些白鹭一只一只打下来。白鹭并未打下，这一来，倒把结婚希望打落，于是留下个笑话，仿佛失恋似的走了。大学生呢，读《红楼梦》十分熟习，欢喜背诵点旧诗，可惜几个女孩却不大欣赏这种多情才调。二奶奶依然每天早晚洗过手后，就到佛堂前来敬香，点燃香，作个揖，在北斗星灯盏中加些清油，笑笑的走开了。遇到女孩子们正在玩乐器，间或也用手试摸摸那些能发不同音响的筝笛琵琶，好象对于一个陌生孩子的抚爱。也坐下来喝杯茶，听听这些古怪乐器在灵巧手指间发出的新奇声音。这一切虽十分新奇，对于她内部的生命，却并无丝毫影响，对于她日常生活，也无何等影响。

随后楼下的青年画家，也留下些传说于几个年青女孩子口中，独自往滇西大雪山下工作去了。住处便换了一对艺术家夫妇。壁上悬挂了些中画和西画，床前供奉了观音和耶稣，房中常有檀香山洋琵琶弹出的热情歌曲，间或还夹杂点充满中国情调新式家庭的小小拌嘴。正因为这两种生活交互替换，所以二奶奶即或从窗边走过，也决不能想象得出这一家有些什么问题发生。去了一个女仆，又换来一个女仆，这之间自然不可免也有了些小事情，影响到一家人的情绪。先生为人极谦虚有礼，太太为人极爱美好客，想不到两种好处放在一处反多周章。且不知如何一来，当家的大爹，忽然又起了回家兴趣，回来时就坐在厅子中，一面随地吐痰，一面打鸡骂狗。以为这个家原是他的产业，不许放鸡到处屙屎，妨碍卫生。艺术家夫妇恰好就养了几只鸡，这些扁毛畜生可不大能体会大爹脾气，也不大讲究卫生，因之主客之间不免冲突起来。于是有一个时节，这个院子便可听到很热烈的争吵声，大爹一面吵骂不许鸡随便屙屎，一面依然把黄痰向各处远远唾去，那些鸡就不分彼此的来竞争啄食。后楼客厅中，间或又来个女客。为人有道德能文章，写出的作品，温暖美好的文字，装饰的情感，无不可放在第一流作家中间。更难得的是，未结婚前，决不在文章中或生活上涉及恋爱问题，结了婚后推己及人，却极乐意在婚姻上成人之美。家中有个极好的柔软床铺，常常借给新婚夫妇使用。这个知名客人来了又走了，二奶奶还给人介绍认识过。这些目前或俗或雅或美或不美的事件，对她可毫无影响。依然每早上打扫打扫院子，推推磨石，扛个小小鸦嘴锄下田，晚饭时便坐在侧屋檐下石臼边，听乡下人说说本地米粮时事新闻。

随后是军队来了，楼下大厅正房作了团长的办公室和寝室，房中装了电话，门前有了卫兵，全房子都被兵士打扫得干干净净。屋前林子里且停了近百辆灰绿色军用机器脚踏车；村子里屋角墙边，到处有装甲炮车搁下。这些部队不久且即开拔进了缅甸，再不久，就有了失利消息传来，且知道那几个高级长官，大都死亡了。住在这个房子中的华侨中学学生，因随军入缅，也有好些死亡了。住在楼下某个人家，带了三个孩子返广西，半路上翻车，两个孩子摔死的消息也来了。二奶奶虽照例分享了同住人得到这些不幸消息时一点惊异与惋惜，且为此变化谈起这个那个，提出些近于琐事的回忆，可是还依然在原来平静中送走每一个日子。

艺术家夫妇走后，楼下厅子换了个商人，在滇缅公路上往返发了点小财。每个月得吃几千块钱纸烟的太太，业已生育了四个孩子，到生育第五个时，因失血过多，在医院死去了。住在隔院一个卸任县长，家中四岁大女孩，又因积食死去。住在外院侧屋一个卖陶器的，不甘寂寞，在公路上行凶抢劫，业已捉去处决。三分死亡影响到这个大院子。商人想要赶快续婚，带了一群孤雏搬走了。卸任县长事母极孝，恐老太太思念殇女成病，也迁走了。卖陶器的剩下的寡妇幼儿，在一种无从设想的情形下，抛弃了那几担破破烂烂的瓶罐，忽然也离开了。于是房子又换了一批新的寄居者，一个后方勤务部的办事处，和一些家属。过不到一月，办事处即迁走，留下那些家眷不动。几乎象是演戏一样，这些家眷中，就听到了有新作孤儿寡妇的。原来保山局势紧张时，有些守仓库的匆促中毁去汽油不少，一到追究责任时，黠诈的见机逃亡，忠厚的就不免受军事处分。这些孤儿寡妇过不久自然又走了，向不可知一个地方过日子去了。

习音乐的一群女孩子，随同机关迁过四川去了。

后来又迁来一群监修飞机场的工程师，几位太太，一群孩子，一种新的空气亦随之而来。卖陶器的住处换了一家卖糖的，用修飞机场工人作对象，从外县赶来做生意。到由于人类妄想与智慧结合所产生的那些飞机发动机怒吼声，二十三十日夜在这个房子上空响着时，卖糖的却已发了一笔小财，回转家乡买田开杂货铺去了。年前霍乱流行，一个村子一个村子的乡民，老少死亡相继。山上成熟的桃李，听他在树上地上烂掉，也不许在县中出卖。一个从四川开来的补充团，碰巧到这个地方，在极凄惨的情形中死去了一大半，多浅葬在公路两旁，翘起的瘦脚露出土外，常常不免将行路人绊倒。一些人的生命，仿佛受一种来自时代的大力所转动，无从自主。然而这个大院中，却又迁来一个寄居者，一个从爱情得失中产生灵感的诗人，住在那个善于唱歌吹笛的聪敏女孩子原来所住的小房中，想从窗口间一霎微光，或书本中一点偶然留下的花朵微香，以及一个消失在时间后业已多日的微笑影子，返回过去，稳定目前，创造未来。或在绝对孤寂中，用少量精美文字，来排比个人梦的形式与联想的微妙发展。每到小溪边去散步时，必携同朋友五岁大的孩子，用箬叶折成小船，装载上一朵野花，一个泛白的螺蚌，一点美丽的希望，并加上出于那个小孩子口中的痴而黠的祝福，让小船顺流而去。虽眼看去不多远，就会被一个树枝绊着，为急流冲翻，或在水流转折所激起的旋涡中消失，诗人却必然眼睛湿蒙蒙的，心中以为这个三寸长的小船，终会有一天流到两千里外那个女孩子身边。而且那些憔悴的花朵，那点诚实的希望，以及出自孩子口中的天真祝福，会为那个女孩子含笑接受。有时正当落日衔山，天上云影红红紫紫如焚如烧，落日一方的群山黯淡成一片墨蓝，东面远处群山，在落照中光影陆离仪态万千时，这个诗人却充满象征意味，独自去屋后经过风化的一个山冈上，眺望天上云彩的变幻，和两面山色的倏忽。或偶然从山凹石鳞间有所发现，必扳着那些摇摇欲坠的石块，努力去攀折那个野生带刺花卉，摘回来交给朋友，好象说："你看，我还是把它弄回来了，多险！"情绪中不自觉的充满成功的满足。诗人所住的小房间，既是那个善于吹笛唱歌女孩子住过的，到一切象征意味的爱情依然填不满生命的空虚，也耗不尽受抑制的充沛热情时，因之抱一宏愿，将用个三十万言小说，来表现自己。两年来，这个作品居然完成了大部分。有人问及作品如何发表时，诗人便带着不自然的微笑，十分郑重的说："这不忙发表，需要她先看过，许可发表时再想办法。"决不想到这个作品的发表与否，对于那个女孩子是不能成为如何重要问题的。就因他还完全不明白他所爱慕的女孩子，几年来正如何生存在另外一个风雨飘摇事实巨浪中。怨爱交缚，人我间情感与负气作成的无可奈何环境，所受的压力更如何沉重。这种种不仅为诗人梦想所不及，她自己也初不及料。一切变故都若完全在一种离奇宿命中，对于她加以种种试验。为希望从这个梦魇似的人生中逃出，得到稍稍休息，过不久或且又会回到这个旧居来。然而这方面，人虽若有机会回到这个唱歌吹笛的小楼上来，另一方面，诗人的小小箬叶船儿，却把他的欢欣的梦和孤独的忧愁，载向想象所及的一方，一直向前，终于消失在过去时间里，淡了，远了，即或可以从星光虹影中回来，也早把方向迷失了。新的现实还可能有多少新的哀乐，当事者或旁观者对之都全无所知。当有人告给二奶奶，说三年前在后楼住的最活泼的一位小姐，要回到这个房子来住住时，二奶奶快乐异常的说："那很好。住久了，和自己家里人一样，大家相安。× 小姐人好心好，住在这里我们都欢喜她！"正若一个管理码头的，听说某一只船儿从海外归来神气一样自然，全不曾想到这只美丽小船三年来在海上连天巨浪中挣扎，是种什么经验。为得到这个经验，又如何弄得帆碎橹折，如今的小小休息，还是行将准备向另外一个更不可知的陌生航线驶去！

……日月运行，毫无休息，生命流转，似异实同，惟人生另有其庄严处，即因贤愚不等，取舍异趣，入渊升天，半由习染，半出偶然，所以兰桂未必齐芳，萧艾转易敷荣。动若常动，便若下坡转丸，无从自休。多得多患，多思多虑，有时无从用"劳我以生"自解，便觉"得天独全"可羡。静者常静，虽不为人生琐细所激发，无失亦无得，然而"其生若浮，其死则休"，虽近生命本来，单调又终若不可忍受。因之人生转趋复杂，彼此相慕，彼此相妒，彼此相争，彼此相学，相差相左，随事而生。凡此一切，智者得之，则生知识，仁者得之，则生悲悯，愚而好自用者得之，则又另有所成就。不信宿命的，固可从生命变易可惊异处，增加一分得失哀乐，正若对于明日犹可望凭知识成理性，将这个世界近于传奇部分去掉，人生便日趋于合理。信仰宿命的，又一反此种"人能胜天"的见解，正若认为"思索"非人性本来，倦人而且恼人，明日事不若付之偶然，生命亦比较从容自在。不信一切，惟将生命贴近土地，与自然相邻，亦如自然一部分的，生命单纯庄严处，有时竟不可仿佛。至于相信一切的，到末了却将俨若得到一切，惟必然失去了用为认识一切的那个自己。

三、灰

在一堆具体的事实和无数抽象的法则上，我不免有点茫然自失，有点疲倦，有点不知如何是好。打量重新用我的手和想象，攀援住一种现象，即或属于过去业已消逝的，属于过去即未真实存在的……必须得到它方能稳定自己。

我似乎适从一个辽远的长途归来，带着一点混和在疲倦中的淡淡悲伤，站在这个绿荫四合的草地上，向淡绿与浓赭相错而成的原野，原野尽头那个村落，伸出手去。

"给我一点点最好的音乐，萧邦或莫扎特，只要给我一点点，就已够了。我要休息在这个乐曲作成的情境中，不过一会儿，再让它带回到人间来，到都市或村落，钻入官吏懑预贪得的灵魂里，中年知识阶层倦于思索怯于怀疑的灵魂里，年青男女青春热情被腐败势力虚伪观念阉割后的灵魂里，来寻觅，来探索，来从这个那个剪取可望重新生长的种芽。即或它是有毒的，更能增加组织上的糜烂，可能使一种善良的本性发展有妨碍的，我依然要得到它，设法好好使用它。"

当我发现我所能得到的，只是一种思索继续思索，以及将这个无尽长链环绕自己束缚自己时，我不能不回到二奶奶给我寄居五年那个家里了。这个房子去我当前所在地，真正的距离，原来还不到两百步远近。

大院中正如五年前第一回看房子光景，晒了一地黑色高粱。二奶奶和另外三个女工，正站成一排，用木连枷击打地面高粱，且从均匀节奏中缓缓的移动脚步，让连枷各处可打到。三个女工都头裹白帕，使我记起五年前那几只从容自在啄食高粱的白母鸡。年轻女工中有一位好象十分面善，可想不起这个乡下妇人会引起我注意的原因，直到听二奶奶叫那女工说："小菊，小菊，你看看饭去。你让沈先生来试试，会不会打。"

我才知道这是小菊。我一面拿起握手处还温暖的连枷，一面想起小菊的问题，竟始终不能合拍，使得二奶奶和女工都笑将起来。真应了先前一时向蚂蚁表示的意见，这个手爪的用处，已离开自然对于五个指头的设计甚远，完全不中用了。可是使我分心的，还是那个身材瘦小说话声哑的农家妇人小菊。原来去年当收成时，小菊正在发疯。她的妈妈是个寡妇，住在离城十里的一个村子中，小小房子被一把天火烧了。事后除从灰里找出几把烧得变了形的农具和镰刀，已一无所有。于是趁收割季节带了两个女孩子，到龙街子来找工作。大女孩七岁，小女孩两岁，向二奶奶说好借住在大院子装谷壳的侧屋中，有什么吃什么，无工可作母女就去田里收拾残穗和土豆，一面用它充饥，一面储蓄起来，预备过冬。小菊是大女儿，已出嫁三年。丈夫出去当兵打仗，三年不来信，那人家想把她再嫁给一个人，收回一笔财礼，小菊并不识字，只因为想起两句故事上的话语，"好马不配双鞍，烈女不嫁二夫。"为这个做人的抽象原则所困住，怕丢脸，不愿意再嫁。待赶回家去和她妈妈商量，才知道房子已烧去。许久又才找到二奶奶家里来，一看两个妹妹都嚼生高粱当饭吃，帮人无人要，因此就疯了。疯后整天大唱大嚷，各处走去。乡下小孩子摘下仙人掌追着她打闹，她倒象十分快乐。过一阵，生命力和积压在心中的委屈耗去了后，人安静了些，晚上就坐在二奶奶大门前，向人说自己的故事。到了夜里，才偷悄悄进到二奶奶家装糠壳的屋子里睡睡。这事有一天无意被三房骨都嘴嫂子发现了，就说"嗨，嗨，这还了得！疯子要放火烧房子，什么人敢保险！"半夜里把小菊赶了出去，听她在野地里过夜，并说"疯子冷冷就会好"。房子既是几房合有的，二奶奶不能自作主张，只好悄悄的送些东西给小菊的妈。过了冬天，这一家人扛了两口袋杂粮，携儿带女走到不知何处去了，大家对于小菊也就渐渐忘记了。

我回到房中时，才知道小菊原来已在一个地方做工，这回是特意来看二奶奶，还带了些栗子送礼。因为母女去年在这里时，我们常送她饭吃，也送我们一些栗子。

到我家来吃晚饭的一个青年朋友，正和孩子们充满兴趣用小刀小锯作小木车，重新引起我对于自己这双手感到使用方式的怀疑。吃过饭后，朋友说起他的织袜厂最近所遭遇的困难，因原料缺少，无从和出纱方面接头，得不到支援，不能不停工。完全停工会影响一百三十多个乡下妇女的生计，因此又勉强让部分工作继续下去。照袜厂发展说来，三千块钱作起，四年来已扩大到一百多万。这个小小事业且供给了一百多乡村妇女一种工作机会，每月可得到千元左右收入。照这个朋友计划说来，不仅已让这些乡下女人无用的手变为有用，且希望那个无用的心变为有用，因此一天到处为这个事业奔走，晚上还亲自来教这些女工认字读书。凡所触及的问题，都若无可如何，换取原料既无从直接着手，教育这些乡村女子，想她们慢慢的，在能好好的用她们的手以后还能好好的用她们的心，更将是个如何麻烦无望的课题！然而朋友对于工作的信心和热诚，竟若毫无困难不可克服。而且那种精力饱满对事乐观的态度，使我隐约看出另一代的希望，将可望如何重建起来。一颗素朴简单的心，如二奶奶本来所具有的，如何加以改造，即可成为一颗同样素朴简单的心，如这个朋友当前所表现的。当这个改造的幻想无章次的从我脑中掠过时，朋友走了，赶回袜厂中教那些女工夜课去了。

孩子们平时晚间欢喜我说一些荒唐故事，故事中一个年青正直的好人，如何从星光接来一个火，又如何被另外一种不义的贪欲作成的风吹熄，使得这个正直的人想把正直的心送给他的爱人时，竟迷路失足跌到脏水池里淹死。这类故事就常常把孩子们光光的眼睛挤出同情的热泪。今夜里却只把那年青朋友和他们共作成的木车，玩得非常专心，既不想听故事，也不愿上床睡觉。我不仅发现了孩子们的将来，也仿佛看出了这个国家的将来。传奇故事在年青生命中已行将失去意义，代替而来的必然是完全实际的事业，这种实际不仅能缚住他们的幻想，还可引起他们分外的神往倾心！

大院子里连枷声，还在继续拍打地面。月光薄薄的，淡云微月中，一切犹如江南四月光景。我离开了家中人，出了大门，走向白天到的那个地方去找寻一样东西。我想明白那个蚂蚁是否还在草间奔走。我当真那么想，因为只要在草地上有一匹蚂蚁被我发现，就会从这个小小生物活动上，追究起另外一个题目。不仅蚂蚁不曾发现，即白日里那片奇异绿色，在美丽而温柔的月光下也完全失去了。目光所及到处是一片珠母色银灰。这个灰色且把远近土地的界限，和草木色泽的层次，全失去了意义。只从远处闪烁摇曳微光中，知道那个处所有村落，有人。站了一会儿，我不免恐怖起来，因为这个灰色正象一个人生命的形式。一个人使用他的手有所写作时，从文字中所表现的形式。"这个人是谁？是死去的还是生存的？是你还是我？"从远处缓慢舂米声中，听出相似口气的质问。我应当试作回答，可不知如何回答，因之一直向家中逃去。

二奶奶见个黑影子猛然窜进大门时，停下了她的工作。

"疯子，可是你？"

我说，"是我！"

二奶奶笑了，"沈先生，是你！我还以为你是小菊，正经事不作，来吓人。"

从二奶奶话语中，我好象方重新发现那个在绿色黑色和灰色中失去了的我。

上楼见主妇时，问我到什么地方去那么久。

"你是讲刚才，还是说从白天起始？我从外边回来，二奶奶以为我是疯子小菊，说我一天正经事不作，只吓人。知道是我，她笑了，大家都笑了。她倒并没有说错。你看我一天作了些什么正经事，和小菊有什么不同。不过我从不吓人，只欢喜吓吓我自己罢了。"

主妇完全不明白我说的意义，只是莞尔而笑。然而这个笑又象平时，是了解与宽容、亲切和同情的象征，这时对我却成为一种排斥的力量，陷我到完全孤立无助情境中。在我面前的是一颗稀有素朴善良的心。十年来从我性情上的必然，所加于她的各种挫折，任何情形下，还都不会将她那个出自内心代表真诚的微笑夺去。生命的健全与完整，不仅表现于对人性情对事责任感上，且同时表现于体力精力饱满与兴趣活泼上。岁月加于她的限制，竟若毫无作用。家事孩子们的麻烦，反而更激起她的温柔母性的扩大。温习到她这些得天独厚长处时，我竟真象是有点不平，所以又说：

"我需要一点音乐，来洗洗我这个脑子，也休息休息它。普通人用脚走路，我用的是脑子。我觉得很累。音乐不仅能恢复我的精力，还可以缚住我的幻想，比家庭中的你和孩子重要！"这还是我今天第一回真正把音乐对于我意义说出口，末后一句话且故意加重一些语气。

主妇依然微笑，意思正象说，"这个怎么能激起我的妒嫉？别人用美丽辞藻征服读者和听众，你照例先用这个征服自己，为想象弄得自己十分软弱，或过分倔强。全不必要！你比两个孩子的心实在还幼稚，因为你说出了从星光中取火的故事，便自己去试验它。说不定还自觉如故事中人一样，在得到火以后，又陷溺到另一个想象的泥淖中，无从挣扎，终于死了。在习惯方式中吓你自己，为故事中悲剧而感动万分！不仅扮作想象中的君子，还扮作想象成的恶棍。结果什么都不成，当然会觉得很累！这种观念飞跃纵不是天生的毛病，从整个发展看也几几乎近于天生的。弱点同时也就是长处。这时节你觉得吓怕，更多时候很显然你是少不了它的！"

我如一个离奇星云被一个新数学家从第几度空间公式捉住一样，简直完全输给主妇了。

从她的微笑中，从当前孩子们的浓厚游戏心情作成的家庭温暖空气中，我于是逐渐由一组抽象观念变成一个具体的人。"音乐对于我的效果，或者正是不让我的心在生活上凝固，却容许在一组声音上，保留我被捉住以前的自由！"我不敢继续想下去。因为我想象已近乎一个疯子所有。我也笑了。两种笑融解于灯光下时，我的梦已醒了。我作了个新黄粱梦。

一九四三年十二月十日重写

黑 魇

昆明市空袭威胁，因同盟国飞机数量增多后，俨然成为过去一种噩梦，大家已不甚在意。两年前被炸被焚的瓦砾堆上，大多数有壮大美观的建筑矗起。疏散乡下的市民，于是陆续离开了静寂的乡村，重新成为城里人。当进城风气影响到我住的那个地方时，家中会诅咒猫打喷嚏的张嫂，正受了梁山伯恋爱故事刺激，情绪不大稳定，就说："太太，大家都搬进城里住去了，我们怎么不搬？城里电灯方便，自来水方便，先生上课方便，弟弟读书方便，还有你，太太，要教书更方便！我看你一天来回五龙浦跑十几里路，心都疼了。"

主妇不作声，只笑笑，这个建议自然不会成为事实，因为我们实无做城里人资格，真正需要方便的是张嫂。

过了两个月，张嫂变更了谈话方式："太太，我想进城去看看我大姑妈，一个全头全尾的好人，心真好。五年不见面，托人带了信来，想得我害病！我陪她去住住，两个月就回来。我舍不得太太和小弟，一定会回来的！"

平时既只对于梁山伯婚事关心，从不提起过这位大姑妈。不过从她叙述到另外一个女佣人进城后，如何嫁了个穿黑洋服的"上海人"那种充满羡慕神气，我们如看什么象征派新诗一样，有了个长长的注解，好坏虽不大懂，内容已完全明白，不好意思不让她试试机会。不多久，张嫂就换上那件灰线呢短袖旗袍，半高跟旧皮鞋，带上那个生锈的洋金手表，脸上还敷了好些白粉，打扮得香喷喷的，兴奋而快乐，骑马进城看她的抽象姑妈去了。

我依然在乡下不动，若房东好意无变化，住到战争结束亦未可知。温和阳光与清爽空气，对于孩子们健康既有好处，寄居了将近五年，两个相连接的雕花绘彩大院落，院落中的人事新陈代谢，也使我觉得在乡村中住下来，比城市还有意义。户外看长脚蜘蛛在仙人掌间往来结网，捕捉蝇蛾，辛苦经营，不惮烦劳，还装饰那个彩色斑驳的身体，吸引异性，可见出简单生命求生的庄严与巧慧。回到住处时，看看几个乡下妇人，在石臼边为唱本故事上的姻缘不偶，眼中浸出诚实热泪，又如何发誓赌咒，解脱自己小小过失，并随时说点谎话，增加他人对于一己信托与尊重，更可悟出人类生命取予形式的多方。我事实上也在学习一切，不过和别人所学的不大相同罢了。

在腹大头小的一群官商合作争夺钞票局面中，物价既越来越高，学校一点收入，照例不敷日用。我还不大考虑到"兼职兼差"问题，主妇也不会和乡下人打交道作"聚草屯粮"计划，为节约计，佣人走后大小杂务都自己动手。磨刀扛物是我二十年老本行，作来自然方便容易。烧饭洗衣就归主妇，这类工作通常还与校课衔接。遇挑水拾树叶，即动员全家人丁，九岁大的龙龙，六岁大的虎虎①，一律参加。一面工作一面也就训练孩子，使他们从服务中得到劳动愉快和做人尊严。干的湿的有什么吃什么，没有时包谷红薯当饭吃。凡是一般人认为难堪的，我们都不以为意。孩子们的欢笑歌呼，于家庭中带来无限生机与活力。主妇的身心既健康而素朴，接受生活应付生活俱见出无

---

① 即沈从文的两个儿子沈龙朱、沈虎雏。

比的勇气和耐心，尤其是共同对于生命有个新的态度，日子过下去似乎并不如何困难。

一般人要生活，从普通比较见优劣，或多有件新衣和双鞋子，照例即可感到幸福。日子稍微窘迫，或发现有些方面不如人，没法从社交方式弥补，依然还不大济事时，因之许多高尚脑子，到某一时自不免又会悄悄的作些不大高尚的打算。许多人的聪明才智，倒常常表现成为可笑行为。环境中的种种见闻，恰作成我们另外一种教育，既不重视也并不轻视。正好让我们明白，同样是人生，可相当复杂，从复杂景象中，可以接触人生种种。具体的猥琐与抽象的庄严，它的分歧虽极明显，实同源于求生，各自想从生活中证实存在意义。生命受物欲控制，或随理想发展，只因取舍有异，结果自不相同。

我凑巧拣了那么一个古怪职业，照近二十年社会习惯称为"作家"。工作对社会国家也若有些微作用，社会国家对本人可并无多大作用。虽名为职业，然无从靠它生活。情形最为古怪处，便是这个工作虽不与生活发生关系，却缚住了我的生命，且将终其一生，无从改弦易辙。另一方面又必然迫使我超越通常个人爱僧，充满兴趣鼓足勇气去明白"人"，理解"事"，分析人事中那个常与变，偶然与凑巧，相左或相仇，将种种情形所产生的哀乐得失式样，用来教育我、折磨我、营养我，方能继续工作。

千载前的高士，抱着单纯的信念，因天下事不屑为而避世，或弹琴赋诗，或披裘负薪，隐居山林，自得其乐。虽说不以得失荣利婴心，却依然保留一种愿望，即天下有道，由高士转而为朝士的愿望。作当前的候补高士，可完全活在一个不同心情状态中。生活简单而平凡，在家事中尽手足勤劳之力打点小杂，义务尽过后，就带了些纸和书籍，到有和风与阳光草地上，来温习温习人事，思索思索人生。先从天光云影草木荣枯中有所会心。随即由大好河山的丰腴与美好，和人事上的无章次处两相对照，慢慢的从这个不剪裁的人生中，发现了"堕落"二字真正的意义，又慢慢的从一切书本上，看出那个堕落因子。又慢慢的从各阶层间，看出那个堕落因子传染浸润现象。尤其是读书人，倦于思索、怯于怀疑、苟安于现状的种种，加上一点为贤内助谋出路的打算，如何即形成一种阿谀不自重风气。……我于是逐渐失去了原来与自然对面时应得的谧静。我想呼喊，可不知向谁呼喊。

"这不成！这不成！人虽是个动物，希望活得幸福，但是人究竟和别的动物不同，还需要活得尊贵！如果少数人的幸福，原来完全奠基于一种不义的习惯，这个习惯的继续，不仅使多数人活得卑屈而痛苦，死得胡涂而悲惨，还有更可怕的，是这个现实将使下一代堕落的更加堕落，困难的越发困难，我们怎么办？如果真正的多数幸福，实决定于一个民族劳动与知识的结合，从极合理方式中将它的成果重作分配，在这个情形下，民族中的一切优秀分子，方可得到更多自由发展的机会。在争取这个幸福过程时，我们实希望人先要活得尊贵些！我们当前便需要一种'清洁运动'，必将现在政治的特殊包庇性，和现代商业的驵侩气，以及三五无出息的知识分子所提倡的变相鬼神迷信，于年青生命中所形成的势利、依赖、狡猾、自私诸倾向完全洗涮干净，恢复了二十岁左右头脑应有的纯正与清明，来认识这个世界，并在人类驾驭钢铁征服自然才智竞争中，接受这个民族一种新的命运。我们得一切重新起始，重新想，重新作，重新爱和恨，重新信仰和怀疑……"

我似乎为自己所提出的荒谬问题愣住了。试左右回顾，身边只是一片明朗阳光，漂浮于泛白枯草上。更远一点，在阳光下各种层次的绿色，正若向我包围，越来越近。虽然一切生命无不取给于绿色，这里却不见一个人。

重新来检讨影响到这个民族正当发展的一切抽象原则，以及目前还在运用它作工具的思想家或统治者，被它囚缚的知识分子和普通群众时，顷刻间便俨若陷溺到一个无边无际的海洋里，把方向也迷失了。只到处见用出各式各样材料作成满载"理想"的船舶，数千年来永远于同一方式中，被一种卑鄙自私形成的力量摧毁，剩下些破帆与碎桨在海面漂浮。到处见出同样取生命于阳光，繁殖大海洋中的简单绿色荇藻，正唯其异常单纯，便得到生命悦乐。还有那个寄生息于荇藻中的小鱼小虾，亦无不成群结伴，悠然自得，各适其性。海洋较深处，便有一群种类不同的鲨鱼，狡狠敏捷，锐齿如锯，于同类异类中有所争逐，十分猛烈。还有一只只黑色鲸鱼，张大嘴时，万千细小蛤蚧和乌贼海星，即随同巨口张合作成的潮流，消失于那个深渊无底洞口。庞大如山的鱼身，转折之际本来已极感困难，躯体各部门，尚可看见万千有吸盘的大小鱼类，用它吸盘紧紧贴住，随同升沉于洪波巨浪中。这一切生物在海面所产生的旋涡与波涛，加上世界上另外一隅寒流暖流所产生的变化，卷没了我的小小身子，复把我从白浪顶上抛起。试伸手有所攀援时，方明白那些破碎板片，已腐朽到全不适用。但见远处仿佛有十来个衣冠人物，正在那里收拾海面残余，扎成一个简陋筏子，仔细看看，原来载的是一群两千年未坑尽的腐儒，只因为活得寂寞无聊，所以用儒家的名分，附会谶纬星象征兆，预备做一个遥远跋涉，去找寻矿产熔铸九鼎。这个筏子向我慢慢漂来，又慢慢远去，终于消失到烟波浩淼中不见了。

试由海面向上望，忽然发现蓝穹中一把细碎星子，闪烁着细碎光明。从冷静星光中，我看出一种永恒，一点力量，一点意志。诗人或哲人为这个启示，反映于纯洁心灵中即成为一切崇高理想。过去诗人受牵引迷惑，对远景凝眸过久，失去条理如何即成为疯狂，得到平衡如何即成为法则，简单法则与多数人心汇合时如何产生宗教，由迷惑、疯狂到个人平衡过程中，又如何产生艺术。一切真实伟大艺术，都无不可见出这个发展过程和终结目的。然而这目的，说起来，和随地可见蚊蚋集团的嗡嗡营营要求的终点，距离未免相去太远了。

微风掠过面前的绿原，似乎有一阵新的波浪从我身边推过。我攀住了一样东西，于是浮起来。你攀住的是这个民族在忧患中受试验时的一切活人素朴的心。年青男女入社会以前对于人生的坦白与热诚，未恋爱以前对于爱情的腼腆与纯粹。还有那个在城市、在乡村、在一切边陬僻壤埋没无闻卑贱简单工作中，低下头来的正直公民，小学教师或农民，从习惯中受侮辱，受挫折，受牺牲的广泛沉默。沉默中所保有的民族善良品性，如何适宜培养爱和恨的种子！

强烈照眼阳光下，蚕豆小麦作成的新绿，已掩盖了远近赭色田亩。面对这个广大的绿原，一端衔接于泛银光的滇池，一端却逐渐消失于蓝与灰融合而成的珠色天际，我仿佛看到一些种子，从我手中撒去，用另外一种方式，在另外一时同样一片蓝天下形成的繁荣。

有个脆弱而充满快乐情感的声音，在高大仙人掌丛后锐声呼唤：

"爸爸，爸爸，快回来，不要走得太远，大家提水去！"

我知道，我的心确实走得太远，应当回家了。

原来那个六岁大的虎虎，已从学校归来，准备为家事服务了。

孩子们取水的溪沟边，另外一时，每当晚饭前后，必有个善于弹琴唱歌聪明活泼的女子，带了他到那个松柏成行的长堤上去散步，看滇池上空一带如焚如烧的晚云，和镶嵌于明净天空中梳子形淡白新月，共同笑乐。

这个亲戚走后，过不久又来了一个生活孤独性情纯厚的诗人朋友，依然每天带了他到那里去散步。朋友为娱乐自己并娱乐孩子，常把绿竹叶片折成的小船，装上一点红白野花，一点玛瑙石子，以及一点单纯忧郁隐晦的希望，和孩子对于这个行为的痴愿与祝福，乘流而去。小船去不多远，必为溪中泿流或岸旁下垂树枝作成的漩涡搅翻。在诗人和孩子心中，却同样以为终有一天会直达彼岸。生命愿望凡从星光虹影中取决方向的，正若随同一去不复返的时间，渐去渐远，纵想从星光虹影中寻觅归路，已不可能。

晚饭时，从主妇口中才知道家中半天内已来过好些客人。甲先生叙述一阵贤明太太们用变相高利贷"投资"的故事，就走了。乙太太叙述一阵家庭小纠纷问题，为自己丈夫作了个不美观画像，也走了。丙小姐和丁博士又报告……

主妇笑着说："他们让我知道许多事情，可无一个人知道我们今天卖了几升麦子才能过年。"

我说："我们就活到那么一个世界中，也是教育，也是战争！"

"我倒觉得人各有好处，从性情上看来，这些朋友都各有各的好处。……"

"这话从你口中说出时，很可以增加他们一点自尊心，若果从我笔下写出，可就会以为是讽刺了。许多人过日子的方法，一生的打算，以至于从自己口中说出的话语，都若十分自然，毫不以为不美不合式。且会觉得在你面前如此表现，还可见出友谊的信托和那点本性上的坦白天真。可是一到由另一个人照实写下来，就不免成为不美观的讽刺画了。我容易得罪人在此。这也就是我这支笔常常避开当前社会，去写传奇故事的原因。一切场面上的庄严，从深处看将隐饰部分略作对照，必然都成为漫画。我并不乐意作个漫画家！实在说来，对于一切人的行为和动机，我比你更多同情。我从不想到过用某一种标准去度量一般人，因为我明白人太不相同。不幸是它和我的工作关系又太密切，所以间或提及这个差别时，终不免有点痛苦，企图中和这点痛苦，反而因之会使这些可爱灵魂痛苦。我总以为做人和写文章一样，包含不断的修正，可以从学习得到进步。尤其是读书人，从一切好书取法，慢慢的会转好。事实上可不大容易。真如×说的，'蝗虫集团从海外飞来，还是蝗虫。'如果是虎豹呢，即或只剩下一牙一爪，也可见出这种山中猛兽的特有精力和雄强气魄！不幸的现代文化便培养了许多蝗虫。"

主妇一遇到涉及人的问题时，照例只是微笑。从微笑中依稀可见出"察渊鱼者不祥"一句格言的反光，或如另一时论起的，"我即使觉得他人和我理想不同，从不说；你一说，就糟了。你自以为深刻的，可想不到在人家容易认为苛刻。他们从我的沉默中，比由你文章中可以领会更多的同情。"

我想起先前一时在田野中感觉到的广泛沉默，因此又说："沉默也是一种难得的品德，从许多方面可以看得出来。因为它在同情之外，还包含容忍、保留否定。可是这种品德是无望于某些人的。说真话，有些人不能沉默的表现上，我倒时常可以发现一种爱娇，即稍微混和一点儿做作亦无关系。因为大都本源于求好，求好心太切，又缺少自信自知，有时就不免适得其反。许多人在求好行为上摔跤，你亲眼看到，不作声，就称为忠厚；我看到，充满善意想用手扶一扶，反而不成！虎虎摔跤也不欢喜人扶的！因为这伤害了他的做人自尊心！"

孩子们见提到本身问题，龙龙插嘴说："妈妈，奇怪，我昨天做了个梦，梦到张嫂已和一个人结婚，还请我们吃酒。新郎好象是个洋人。她欢喜洋人？"

小虎虎说："可是洋人说她身体长得好看，用尺量过？洋人要哄张嫂，一定也去做官。"

龙龙的好奇心转到报纸上，"报上说大嘴笑匠到昆明来了，是什么人？是不是在联大演讲的林语堂？"

虎虎还想有所自见，"我也做了个梦，梦见四姨坐只大船从溪里回来，划船的是个顶熟的人。船比河大。诗人舅舅在堤上，拍拍手，口说好好，就走开了。我正在提水，水桶上那个米老鼠也看见了，当真的。"

虎虎的作风是打趣争强，使龙龙急了起来，"唉咦！小弟，你又乱来。你就只会捣乱，青天白日也睁了双大眼睛做梦！"

"一切愿望都神圣庄严，一切梦想都可能会实现。"我想起许多事情。好象前面有了一幅涂满各种彩色的七巧板，排定了个式子，方的叫什么，长的象征什么，都已十分熟悉。忽然被孩子们四只小手一搅，所有板片虽照样存在，部位秩序可完全给弄乱了。原来情形只有板片自己知道，可是板片却无从说明。

小虎虎果然正睁起一双大眼睛，向虚空看得很远。海上复杂和星空壮丽，既影响我一生，也会影响他将来命运，为这双美丽眼睛，我不免稍稍有点忧愁。因此为他了说个佛经上驹那罗王子的故事：

"……那王子一双极好看的眼睛，瞎了又亮了。就和你眼睛一样，黑亮亮的，看什么都清清楚楚；白天看日头不眨眼，夜间在这种灯光下还看得见屋顶上小疟蚊。为的是作人正直而有信仰，始终相信善。他的爸爸就把那个紫金钵盂，拿到全国各处去。全国各地年青美丽女孩子，听说王子瞎了眼睛，为同情他受的委屈，都流了眼泪。接了大半钵这种清洁眼泪，带回来一洗，那双眼睛就依旧亮光光的了！"

主妇笑着不作声，清明目光中仿佛流注一种温柔回答："从前故事上说，王子眼睛被恶人弄瞎后，要用美貌女孩子纯洁眼泪来洗，才可重见光明。现在的人呢，要从勇敢正直的眼光中得救。"

我因此补充说："小弟，一个人从美丽温柔眼光中，也能得救！譬如说……"

孩子的心被故事完全征服了，张大着眼睛，对他母亲十分温驯的望着：

"妈妈，你的眼睛也亮得很，比我的还亮！"

一九四三年十二月末一日作于云南呈贡

白　魇

　　为了工作，我需要清静与单独，因此长住在乡下，不知不觉就过了五年。

　　乡下居住一久，和社会场面都隔绝了，一家人便在极端简单生活中，送走连续而来的每个日子。简单生活中又似乎还另外有种并不十分简单的人事关系存在，即从一切书本中，接近两千年来人类为求发展争生存种种哀乐得失。他们的理想与愿望，如何受事实束缚挫折，再从束缚挫折中突出，转而成为有生命的文字，这个艰苦困难过程，也仿佛可以接触。其次就是从通信上，还可和另外环境背景中的熟人谈谈过去，和陌生朋友谈谈未来。当前的生活，一与过去未来连接时，生命便若重新获得一种意义。再其次即从少数过往客人中，见出这些本性善良欲望贴近地面可爱人物的灵魂，为生活压力所及，影响到义利取舍时是什么样子，同样对于人性若有会于心。

　　这时节，我面前桌子上正放了一堆待复的信件，和几包刚从邮局取回的书籍。信件中提到的，不外战争带来的亲友死亡消息，或初入社会年青朋友与现实生活迎面时，对于社会所感到的灰心绝望，以及人近中年，从诚实工作上接受寂寞报酬，一面忍受这种寂寞，一面总不免有点郁郁不平。从这种通信上，我俨然便看到当前社会一个断面，明白这个民族在如何痛苦中接受时代所加于他们身上的严酷试验，社会动力既决定于情感与意志，新的信仰且如何在逐渐生长中。倒下去的生命已无可补救，我得从复信中给活下的他们一点光明希望，也从复信中认识认识自己。

二十六岁的小表弟黄育照，在华容为掩护部属抢渡，救了他人救不了自己，阵亡了。同时阵亡的还有个表弟聂清，为写文章讨经验，随同部队转战各处已六年。还有个作军需的子和，在嘉善作战不死却在这一次牺牲了。

"……人既死了，为做人责任和理想而死，活下的徒然悲痛，实在无多意义。既然是战争，就不免有死亡！死去的万千年青人，谁不对国家前途或个人事业有光明希望和美丽的梦？可是在接受分定上，希望和梦总不可免在不同情况中破灭。或死于敌人无情炮火，或死于国家组织上的脆弱，二而一，同样完事。这个国家，因为前一辈的不振作，自私而贪得，愚昧而残忍，使我们这一代为历史担负那么一个沉重担子，活时如此卑屈而痛苦，死时如此胡涂而悲惨。更年青一辈，可有权利向我们要求，活得应当象个人样子！我们尽这一生努力，来让他们活得比较公正合理些，幸福尊贵些，不是不可能的！"

一个朋友离开了学校将近五年，想重新回学校来，被传说中昆明生活愣住了。因此回信告诉他一点情况。

"……这是一个古怪地方，天时地利人和条件具备，然而乡村本来的素朴单纯，与城市习气作成的贪污复杂，却产生一个强烈鲜明对照，使人十分痛苦。湖山如此美丽，人事上却常贫富悬殊到不可想象程度。小小山城中，到处是钞票在膨胀，在活动。大多数人的做人兴趣，即维持在这个钞票数量争夺过程中。钞票越来越多，因之一切责任上的尊严，与做人良心的标尺，都若被压扁扭曲，慢慢失去应有的完整。正当公务员过日子都不大容易对付，普通绅商宴客，却时常有熊掌、鱼翅、鹿筋、象鼻子点缀席面。奇特现象最不可解处，即社会习气且培养到这个民族堕落现象的扩大。大家都好象明白战时战后决定这个民族百年荣枯命运的，主要的还是学识，教育部照例将会考优秀学生保送来这里升学。有钱人子弟想入这个学校肄业，恐考试不中，且乐意出几万元代价找替考人。可是公私各方面，就似乎从不曾想到这些教书十年二十年的书呆子，过的是种什么紧张日子，本地小学教员照米价折算工薪，水涨船高。大学校长收入在四千左右，大学教授收入在三千法币上盘旋，完全近于玩戏法的，要一条蛇从一根细小绳子上爬过。战争如果是个广义名词，大多数同事，就可说是在和一种风气习惯而战争！情形虽够艰苦，但并不气馁！日光多，在日光之下能自由思索，培养对于当前社会制度怀疑和否定的种子，这是支持我们情绪唯一的撑柱，也是重造这个民族品德的一点转机！"

……

这种信照例写不完，乡下虽清静却无从长远清静，客人来了，主妇温和诚朴的微笑，在任何情形中从未失去。微笑中不仅表示对于生活的乐观，且可给客人发现一种纯挚同情，对人对事无邪机心的同情，使得间或从家庭中小小拌嘴过来的女客人，更容易当成个知己，以倾吐心腹为快。这一来，我的工作自然停顿了。

凑巧来的是胖胖的×太太，善于用演戏时兴奋情感说话，叙述琐事能委曲尽致，表现自己有时又若故意居于不利地位，增加点比本人年龄略小二十岁的爱娇。喉咙响，声音大，一上楼时就嚷：

"××先生，我又来了。一来总见你坐在桌子边，工作好忙！我们谈话一定吵闹了你，是不是！我坐坐就走！真不好意思，一来就妨碍你。你可想要出去做文章？太阳好，晒晒太阳也有好处。有人说，晒晒太阳灵感会来。让我晒太阳，就只会出油出汗！"

我不免稍微有点受窘，忙用笑话自救："若是找灵感，依我想，最好倒是听你们谈天，一定有许多动人故事可听！"

"××先生，你说笑话。……你别骂我，千万别把我写到你那大作中！他们说我是座活动广播电台，长短波都有，其实——唉，我不过是……"

我赶忙补充，"一个心直口快的好人罢了。你若不疑心我是骂人，我常觉得你实在有天才，真正的天才。观察事情极仔细，描画人物兴趣又特别好。"

"这不是骂我是什么！"

我心想，不成不成，这不是议会和讲坛，决非舌战可以找出结论。因此忽略了一个做主人的应有礼貌，在主妇微笑示意中，离开了家，离开了客人，来到半月前发现"绿魇"的枯草地上了。

我重新得到了清静与单独。

我面前是个小小四方朱红茶几，茶几上有个好象必需写点什么的本子。强烈阳光照在我身上和手上，照在草地上和那个小小本子上。阳光下空气十分暖和，间或吹来一阵微风，空气中便可感觉到一点从滇池送来冰凉的水气和一点枯草香气。四周景象和半月前已大不相同：小坡上那一片发黑垂头的高粱，大约早带到人家屋檐下，象征财富之一部分去了。待翻耕的土地上，有几只呆呆的戴胜鸟，已失去春天的活泼，正在寻觅虫蚁吃食。那个石榴树园，小小蜡黄色透明叶片，早已完全落尽，只剩下一簇簇银白色带刺细枝，点缀在一片长满萝卜秧子新绿中。河堤前那个连接滇池的大田原，极目绿芜照眼，再分辨不出被犁头划过的纵横赭色条纹。河堤上那些成行列的松柏，也若在三五回严霜中，失去了固有的俊美，见出一点萧瑟。在暖和明朗阳光下结队旋飞自得其乐的蜉蝣，更早已不知死到何处去了。

我于是从面前这一片枯草地上，试来仔细搜寻，看看是不是还可发现那些彩色斑驳金光灿烂的小小甲虫，依然能在阳光下保留原先的从容闲适，于草梗间无目地漫游，并充满游戏心情，从弯垂草梗尖端突然下堕。结果自然全失望。一片泛白的枯草间，即那个半月前爬上我手背若有所询问的黑蚂蚁，也不知归宿到何处去了。

阳光依旧如一只温暖的大手，从亿万里外向一切生命伸来。除却我和面前的土地，接受这种同情时还感到一点反应，其余生命都若在"大块息我以死"态度中，各在人类思索边际以外结束休息了。枯草间有着放光细劲枝梗带着长穗的狗尾草类植物，种子散尽后，尚依旧在微风中轻轻摇头，俨若在阳光下表示，生命虽已完结，责任犹未完结神气。

天还是那么蓝，深沉而安静，有灰白的云彩从树林尽头慢慢涌起，如有所企图的填去了那个明蓝的苍穹一角。随即又被一种不可知的力量所抑制，在无可奈何情形下，转而成为无目的的驰逐。驰逐复驰逐，终于又重新消失在蓝与灰相融合作成的珠母色天际。

大院子同住的人，只有逃避空袭方来到这个空地上。我要逃避的，却是地面上一种永远带点突如其来的袭击。我虽是个写故事的人，照例不会拒绝一切与人性有关的见闻，可是从性情可爱的客人方面所表现的故事，居多都象太真实了一点，待要把它写到纸上时，反而近于虚幻想象了。

另一时，正当我们和朋友商量一个严重问题时，一位爱美而热忱，长于用本人生活抒情的 × 太太，如一个风暴突然侵入。

"×× 先生（向一位陌生客人说），你多大年纪？怎么总不见老？我从四川回来，人都说我老了，不象从前那么一切合标准了。（抚摩自己丰腴的脸颊）我真老了，我要和我老 × 离婚，让他去和年青女人恋爱，我不管。我喝咖啡多了睡不好觉，会失眠。（用茶匙搅和咖啡）这墙上的字真好，写得多软和，真是龙飞凤舞。（用手胡乱画些不大容易认识的草字）人老了真无意思。我要走了。明早又还得进城，……真气人。"×太太话一说完，当真就走了。只留下一场飓风来临后的气氛在一群朋友间，虽并不见毁屋拔木，可把人弄得糊糊涂涂。

这种人为的飓风去后许久，主客之间还不免带剩余惊悸，都猜想：也许明天当真会有什么重大变故要发生了？结果还亏主妇用微笑打破了这种沉闷。

"×太太为人心直口快，有什么说什么。只因为太爱好，凡事不能尽如人意，琐琐家务更多烦心，所以总欢喜向朋友说到家庭问题。其实刚才说起的事，不仅你们不明白，过一会她自己也就忘记了。我猜想，明天进城一定是去吃酒，不会有什么别的问题的！"大家才觉得这事原可以笑笑，把空气改变过来。

温习到这个骤然而来的可爱风暴时，我的心便若失去了原有的谧静。

我因此想起了许多事，如彼或如此，在人生中十分真实，且各有它存在的道理，巴尔扎克或契诃夫，笔下都不会轻轻放过。可是这些事在我脑子中，却只作成一种混乱印象，俨若一页用失去了时效的颜色胡乱涂成的漫画。这漫画尽管异常逼真，但实在不大美观。这算个什么？我们做人的兴趣或理想，难道都必然得奠基于这种猥琐粗俗现象上，且分享活在这种事实中的小小人物悲欢得失，方能称为活人？一面想起眼前这个无剪裁无章次的人生，一面想起另外一些人所抱的崇高理想，以及理想在事实中遭遇的限制，挫折，毁灭，不免痛苦起来。我还得逃避，逃避到一种抽象中，方可突出这个无章次人事印象的困惑。

我耳边有发动机在高空搏击空气的声响。这不是一种简单音乐，单纯调子中，实包含有千年来诗人的热情幻想，与现代技术的准确冷静，再加上战争残忍情感相揉合的复杂矛盾。这点诗人美丽的情绪，与一堆数学上的公式，三五十种新的合金，以及一点儿现代战争所争持的民族尊严感，方共同作成这个现象。这个古怪拼合物，目前原在一万公尺以上高空中自由活动，寻觅另外一处飞来的同样古怪拼合物，一到发现时，三分钟的接触，其中之一就必然变成一团火焰向下飘堕。这世界各处美丽天空下，每一分钟内差不多都有这种火焰一朵朵在下堕。我就还有好些小朋友，在那个高空中，预备使敌人从火焰中下堕，或自己挟带着火焰下堕。

当高空飞机发现敌机以前，我因为这个发现，我的心，便好象被一粒子弹击中，从虚空倏然堕下，重新陷溺到更复杂人事景象中，完全失去方向了。

忽然耳边发动机声音重浊起来，抬起头时，便可从明亮蓝空间，看见一个银白放光点子，慢慢的变成了一个小小银白十字架。再过不久，我坐的地方，面前朱红茶几，茶几上那个用来写点什么的小本子，有一片飞机翅膀的阴影掠过，阳光消失了。面前那个种有油菜的田圃，也暂时失去了原有的嫩绿。待阳光重新照临到纸上时，在那上面，我写了两个字，"白魇"。

一九四四年，写于昆明

北平的印象和感想

——油在水面，就失去了粘腻性质，转成一片虹彩，幻美悦目，不可仿佛。人的意象，亦复如是。有时平匀敷布于岁月时间上，或由于岁月时间所作成的幕景上，即成一片虹彩，具有七色，变易倏忽，可以感觉，不易揣摩。生命如泡沤，如露亦如电，唯其如此，转令人于生命一闪光处，发生庄严感印。悲悯之心，油然而生。

十月已临，秋季行将过去。迎接这个一切沉默但闻呼啸的严冬，多少人似乎尚毫无准备。从眼目所及说来，在南方有延长到三十天的满山红叶黄叶，满地露水和白霜。池水清澄明亮，如小孩子眼睛。一些上早学的孩子，一面走一面哈出白气，两只手玩水玩霜不免冻得红红的。于是冬天真来了。在北方则大不相同。一星期狂风，木叶尽脱，只树枝剩余一二红点子，挂枝柿子和海棠果，依稀还留下点秋意。随即是负煤的脏骆驼，成串从四城涌进。从天安门过身时，这些和平生物可能抬起头，用那双忧愁小眼睛望望新油漆过的高大门楼，容许发生一点感慨，"你东方最大的一个帝国，四十年，什么全崩溃下来了。这就是只重应付现实缺少高尚理想的教训，也就是理想战胜事实的说明，而且适用于任何时代任何民族。后来者缺少历史知识，还舍不得这些木石砖瓦堆积物，重新装饰它们，用它们来点缀政治，这有何用？……"也容许正在这时，忽然看到那个停在两个大石狮子前面的一件东西，八个或十个轮子，结结实实，一个钢铁管子，斜斜伸出。这一切，虽用一片油布罩上，这生物可明白，那是一种力量，另外一种事实——用来屠杀中国人的美国坦克。到这时，感慨没有了。怕犯禁忌似的，步子一定快了一点，出月洞门转过南池子，它得上那个大图书馆卸煤！还有那个供屠宰用的绵羊群，也挤挤挨挨向四城拥进。说不定在城门洞前时，正值一辆六轮大汽车满载新征发的壮丁由城内驶出来。这一进一出，恰证实古代哲人一生用千言万语也说不透彻的"圣人不仁"和"有生平等"——于是冬天真来了。

就在这个时节，我回到了一别九年的北平。心情和二十五年前初到北京下车时相似而不同。我还保留二十岁青年初入百万市民大城的孤独心情在记忆中，还保留前一日南方的夏天光景在感觉中。这两种绝不相同的成分，为一个粮食杂货店中收音机放出的京戏给混和了，第一眼却发现北平的青柿和枣子已上市，共同搁在一辆手推货车上，推车叫卖的"老北京"已白了头。在南方，时常听人作新八股腔论国事说，"此后南京是政治中心，上海是商业中心，北平是文化中心。"话说得虽动人，并不可靠。政治中心照例拥有权势，商业中心照例拥有财富，这个我相信。因为权势和财富都可以改作"美国"，两个中心原来就和老米不可分！至于文化中心，必拥有知识才得人尊敬，必拥有文物才足以刺激后来者怀古感情因而寄希望于未来。北平的知识分子的确不少，但是北平城既那么高，每个人家的墙壁照例又那么厚，知识能否流注交换，能否出城，不免令人怀疑。历史的庄严伟大，在北平文物上，即使不曾保留全部，至少还保留了一部分。可是这些保留下来的，能不能激发一个中国年青人的生命热忱，或一种感印、思索，引起他对祖国过去和未来一点深刻的爱？能不能由于爱，此后即活得更勇敢些，坚实些，也合理些？若所保留下来的庄严伟大和美丽缺少对于活人的教育作用，只不过供游人赏玩，供党国军政要人宴客开会，北平的文物，作用也就有限。给于多数人的知识，不过是让人知道前一代满人统治的帝国，奴役人民三百年，用人民血汗建筑有多大的花园，多大的庙宇官殿，此外实在毫无意义可言。一个美国游览团的团员，具有调查统治中国兴趣的美国军官眷属，格利佛老太太，阿丽思小姐，可以用它来平衡《马可孛罗游记》①所引起她灵魂骚乱的情感。一个中国人，假如说，一个某种无知自大的中国人，不问马伕或将军，他也许只会觉得他占领征服了北京城，再也不会还想到他站到的脚下，还有历史。在一个虽有历史却无从让许多人明白历史的情形下，北平的文化价值，如何使中国人对之表示应有的关心尊敬和重视，北平有知识的人，教育人的人，实值得思索，值得重新思索，北平的价值和意义，似乎方有希望让人稍稍明白！

北平入秋的阳光，事实上也就可以教育人。从明朗阳光和澄蓝天空中，使我温习起住过近十年的昆明景象。这时节的云南，雨季大致已经过去，阳光同样如此温暖美好，然而继续下去，却是一切有生机的草木枯死。我奇怪北平八年的沦陷，加上种种新的忌讳，居然还有成群白鸽，敢在用蓝天作背景寒冷空气中自由飞翔。微风刷动路旁的树枝，卷起地面落叶，悉悉率率如对于我的疑问有所回答："凡是在这个大城上空绕绕大小圈子的自由，照例是不会受干涉的。这里原有充分的自由，犹如你们在地面，在教室或客厅

---

① 即《马可波罗游记》。

中……""你这个话可是存心有点……""不，鲁迅早死了。讽刺和他同时死去了已多年。"可是你必然完全同意我说及的事实。这个想象的对话很怪，我疑心有人窃听。试各处看看，没有一个人。街上到处走的是另外一种人。我起始发现满街每个人家屋檐下的一面国旗，提醒我这是个节日，问铺子里人，才知悉和尊师重道有关，当天举行八年来第一回的祭孔大典。全国将在同一日举行这个隆重典礼。我重新想起苏州平江府那个大而荒凉的文庙，这一天文庙两廊豢养的几十匹膘壮日本军马，是不是暂时会由那一排看马的病兵牵出，让守职二十年饿得瘦瘪瘪的苏中苏小那一群老教师，也好进孔庙行个礼，且不至于想到用讲堂作马厩而情感脆弱露出酸态？军马即可暂时牵出，正殿上那些无法计数身分不明的蝙蝠，又如何处理？中国孔庙廊庑用来养马的，一定不止平江府，曲阜那一座可能更甚。这也正说明，北平、南京，师道在仪式上虽被尊敬，其他地方的教师，却仍在军马与蝙蝠之中讨生活，其无从生活也可想而知。

我起始在北平市大街上散步。想在地面发现一二种小小虫蚁，具有某种不同意志，表现到它本身奇怪造形上，斑驳色彩上，或飞鸣宿食性情上。毫无满意结果。人倒很多，汽车，三轮车，洋车，自行车上面都有人。街路宽阔而清洁，车辆上的人都似乎不必担心相互撞碰。可是许多人一眼看去样子都差不多，睡眠不足，营养不足。吃的胖胖的特种人物，包含伟人和羊肉馆掌柜，神气之间即有相通处。俨然已多少代都生活在一种无信心，无目的，无理想情形中，脸上各部官能因不曾好好运用，都显出一种疲倦或退化神情。另外一种，即是油滑，市侩乡愿官僚侦探特有的装作憨厚混和谦虚的油滑。他也许正想起从什么三郎小村转手的某注产业的数目，他也许正计划如何用过去与某某有田、有岛活动的方式又来参加什么文化活动，也许还得到某种新的特许……然而从深处看，这种人却又一律有种做人的是非与义利冲突，羞耻与无所谓冲突而遮掩不住的凄苦表情。在这种人群中散步，我当然不免要胡思乱想。我们是不是还有方法，可以使这些人恢复正常人的反应，多有一点生存兴趣，能够正常的哭起来笑起来？我们是不是还可望另一种人在北平市不再露面，为的是他明白羞耻二字的含义，自己再也不好意思露面？我们是不是对于那个更年青的一辈，从孩子时代起始，在教育中应加强一点什么成分，如营养中的维他命，使他们生长中的生命，待发展的情绪，得到保护，方可望能抗抵某种抽象恶性疾病的传染，方可望于成年时能对于腐烂人类灵魂的事事物物，能有一点抵抗力？

我们似乎需要"人"来重新写作"神话"。这神话不仅是综合过去人类的抒情幻想与梦，加以现世成分重新处理，还应当综合过去人类求生的经验，以及人类对于人的认识，为未来有所安排，有个明天威胁他，引诱他。也许教育这个坐在现实滚在现实里的多数，任何神话都已无济于事。然而还有那个在生长中的孩子群，以及从国内各地集中在这个大城的青年学生群，很显明的事，即得从宫殿，公园，学校中的图书馆或实验室以外，还要点东西，方不至于为这个大城中的历史暮气与其他新的有毒不良气息所中，失去一个中国人对人生向上应有的信心，要好好的活也能够更好的活的信心！在某种意义上说来，这个信心更恰当名称或叫作"野心"。即寄生于这一片黄土上年青的生命，对社会重造国家重造应有的野心。若事实上教书的，做官的，在一切社会机构中执事服务的，都害怕幻想，害怕理想，认为是不祥之物，决不许与现实生活发生关系时，北平的明日真正对人民的教育，恐还需要寄托在一种新的文学运动上。文学运动将从一更新的观点起始，来着手，来展开。

想得太远，路不知不觉也走得远了些。一下子我几乎撞到一个拦路电网上。你们可曾想得到，北平目前还有什么地方没有不固定性的铁丝网点缀胜利一年后的古城？

两个人起始摸我的身上，原来是检查。从后方昆明来的教师，似不必需要人用这种不愉快的按摩表示敬意。但我不曾把我身分说明，因为这是个尊师重道的教师节，免得在我这个"复杂"头脑和另一位"统一"头脑中，都要发生混乱印象。

好在我头脑装的虽多，身上带的可极少，所以一会儿即通过了。回过头看看时，正有两个衣冠整齐的绅士下车等待检查，样子谦和而恭顺。我知道这两位近十年中一定不曾离开北京，因为困辱了十年，已成习惯，容易适应。

北平的冬天来了，许多人都担心御寒的燃料会有问题。然而，北平十分严重的缺少的不仅仅是煤。煤只能暖和身体，却无从暖和这个大城市中过百万人的疲惫僵硬的心！我们可曾想到在一些零下三十度的地方，还有五十万人在冰天雪地中打仗？虽说那是离北平城很远很远地方的事，却是一件真实事，发展下去可能有二十万壮丁的伤亡，千百万人民的流离转徙，比缺煤升火炉严重得多！若我们住在北平城里的读书人，能把缺煤升大火炉的忧虑，转而体会到那零下三十度的地方战事如何在进行，到十二月我们的课堂即再冷一些，年青学生也不会缺课，或因缺少火炉而生埋怨。因为读书人纵无能力制止这一代战争的继续，至少还可以鼓励更年青一辈，对国家有一种新的看法，到他们处置这个国家一切时，决不会还需要用战争来调整冲突和矛盾！如果大家苦熬了八年回到了北平，连这点兴趣也打不起，依然只认为这是将军、伟人、壮丁、排长的事情，和自己全不相干，很可能我们的儿女，就免不了会有一天以此为荣，参加热闹。为人父或教人子弟的，实不能不把这些事想得远一点，深一点！

一九四六年八月九日作

怀昆明

因为战争，寄寓云南不知不觉就过了九年。初到昆明时，事有凑巧，住处即在五省联帅唐蓂赓住宅对面，湖南军人蔡松坡先生住过的一所小房子中[1]。斑驳陆离的瓷砖上，有宣统二年（一九一〇年）建造字样。老式的一楼一底，楼梯已霉腐不堪，走动时便轧轧作声，如打量向每个登楼者有所申诉。大大的砖拱曲尺形长廊，早已倾斜，房东刘先生便因陋就简，在拱廊下加上几个砖柱。院子是个小小土坪，点缀有三人方能合抱的大尤加利树两株，二十丈高摇摇树身，细小叶片在微风中绿浪翻银，使人想起树下默不言功的将军冯异，和不忍剪伐的召伯甘棠。瓦檐梁柱和树枝高处，长日可看见松鼠三三五五追逐游戏，院中闲静萧条亦可想象。这房屋的简陋情况，和路东那座美轮美色以花木亭园著名西南各省的唐公馆，恰作成一奇异的对比。若有人注意到这个对比，温习过去历史时，真不免感慨系之！原来这两所房子和推翻帝制都有关系。战事发生不久，唐公馆则已成为老米的领事馆，我住的一所，自然更少有人知道注意了。

"护国"已成一个历史名辞，"反对帝制"努力也由时间冲淡，年青人须从教科书中所加的注解，方能明白这些名词所包含的意义了。

---

[1] 唐蓂赓即滇军创始人唐继尧，蔡松坡即名将蔡锷。

可是我住昆明九年，不拘走到什么地方去，不拘碰到的是县长委员还是赶马老汉，寒暄请教时，从对面那一位语言神气间，却总看得出一点相同意思，"喔，你家湖南，湖南人够朋友！蔡锷，朱湘溪，都是这个。"于是翘起大拇指，象是大勋章，这种包含信托、尊重以及一点儿爱好的表示，是极容易令人感觉到的。表示中正反映本地人对松坡先生"够朋友"的深刻良好印象。松坡先生虽死去了三十年，国人也快把它忘掉了，他的素朴风度宽和伟大人格，还好好留在云南。寄寓云南的湖南军人极多，对这种事不知作何感想。至于我呢，实异常受刺激。明白个人取予和桑梓毁誉影响永远不可分。在民族性比较上，湖南人多长于各自为战，而不易粘附团结，然而个人成就终究有种超乎个人的影响牵连存在，且通过长长的岁月，还好好存在。松坡先生在云南的建树，是值得吾人怀念，更值得湖南军人取法的。

湖南人够朋友，当然不只松坡先生。谈革命，首先还应数及老战士黄克强先生 ① 。"湖南人够朋友"这句话，就是三十五年以前孙中山先生对克强先生说的。凡熟习中国革命史的学人，都必然明白革命初期所遭遇的挫折。克服种种困难，把帝制推翻，湖南人对革命的忠诚，热忱，勇敢，负责，始终其事，实大有关系。而这点够朋友处，最先即见于中山先生和黄克强先生的友谊上，其次复见于唐蓂赓先生和松坡先生的关系上，再其次还见于北伐时代年青军人行为上，直到八年抗战，卫国守土，更得到充分表现机会。记得民二十（一九三一年）以前，在上海见蒋百里先生时，因为谈起湖南的兵，他就说了个关于兵的故事。他说，德国有个文化史学者，讨论民族精神时，曾把日本人加以分析，认为强韧坚实足与中国的湖广人相比，热忱明朗还

---

① 黄克强即黄兴。

不如。日本想侵略中国，必需特别谨慎小心。中国军事防线，南北两方面都极脆弱，加压力即容易摧毁。但近于天然的心理防线，头一道是山东河南的忠厚朴质，不易克服，次一道是湖南广东的热情僵持，更难处理。这个形容实伤害了日本人不可一世的骄傲自大心，便为文驳问那德国学者，何所见而云然？那德国人极有风趣，只引了两句历史上的成语作为答复，"楚虽三户，亡秦必楚。"以为凡想用秦始皇兼并方式造成的局势，就终必有一天被群众起来打倒推翻。三户武力何能亡秦？居然能亡秦，那点郁郁不平有所否定的气概，是重要原因！百里先生后来还写了一本书，借用了那个德国学者口气，向多数中国人说，中国若与日本作战，一时失利是必然的。不怕败，只要不受敌人的狡诈欺骗所作成的假象蒙蔽，日本想征服中国，就不可能成功。百里先生不幸已作古，他的对于国家人民深刻信心和明智见解，以及所称引的先知预见，却已经得到证实。日本的侵略行为，在中国遭遇的最大阻碍，从长沙、常德、衡阳、宝庆的争夺战已得到极好教训。日本在中国境内的败北，是从湘省西南雪峰山起始的。日本在印缅军事的失利，敌手恰好又大多是湖南军人。提起这件事，固能增加每个湖南军人的光荣，但这光荣的代价也就不轻罗！因为虽骄傲实谨慎的日本军人，一定记忆住那个警告，忧虑大东亚独霸的好梦，会在热情僵持的湖南人面前撞碎，在湖南境内战事进行时，惨酷激烈就少见。八年苦战的结果，实包含了万千忠于国土的湖南军民生命牺牲，以及百十城市的全部毁灭。尽管如此牺牲，湖南人始终还有这点自信，即只要有土地，有人民，稍稍给以时间，便可望从一堆瓦砾上建设起更新更大的城市。可是人的损失，事实上已差不多了。不仅身当其冲的多已完事，即幸而免的老弱残余，留在断垣残瓦荒田枯井边活受罪，待着逼近的灾荒一来临，还不免在无望无助情形下陆续为死亡收拾个干干净净！灾情的严重一面是无耕具，少下田的得用多力的牲口。

　　情形已极端严重时，方稍稍引起负责方面的注意，得到一点点救济，稍稍喘一口气。可是国库大过赈济百倍的经常担负，却是把一些待退役转业的军官收容下来，尽这些有功于国的军人，在应遣散不即遣散，待转业又从不认真为其准备转业情况中等待下去。等待什么？还不是等个机会，来把美国剩余军火，重新加以装备，在国内各地砰砰訇訇进行那个"战争"！（这种收容军官机构，据一个同乡军官说，全国约二十个，人数在十二万以上，其中至少有三分之一就是湖南人。总队长大队长且有三分之二是湖南人。）试分析一下活在这个中国谷仓边人民普遍死亡的远因近果，以及国内当前可忧虑局势的发展，我们就会明白湖南人自傲的"无湘不成军"一句话，实含有多少悲剧性！对国家，湖南人总算够朋友了。可是国家负责方面，对于这片土地上人民的当前和未来，是不是还有点责任待尽？赈济湘灾，政府方面既不大关心，湖南人还得自救。最近在云南一发动募捐，数日即已过两万万，且超过了全国募捐总记录。对湖南，云南人也总算够朋友了。可是寄寓云南的湖南人，是不是还需要从各方面努点力，好把松坡先生三十年前所建立于当地的良好友谊，加以有效的扩大，莫使它在小小疏忽中，以及岁月交替中失去？

　　国内局面既如此浑沌，正若随时随地均可恶化。在这个情况下，许多情绪郁结待找出路的失业军人，或因头脑单纯，或因好事喜弄，自不免禁不住要作作英雄打天下的糊涂梦，只要有东西在手，大打小打无不乐意从事。然稍稍认识国家人民破碎糜烂已到何等状况下的人，对于武力与武器的使用，便明白不问大小，不能不万分谨慎小心！云南人性情坦白直爽，可供我们湖南人学习的还多。明大义，识大体，对内战深怀厌恶忧惧不为全无头脑。

适应时代，一般说来且比湖南人为强。社会睿智明达之士，眼光远大，见事深刻，对国家民主特具热忱幻念者，更不乏人。日前闻李惨案 [①] 发生后，大姚李一平先生，即电云南省参议会同乡说，"此事发生于昆明市中光天化日之下，实近于吾滇之耻辱。务必将其事追究水落石出，以慰死者，以明是非。"目前在云南负军事责任的为湖南人，负昆明地方治安责任的亦湖南人，如何使这件事水落石出，彻底清楚，驻滇的湖南高级军官，实有其责任和义务待尽。若事不明白，或如"一二一"学生惨案，就以为可马马虎虎过去，也近于湖南人羞耻，云南人多的是钱，且不少开明头脑，如湖南人建议将唐公馆买来，好好修整一番，作为云南人和湖南人对争取民主和平牺牲者一种共同努力的象征，我认为将是中国人共同抚掌的赞赏的好事。至于松坡先生所住的小小房子，湖南同乡实在也值得集资筹措，妥慎保存，留为一湘贤记念，且可为湘滇两地人士为国事合作良好友谊的象征，每一高级湖南军官，初到云南时，如能在那小房子中住住，与当地贤豪长者相过从，就必然会为一种崇高情绪所浸润，此后对国家，对地方，对个人，知道随时随处还有多少好事可做，还有多少好事待做，西南一隅明日传给国人的消息，也自然会化灾难为祥和，只听说建设与进步，不至于依然是暴徒白昼杀人，或更大如苏北山西种种不幸！

一九四六年八月九日作完

---

① 一九四六年七月，国民党特务先后暗杀了民主人士李公朴、闻一多二位先生。

一个传奇的本事 [1]

我情感流动而不凝固，一派清波给予我的影响实在
不小。我幼小时较美丽的生活，大都不能和水分离。我
受业的学校，可以说永远设在水边。我学会思索，认识
美，理解人生，水对于我有极大关系。

（摘《自传》中一小节）

水和我的生命不可分，教育不可分，作品倾向不可分。这不仅
是二十岁以前的事情。即到厌倦了水边城市流宕生活，改变计划，
来到住有百万市民的北平，饱受生活的折磨，坚持抵制一切腐蚀，
十分认真阅读那本抽象"大书"第二卷，告了个小小段落，转入几
个大学教书时，前后二十年，十分凑巧，所有学校又都恰好接近水
边。我的人格发展，和工作的动力，依然还是和水不可分。从《楚
辞》发生地，一条沅水上下游各个大小码头，转到海潮来去的吴淞江
口，黄浪浊流急奔而下直泻千里的武汉长江边，天云变幻碧波无际的
青岛大海边，以及景物明朗民俗淳厚沙滩上布满小小螺蚌残骸的昆明
滇池边。三十年来水永远是我的良师，是我的净友，给我用笔以不同

---

① 此文是沈从文为介绍表侄黄永玉的木刻而写。

的启发。这分离奇教育并无什么神秘性，却不免富于传奇性。

水的德性为兼容并包，从不排斥拒绝不同方式浸入生命的任何离奇不经事物！却也从不受它的玷污影响。水的性格似乎特别脆弱，且极容易就范。其实则柔弱中有强韧，如集中一点，即涓涓细流，滴水穿石，却无坚不摧。水教给我粘合卑微人生的平凡哀乐，并作横海扬帆的美梦，刺激我对于工作永远的渴望，以及超越普通个人功利得失，追求理想的热情洋溢。我一切作品的背景，都少不了水。我待完成的主要工作，将是描述十个水边城市平凡人民的爱恶哀乐。在这个变易多方取予复杂的社会中，宜让头脑灵敏身心健全的少壮，有机会驾着最新式飞机向天上飞，从高度和速度上打破记录，成为《新时代画报》上的名人。且尽那些马上得天下还想马上治天下的英雄伟人，为了寄生细菌的巧佞和谎言繁殖迅速，不多久，都能由雕刻家设计，为安排骑在青铜熔铸的骏马上，和个斗鸡一样，在仿佛永远坚固磐石作基础的地面，给后人瞻仰。可是不多久，却将在同地震海啸相近而来的地覆天翻中，只剩余一堆残迹，供人凭吊。也必然还有那些各式各样精通"世故哲学"的"命世奇才"应运而生，在无帝王时代，始终还有作"帝王师"的机会，各有攸归，各得其所。我要的却只能再好好工作二三十年，完成学习用笔过程后，还有机会得到写作上的真正自由，再认真些写写那些生死都和水分不开的平凡人平凡历史。这个分定对于我象是生存唯一的义务，无从拒绝。因为这种平凡的土壤，却孕育了我发展了我的生命，体会经验到一点不平凡的人生。

我有一课水上教育受得极离奇，是二十七年前在常德府那半年流荡。这个城市地图上看，即可知接连洞庭，贯串黔川，扼住湘西的咽喉，是一个在经济上军事上都不可忽略的城市。城市的位置似乎浸在水中或水下，因为每年有好几个月城四面都是一片大水包围，水线有时比城中民房还高。保护到十万居民不致于成为鱼鳖，全靠上游四十里几道坚固的长堤，和一个高及数丈的砖砌大城。常德沿河有四个城门，计西门、上南门、中南门、下南门。城门外有一条延长数里的长街，上边一点是年有百十万担"湖莲"的加工转口站。此外卖牛肉狗肉、开染坊糖坊和收桐油、朱砂、水银、白蜡、生漆、五倍子的大小庄号，生产出售水上人所不可少的竹木圆器及大小船只上所必需的席棚、竹缆、钢钻头、大小铁锚杂物店铺，在这条河街上都占有一定的地位，各有不同的处所。最动人的是那些等待主顾、各用特制木架支撑，上盖罩棚，身长五七丈的大木桅，和仓库堆店堆积如山的作船帆用的厚白帆布，联想到它们在"扬扬万斛船，影若扬白虹"三桅五舱大船上应用时的壮观景象和伟大作用，不觉更令人神往倾心。

这条河街某一段是什么样子，有什么东西，发出什么不同气味，到如今我始终还记得清清楚楚。这个城市在经济上和军事上都有其重要意义，因此抗日战争末两年，最激烈的一役，即中外报刊记载所谓"中国谷仓争夺战"的一役中，十万户人家终于在所预料情形下，完全毁于炮火中。沅水流域竹木原料虽特别富裕，复兴重建也必然比中国任何一地容易。不过那个原来的水上美丽古典城市，有历史性市容，有历史性人事，就已早于烈烈火焰中消失，后来者除了从我过去作的简单叙述，还能得到个大略印象，此外再也无从寻觅了。有形的和无形的都一律毁掉了。然而有些东西，却似乎还值得用少量文字或在多数人情感中保留下来，对于明日社会重造工作上，有其长远的意义。

常德既是延长千里一条沅水和十来条支流十多个县份百数十万人民生产竹、木、油、漆、棉、麻、烟草、药材原料的集中站，及东南沿海鱿鱼、海带、淮盐及一切轻工业品货物向上转移的总码头，船只向上可达川东、黔东，向下毗连洞庭、长江，地方人事自然也就相当复杂。城门口照例有军事机关和税收机关各种堂皇布告，同时也有当地党部无效果的政治宣传品，和广东、上海药房出卖壮阳、补虚伪药，及"活神仙""王铁嘴"一类看相算命骗人的各种广告，各自占据城墙一部分。这几乎也是全国同类城市景象。大街上多的是和商品转销有关的接洽事务的大小老板伙计忙匆匆地来去，更多的是经营最古职业的人物，这些人在水上虽各有一定住处，在街上依然随地可以碰到。责任大，工作忙，性质杂，人数多，真正在维持这个水边城市的繁荣，支配一切活动的，还是水上那几千只大小船只和那几万驾船人。其中"麻阳佬"占比例特重，这些人如何使用他们各不相同各有个性的水上工具，按照不同的行规、不同的禁忌挣扎生活并生儿育女，我虽说不上十分清楚，却有一定常识。所以，抗战初期，写了个关于湘西问题的小书时，《常德的船》那一章，内中主要部分，便是介绍占据一条延长千里沅水的麻阳船只和驾船人的种种，在那一章小文结尾说：

> 常德本身也类乎一只旱船，……常德县沿沅水上行九十里，即到千五百年前武陵渔人迷路问津的桃源。……那里河上游一点，有个省立女子第二师范学校。五四运动影响到湖南时，谈男女解放，自由平等，剪发恋爱，最先提出要求并争取实现它的，就是这个学校一群女学生。

这只旱船上不仅装了社会上几个知名人士，我还忘了提及几个女学生。这里有因肺病死去的川东王小姐，有芷江杨小姐，还有……一群单纯热情的女孩子，离开学校离开家庭后，大都暂时寄居到这个学校里，作为一个临时跳板，预备整顿行装，坚强翅膀，好向广大社会飞去。书虽读得不怎么多，却为《新青年》一类刊物煽起了青春的狂热，带了点点钱和满脑子进步社会理想和个人生活幻想，打量向北平、上海跑去，接受她们各自不同的命运。这些女孩子和现代史的发展，曾有过密切的联系。另外有几个性情比较温和稳定，又不拟作升学准备的，便作了那个女学校的教员。当时年纪大的都还不过二十来岁，差不多都有个相同社会背景，出身于小资产阶级或小官僚地主家庭，照习惯，自幼即由家庭许了人家，毕业回家第一件事即等待完婚。既和家庭闹革命，经济来源断绝，向京沪跑去的，难望有升大学机会，生活自然相当狼狈。一时只能在相互照顾中维持，走回头路却不甘心。犹幸社会风气正注重俭朴，人之师需为表率，作教员的衣着化装品不必费钱，所以每月收入虽不多，最高月薪不过三十六元，居然有人能把收入一半接济升学的亲友。教员中有一位年纪较长，性情温和而朴素、又特别富于艺术爱好，生长于凤凰县苗乡得胜营的杨小姐，在没有认识以前，就听说她的每月收入，还供给了两个妹妹读书。

至于那时的我呢，正和一个从常德师范毕业习音乐美术的表兄黄玉书，一同住在常德中南门里每天各需三毛六分钱的小客栈中，说明白点，就是无业可就。表哥是随同我的大舅父从北平、天津见过大世面的，找工作无结果，回到常德等机会的。无事可作，失业赋闲，照当时称呼名为"打流"。那个"平安小客栈"对我们可真不平安！每五天必须结一回帐，照例是支吾过去。欠账越积越多，因此住宿房间也移来移去，由三面大窗的"官房"，迁到只有两片明瓦作天窗的贮物间。总之，尽管借故把我们一再调动，永不抗议，照栈规彼此不破脸，主人就不能下逐客令。至于在饭桌边当店东冷言冷语讥诮时，只装作听不懂，也陪着笑笑，一切用个"磨"字应付。这一点表哥可说是已达到"炉火纯青"地步。如此这般我们约莫支持了五个月。虽隔一二月，在天津我那大舅父照例必寄来二三十元接济。表哥的习惯爱好，却是扣留一部分去城中心"稻香村"买一二斤五香牛肉干作为储备，随时嚼嚼解馋，最多也只给店中二十元，因此永远还不清账。内掌柜是个猫儿脸中年妇女，年过半百还把发髻梳得油光光的，别一支翠玉搔头，衣襟钮扣上总还挂一串"银三事"，且把眉毛扯得细弯弯的，风流自赏，自得其乐，心地倒还忠厚爽直。不过有时禁不住会向五个长住客人发点牢骚，饭桌边"项庄舞剑"意有所指的说，"开销越来越大了，门面实在当不下。楼下铺子零卖烟酒点心赚的钱，全贴上楼了，日子偌得过？我们吃四方饭，还有人吃八方饭！"话说得够锋利尖锐。说后，见五个常住客人都不声不响，只顾低头吃饭，就和那个养得白白胖胖、年纪已过十六岁的寄女儿[①]干笑，寄女儿也只照例陪着笑笑。（这个女孩子经常借故上楼来，请大表兄剪鞋面花样或围裙上部花样，悄悄留下一包寸金糖或芙蓉酥，帮了我们不少的忙。表兄却笑她一身白得象白糖发糕，虽不拒绝芙蓉酥，可决不要发糕。）我们也依旧装不懂内老板话中含意，只管拣豆芽菜汤里的肉片吃。可是却知道用过饭后还有一手，得准备招架对策。不多久，老厨师果然就带了本油腻腻蓝布面的账本上楼来相访，十分客气要借点钱买油盐。表兄作成老江湖满不在乎的神气，随便翻了一下我们名下的欠数，就把账本推开，鼻子嗡嗡的，"我以为欠了十万八千，这几个钱算个什么？内老板四海豪杰人，还这样小气，笑话。——老弟，你想想看，这岂不是大笑话！我昨天发的那个催款急电，你亲眼看见，

[①] 即干女儿。

不是迟早三五天就会有款来了吗？"连哄带吹把厨师送走后，这个一生不走时运的美术家，却向我嘘了口气说："老弟，风声不大好，这地方可不比巴黎！我听熟人说，巴黎的艺术家，不管做什么都不碍事。有些人欠了二十年的房饭账，到后来索性作了房东的丈夫或女婿，日子过得满好。我们在这里想攀亲戚倒有机会，只是我不大欢喜冒险吃发糕，正如我不欢喜从军一样。我们真是英雄秦琼落了难，黄骠马也卖不成！"于是学成家乡老秀才拈卦吟诗哼着，"风雪满天下，知心能几人？"

　　我心想，怎么办？表兄常说笑话逗我，北京戏院里梅兰芳出场前，上千盏电灯一熄，楼上下包厢里，到处是金钢钻、耳环手镯闪光，且经常有阔人掉金钢钻首饰。上海坐马车，马车上也常有洋婆子、贵妇人遗下贵重钱包，运气好的一碰到即成富翁。即或真有其事，远水哪能救近火？还是想法对付目前，来一个"脚踏西瓜皮"溜了吧。至于向什么地方溜，当时倒有个方便去处。坐每天两班的小火轮上九十里的桃源县找贺龙。因为有个同乡向英生，和贺龙是把兄弟，夫妻从日本留学回来，为人思想学问都相当新，做事非"知事""道尹"不干，同乡人都以为"狂"，其实人并不狂。曾作过一任知县，却缺少处理行政能力，只想改革，不到一年，却把个实缺被自己的不现实理想革掉了。三教九流都有来往，长住在城中春申君墓旁一个大旅馆里，总象还吃得开，可不明白钱从何来。这人十分热忱写了个信介绍我们去见贺龙。一去即谈好，表示欢迎，表兄作十三元一月的参谋，我作九元一月的差遣，还说"码头小，容不下大船，只要不嫌弃，留下暂时总可以吃吃大锅饭"。可是这时正巧我们因同乡关系，偶然认识了那个杨小姐，两人于是把"溜"字水旁删去，依然"留"下来了。桃源的差事也不再加考虑。

表兄既和她是学师范美术系的同道，平时性情洒脱，倒能一事不作，整天自我陶醉的唱歌。长得也够漂亮，特别是一双乌亮大眼睛，十分魅人。还擅长用通草片粘贴花鸟草虫，作得栩栩如生，在本县同行称第一流人材。这一来，过不多久，当然彼此就成了一片火，找到了热情寄托处。

自从认识了这位杨小姐后，一去那里必然坐在学校礼堂大风琴边，一面弹琴，一面谈天。我照例乐意站在校门前欣赏人来人往的市景，并为二人观观风。学校大门位置在大街转角处。两边可以看得相当远，到校长老太太来学校时，经我远远望到，就进去通知一声，里面琴声必然忽高起来。老太太到了学校却照例十分温和笑笑的说："你们弹琴弹得真不错！"表示对于客人有含蓄的礼貌。客人却不免红红脸。因为"弹琴"和"谈情"字音相同，老太太语意指什么虽不分明，两人的体会却深刻得多。

每每回到客栈时，表哥便向我连作了十来个揖，要我代笔写封信，他却从从容容躺在床上哼各种曲子，或闭目养神，温习他先前一时的印象。信写好念给他听听，随后必把大拇指翘起来摇着，表示感谢和赞许。

"老弟，妙，妙！措词得体，合式，有分寸，不卑不亢。真可以上报！"

事实上呢，我们当时只有两种机会上报，即抢人和自杀。但是这两件事都和我们兴趣理想不大合，当然不曾采用。至于这种信，要茶房送，有时茶房借故事忙，还得我代为传书递柬。那女教员有几次还和我讨论到表哥的文才，我只好支吾过去，回客栈谈起这件事，表兄却一面大笑一面肯定的说："老弟，你看，我不是说可以上报吗？"我们又支持约两个月，前后可能写了三十多次来回信，住处则已从有天

144

窗的小房间迁到毛房隔壁一个特别小间里，人若气量窄，情感脆弱，对于生活前途感到完全绝望，上吊可真方便。我实在忍受不住，有一天，就终于抛下这个表兄，随同一个头戴水獭皮帽子的同乡，坐在一只装运军服的"水上漂"，向沅水上游保靖漂去了。

三年后，我在北平知道一件新事情，即两个小学教员已结了婚，回转家乡同在县立第一小学服务。这种结合由女方家长看来，必然不会怎么满意。因为表哥祖父黄河清，虽是个贡生，看守文庙作"教谕"，在文庙旁家中有一栋自用房产，屋旁还有株三人合抱的大椿木树，著有《古椿书屋诗稿》。为人虽在本城受人尊敬，可是却十分清贫。至于表哥所学，照当时家乡人印象，作用地位和"飘乡手艺人"或"戏子"相差并不多。一个小学教师，不仅收入微薄，也无什么发展前途。比地方传统带兵的营连长或参谋副官，就大大不如。不过两人生活虽不怎么宽舒，情感可极好。因此，孩子便陆续来了，自然增加了生计上的麻烦。好在小县城，收入虽少，花费也不大，又还有些作上中级军官或县长局长的亲友，拉拉扯扯，日子总还过得下去。而且肯定精神情绪都还好。

再过几年，又偶然得家乡来信说，大孩子①已离开了家乡，到福建厦门集美一个堂叔处去读书。从小即可看出，父母爱好艺术的长处，对于孩子显然已有了影响。但本地人性情上另外一种倔强自恃，以及潇洒超脱不甚顾及生活的弱点，也似乎被同时接收下来了。所以在叔父身边读书，初中不到二年，因为那个艺术型发展，不声不响就离开了亲戚，去阅读那本"大书"，从此就于广大社会中消失了。计

————————

　　① 这位"大孩子"，和后文的"长子"、永玉都是一个人，即画家黄永玉。

算岁月，年龄已到十三四岁。照家乡子弟飘江湖奔门路老习惯，已并不算早。教育人家子弟的即教育不起自己子弟，所以对于这个失踪的消息，大致也就不甚在意。

一九三七年抗战后十二月间，我由武昌上云南路过长沙时，偶然在一个本乡师部留守处大门前，又见到那表兄，面容憔悴蜡渣黄，穿了件旧灰布军装，倚在门前看街景，一见到我即认识，十分亲热的把我带进了办公室。问问才知道因为脾气与年轻同事合不来，被挤出校门，失了业。不得已改了业，在师部做一名中尉办事员，办理散兵伤兵收容联络事务。大表嫂还在沅陵酉水边"乌宿"附近一个村子里教小学。大儿子既已失踪，音信不通。二儿子十三岁，也从了军，跟人作护兵，自食其力。还有老三、老五、老六，全在母亲身边混日子。事业不如意，人又上了点年纪，常害点胃病，性情自然越来越加拘迂。过去豪爽洒脱处早完全失去，只是一双浓眉下那双大而黑亮有神的眼睛还依然如旧。也仍然欢喜唱歌。邀他去长沙著名的李合盛吃了一顿生炒牛肚子，才知道已不喝酒。问他还吸烟不吸烟，就说，"不戒自戒，早已不再用它。"可是我发现他手指黄黄的，知道有烟吸还是随时可以开戒。他原欢喜吸烟，且很懂烟品好坏。第二次再去看他，带了别的同乡送我的两大木盒吕宋雪茄烟去送他。他见到时，憔悴焦黄脸上露出少有的欢喜和惊讶，只是摇头，口中低低的连说："老弟，老弟，太破费你了，太破费你了。不久前，我看到有人送老师长这么两盒，美国大军官也吃不起！"

我想提起点旧事使他开开心，告他"还有人送了我一些什么'三五字''大司令'，我无福享受，明天全送了你吧。我当年一心只想做个开糖坊的女婿，好成天有糖吃。你看，这点希望就始终不成！"

"不成功！人家都说你为我们家乡争了个大面子，赤手空拳打天下，成了名作家。也打败了那个只会做官、找钱，对家乡青年毫不关心的熊凤凰。什么凤凰？简直是只阉鸡，只会跪榻凳，吃太太洗脚水，我可不佩服！你看这个！"他随手把一份当天长沙报纸摊在桌上，手指着本市新闻栏一个记者对我写的访问记，"老弟，你当真上了报，人家对你说了不少好话，比得过什么什么大文豪！"

我说："大表哥，你不要相信这些逗笑的话。一定是做新闻记者的学生写的。因为我始终只是个在外面走码头的人物，底子薄，又无帮口，在学校里混也混不出个所以然的。不是抗战还回不了家乡，熟人听说我回来了，所以表示欢迎。我在外面只有点虚名，并没什么真正成就的。……我倒正想问问你，在常德时，我代劳写的那些信件，表嫂是不是还保留着？若改成个故事，送过上海去换二十盒大昌宋烟，还不困难！"

想起十多年前同在一处的旧事，一切犹如目前，又恍同隔世。两人不免相对沉默了一会，后来复大笑一阵，把话转到这次战争的发展和家乡种种了。随后他又陪我去医院看望受伤的同乡官兵。正见我弟弟刚出医院，召集二十来个行将出院的下级军官，在院前小花园和他们谈话，彼此询问一下情形；并告给那些伤愈连长和营副，不久就要返回沅陵接收新兵，作为"荣誉师"重上前线。训话完毕，问我临时大学那边有多少熟人，建议用我名分约个日子，请吃顿饭，到时他来和大家谈谈前方情况。邀大表兄也作陪客，他却不好意思，坚决拒绝参加。只和我在另一天同上天心阁看看湘江，我们从此就离开了。

抗战到六年，我弟弟去印度受训，过昆明时，来呈贡乡下看看我，谈及家乡种种，才知道年纪从十六到四十岁的同乡亲友，大多数都在六年里各次战役中已消耗将尽。有个麻四哥和三表弟，都在洞庭湖边牺牲了。大表哥因不乐意在师部作事，已代为安排到沅水中游青浪滩前作了一个绞船站的站长，有四十元一月。老三跟在身边，自小就会泅水，胆子又大，这个著名恶滩经常有船翻沉，老三就在滩脚伏波宫前急流漩涡中浮沉，拾起沉船中漂出无主的腊肉、火腿和其他食物，因此，父子经常倒吃得满好。可是一生长处既无从发挥，始终郁郁不欢，不久前，在一场小病中就过世了。

大孩子久无消息，只知道在江西战地文工团搞宣传。老二从了军。还预备把老五送到银匠铺去作学徒。至于大表嫂呢，依然在沅陵乌宿乡下村子里教小学，收入足够糊口。因为是唯一至亲，假期中，我大哥总派人接母子到沅陵"芸庐"家中度假，开学时，再送他们回学校。

照情形说来，这正是抗战以来，一个小地方、一个小家庭极平常的小故事。一个从中级师范学校毕业的女子，为了对国家对生活还有点理想，反抗家庭的包办婚姻，放弃了本分内物质上一切应有权利，在外县作个小教员，从偶然机会里，即和一个性情还相投的穷教员结了婚，过了阵虽清苦还平静的共同生活。随即接受了"上帝"给分派的庄严任务，陆续生了一堆孩子。照环境分定，母亲的温良母性，虽得到了充分发展，作父亲的艺术秉赋，可从不曾得到好好的使用，只随同社会变化，接受环境中所能得到的那一份苦难。十年过去，孩子已生到第五个，教人子弟的照例无从使自己子弟受教育，每个孩子在成年以前，都得一一离开家庭，自求生存，或死或生，无从过问！战事随来，可怜一份小学教师职业，还被二十来岁的什么积极分子排挤掉。只好放弃了本业，换上套拖拖沓沓旧军装，"投笔从我"作个后方留守处无足轻重的军佐。部队既一再整编，终于转到一个长年恶浪咆哮滩前的绞船站里作了站长，不多久，便被一场小小疾病收拾了。

亲人赶来一面拭泪，一面把死者殓入个赊借得来的小小白木棺木里，草草就地埋了。死者既已死去，生者于是依然照旧沉默寂寞生活下去。每月可能还得从正分微薄收入中扣出一点点钱填还亏空。在一个普通人不易设想的乡村小学教师职务上，过着平凡而简单的日子，等待平凡的老去，平凡的死。一切都十分平凡，不过正因为它是千万乡村小学教师的共同命运，却不免使人感到一种奇异的庄严。

抗战到第八年，和平胜利骤然来临，暌违十年的亲友，都逐渐恢复了通信关系。我也和家中人由云南昆明一个乡村中，依旧归还到旧日的北平，收拾破烂，重理旧业。忽然有个十多年不通音问的朋友，寄了本新出的诗集。诗集中用黑绿二色套印了些木刻插图，充满了一种天真稚气与热情大胆的混合，给我崭新的印象。不仅见出作者头脑里的智慧和热情，还可发现这两者结合时如何形成一种诗的抒情。对于诗若缺少深致理解，是不易作出这种明确反映的。一经打听，才知道作者所受教育程度还不及初中二，而年龄也还不过二十来岁，完全是在八年战火中长大的。更有料想不到的巧事，即这个青年艺术家，原来便正是那一死一生黯然无闻的两个美术教员的长子。十三四岁即离开了所有亲人，到陌生而广大世界上流荡，无可避免的穷困，疾病，挫折，逃亡，在种种卑微工作上短时期的稳定，继以长时间的失业，如蓬如萍的转徙飘荡，到景德镇烧过瓷器，又在另一处当过做棺材的学徒。……却从不易想象学习过程中，奇迹般终于成了个技术优秀特有个性的木刻工作者。为了这个新的发现，使我对于国家民族，以及属于个人极庄严的苦难命运，感到深深痛苦。我真用得着法国人小说中常说的一句话，"这就是人生。"当我温习到有关于这两个美术教员一生种种，和我身预其事的种种，所引起的回忆，不免感觉到对于"命运偶然"的惊奇。

作者至今还不曾和我见过面，只从通信中约略知道他近十年一点过去，以及最近正当成千上万"接收大员"在上海大发国难财之际，他如何也来到了上海，却和他几个同道陷于同样穷困绝望中，想工作，连购买木刻板片的费用也无处筹措。境况虽然如此，对于工作却依然充满自信和狂热，对未来有无限憧憬。摊在我面眼前的四十幅木刻，无论大小，都可见出一种独特性格，美丽中还有个深度。为几个世界上名师巨匠作的肖像木刻，和为几个现代作家诗人作的小幅插图，都可见出作者精力弥满，设计构图特别用心，还依稀可见出父母潇洒善良的秉赋，与作者生活经验的沉重粗豪和精细同时并存而不相犯相混，两者还共同形成一种幽默的典雅。提到这一点时，作品性格鲜明的一面，事实上还有比个人秉赋更重要的因素，即所生长的地方性，值得一提。因为这不仅是两个穷教员的儿子，生长地还是从二百年设治以来，即完全在极端变态发展中一片土地，一种社会的特别组织的衍生物。

作者出身苗乡，原由"镇打营"和"箪子坪"合成的"镇箪城"。后来因镇压苗人造反，设立了个兼带兵勇的"辰沅永靖兵备道"，又添一个专管军事的镇守使，才升级成"凤凰厅"，后改"凤凰县"。家乡既是个屯兵地方，住在那个小小石城中的人，大半是当时的戍卒屯丁，小部分是封建社会放逐贬谪的罪犯（黄家人生时姓"黄"死后必改姓"张"，听老辈说，就是这个原因）。因此二百年前居民即有世代服兵役的习惯，习军事的机会。中国兵制中的"绿营"组织，在近代学人印象中，早已成了历史名词，然而抗战八年，我们生长的那个小地方，对于兵役补充，尤其是下级官佐的补充，总象不成问题。就还得力于这个旧社会残余制度的便利。最初为镇压苗族造反而设治，因此到咸、同之际，曾国藩组织的湘军，"篁军"就占了一定数目，选择的对象必"五短身材，琵琶腿"，才善于挨饿耐寒爬山越岭跑长路。内中也包括部分苗族兵丁。但苗官则限制到"守备"为止。江南大营包围太平军的天京时，篁军中有一群卖柴卖草亡命之徒，曾参预过冲锋陷阵爬城之役，内中有四五人后来都因军功作了"提督军门"，且先后转成"云贵总督"。就中有个田兴恕，因教案被充军新疆，随后又跟左宗棠带罪立功，格外著名。到辛亥革命攻占雨花台后，首先随大军入南京的一个军官，就是"爬城世家"田兴恕的小儿子田应诏。这个军官由日本士官学校毕了业，和蔡锷同期，我曾听过在蔡锷身边作参谋长的同乡朱湘溪先生说，因为田有大少爷脾气，人不中用，所以才让他回转家乡作第一任湘西镇守使。年纪还不到三十岁，却留了一小撮日本仁丹式胡子，所以本地人通叫他"田三胡子"。出于好事喜弄的大少爷脾气，这位边疆大吏，受了点日本维新变法的影响，当时手下大约还有四千绿营兵士，无意整军经武，却在练军大教场的河对岸，傍水倚山建立了座新式公园，纪念他的母亲，经常和一群高等幕僚，在那里饮酒赋诗。又还在本县城里办了个中级美术学校。因此后来本地很出了几个湘西知名的画家，此外还办了个煤矿，办了个瓷器厂，办了个洋广杂货的公司，不多久就先后赔本停业，这种种正可说明一点，即浪漫情绪在这个"爬城世家"头脑中，作成一种诗的抒情、有趣的发展。（我和永玉，都可说或多或少受了点影响。）

三十年来国家动乱，既照例以内战为主要动力，荡来荡去形成了大小军阀的新陈代谢。这小地方却因僻处一隅，得天独厚，又不值得争夺，因之形成一个极离奇的存在。在湘西十八县中，日本士官生、保定军官团、云南讲武堂，及较后的黄埔军官学校，前后都有大批学生，同其它县分比，占人数最多。到抗战前夕为止，县城不到六千户人家，人口还不及二万，和附近四乡却保有了约二千中下级军官，和经过军训四五个师的潜在实力。由于这么一种离奇传统，一切年轻人的出路，都不免寄托在军官上。一切聪明才智及优秀秉赋，也都一律归纳吸收于这个虽庞大实简单的组织中，并陆续消耗于组织中。而这个组织于国内省内，却又若完全孤立或游离，无所属亦无所归。"护法""靖国"等大规模军事战役，都出兵参加过。派兵下常、桃，抵长沙，可是战事一过就又退还原驻防地。接田手的陈渠珍，头脑较新，野心却并不大，事实上心理上还是"孤立割据自保"占上风。北伐以前，孙中山先生曾特派代表送了个第一师长的委任状来，请了一回客，送了两千元路费，那个委任状却压在垫被下经年毫无作用。这自然就有了问题，即对内为进步滞塞，不能配合实力作其他任何改进设计。他本人自律甚严而且好学，新旧书都读得有一定水平，却并不鼓励部下也读书。因此军官日多而读书人日少，必然无从应付时变，对外则保持一贯孤立状态，多误会，多忌讳，实力越来越增加，和各方面组织关系隔绝，本身实力越大，也只是越增加困难。战争来了，悲剧随来。淞沪之战展开，有个新编一二八师，属于第四路指挥刘建绪调度节制，原本被哄迫出去驻浙江奉化，后改宣城，战事一起，就奉命调守嘉善唯一那道国防线，即当时所谓"中国兴登堡防线"。（早就传说花了过百万元照德国顾问意见完成的。）当时报载，战事过于激烈，守军来不及和参谋部联络人员接头，打开那些钢骨水泥的门，即加入战斗。还以为事不可信。后来方知道，属于我家乡那师接防的部队，开入国防线后，除了从唯一留下车站的县长手中得到一大串编号的钥匙，什么图形也没有。临到天明就会有敌机来轰炸。为敌人先头探索部队发见已发生接触时，一个少年团长方从一道小河边发现工事的位置，一面用一营人向前作突击反攻，一面方来得及顺小河搜索把上锈的铁门次第打开，准备死守。本意固守三天，却守了足足五天。全师大部官兵都牺牲于敌人日夜不断的优势炮火中，下级干部几乎全体完事，团营长正副半死半伤，提了那串钥匙去开工事铁门的，原来就是我的弟弟，而死去的全是那小小县城中和我一同长大的年青人。

随后是南昌保卫战，经补充的另一个"荣誉师"上前，守三角地的当冲处，自然不久又完事。随后是反攻宜昌，洞庭西岸荆沙争夺，洞庭南岸的据点争夺，以及长沙会战。每次硬役必参加，每役参加又照例是除了国家意识还有个地方荣誉面子问题在内，双倍的勇气使得下级军官全部成仁，中级半死半伤，而上级受伤旅团长，一出医院就再回来补充调度，从预备师接收新兵。都明白这个消耗担负，增加地方明日的困难，却从种种复杂情绪中继续补充下去。总以为这是和日本打仗，不管如何得打下去！迟迟不动，番号一经取销，家乡此后就再无生存可能。因此，国内任何部队都感到补充困难时，这地方却好象全无问题，到时总能补充足额，稍加训练就可重上前线，打出一定水平。就这样，一直到一九四五年底。小城市在湘西各县中，比沅水流域任何一处物价都贱，表面上可说交通不当冲要得免影响，事实上却是消费越来越少，余下一城孤儿寡妇，哪还能想到囤积居奇发国难财？每一家都分摊了战事带来的不幸，因为每一家都有子弟作下级军官，牺牲数目更吓人。我们实在不能想象一个城市把成年丁壮全部抽去，每家陆续带来一分死亡给五千少妇万人父母时，形成的是一种什么空气！但这是战争！有过二百年当兵习惯的人民，战争是什么，必然比任何人都更清楚明白。而这些人的家属子女，也必然更习惯于接受这个不幸！战争完结后，总还能留下三五十个小学教员，到子弟长大入学时，不会无学校可进！

和平来了，胜利来了，但战争的灾难可并未结束。拼补凑集居然还有一个甲种师部队，由一个从小兵作文书，转军佐，升参谋，入陆大，完全自学挣扎出来的 × 姓军官率领，驻防胶济线上。原以为国家和平来临，人民苦难已过，不久改编退役，正好过北平完成一个新的志愿，好好读几年书。且可能有机会和我合作，写一本小小地方历史，纪念一下这个小山城成千上万壮丁十年中如何为保卫国家陆续牺牲的情形，将比转入国防研究院工作还重要，还有意义。正可说明一种旧时代的灭亡新命运的开始，虽然是种极悲惨艰难的开始。因为除少数的家庭还保有些成年男丁，大部分却得由孤儿寡妇来自作挣扎！不意内战终不可避免，一星期前胶东一役，这个新编师却在极其暧昧情形下全部覆没。师长随之阵亡。统率者和一群干部，正是家乡人八年抗战犹未死尽的最后残余。从私人消息，方明白实由于早已厌倦这个大规模集团的自残自渎，因此厌战解体。专门家谈军略，谈军势，若明白这些青年人生命深处的苦闷，还如何正在作普遍广泛传染，尽管有各种习惯制度和小集团利害拘束到他们的行为，而且加上那个美式装备，但哪敢得过出自生命深处的另一种潜力，和某种做人良心觉醒否定战争所具有的优势？一面是十分厌倦，一面还得接受现实，就在这么一个情绪状态下，我家乡中那些朋友亲戚，和他们的理想，三五天中便完事了。这一来，真是连根拔去，"篁军"再也不会成为一个活的名词，成为湖南人谈军事政治的一忌了。而个人想从这个野性有活力的烈火焚灼残余孤株接接枝，使它在另外一种机会下作欣欣向荣的发展、开花结果的企图，自然也随之摧毁无余。

　　得到这个消息时，我想起我生长那个小小山城两世纪以来的种种过去。因武力武器在手而如何形成一种自足自恃情绪，情绪扩张，头脑即如何逐渐失去应有作用，因此给人同时也给本身带来苦难。想起整个国家近三十年来的苦难，也无不由此而起。在社会变迁中，我那家乡和其他地方青年的生和死，因这生死交替于每一片土地上流的无辜的血，这血泪更如何增加了明日进步举足的困难。我想起这个社会背景发展中对青年一代所形成的情绪、愿望和动力，既缺少真正伟大思想家的引导与归纳，许多人活力充沛而常常不知如何有效发挥，结果便终不免依然一个个消耗结束于近乎周期性悲剧宿命中。任何社会重造品性重铸的努力设计，对目前情势言，甚至于对今后半世纪言，都若无益白费。而近于宿命的悲剧，却从万千挣扎求生善良本意中，作成整个民族情感凝固大规模的集团消耗，或变相自杀。直到走至尽头，才可望得到一种真正新的开始。

我也想到由于一种偶然机会，少数游离于这个共同趋势以外恶性循环以外，由此产生的各种形式的衍化物。我和这一位年纪青青的木刻艺术家，恰可代表一个小地方的另一种情形：相同处是处理生命的方式，和地方积习已完全游离，而出于地方性的热情和幻念，却正犹十分旺盛，因之结合成种种少安定性的发展。但是我依然不免受另外一种地方性的局限束缚，和阴晴不定的"时代"风气俨若格格不入。即因此，将不免如其他乡人似异实同的命运，或早或迟必僵仆于另外一种战场上，接受同一悲剧性结局。至于这个更新的年青的衍化物，从他的通信上，和作品自刻像一个小幅上，仿佛也即可看到一种命定的趋势，由强执、自信、有意的阻隔及永远的天真，共同作成一种无可避免悲剧性的将来，至于生活上的败北，犹其小焉者。

最后一点涉及作者已近于无稽预言，因此对作者也留下一点希望。倘若所谓"悲剧"实由于性情一事的两用，在此为"个性鲜明"而在彼则为"格格不入"时，那就好好的发展长处，而不必求熟习世故哲学，事事周到或八面玲珑来取得什么"成功"，不妨勇敢生活下去，毫无顾虑的来接受挫折，不用作得失考虑，也不必作无效果的自救。这是一个真正有良心的艺术家，有见解的思想家，或一个有勇气的战士共同的必由之路。若悲剧只小半由于本来的气质，大半实出于后起的习惯，尤其是在十年游荡中养成的生活上不良习惯时，想要保存衍化物的战斗性，持久存在与广泛发展，一种更新的坚韧素朴人生观的培育，实值得特别注意。

这种人生观的基础，应当建筑在对生命能作完全有效的控制。战胜自己被物欲征服的弱点，从克服中取得一个完全独立的人格，以及创造表现的绝对自主性起始。由此出发，从优良传统去作广泛的学习，再将传统长处加以综合，融会贯通，由于虔诚和谦虚的试探，十年二十年持久不懈，慢慢得到进展，在这种基础上，必会得到更大的成就。正因为工作真正贴近土地人民，只承认为人类多数而"工作"。不为某一种某一时的"工具"，存在于现代政治所培养的窄狭病态自私残忍习惯空气中，或反而容易遭受来自各方面的强力压迫与有意忽视，欲得一稍微有自主性的顺利工作环境，也并不容易。但这不妨事，倘若目的明确，信心坚固，真有成就，即在另外一时，将无疑依然会成为一个时代的重要标志！如所谓"弱点"，不过是象我那种"乡下佬"的顽固拘迂作成的困难，以作者的开扩外向性的为人，必然不会得到我的悲剧性的重演。

在人类文化史的进步意义上，一个真正的伟人巨匠，所有努力挣扎的方式，照例和流俗的趣味及所悬望的目标，总不易完全一致。一个伟大艺术家或思想家的手和心，既比现实政治家更深刻并无偏见和成见的接触世界，因此它的产生和存在，有时若与某种随时变动的思潮要求，表面或相异或游离，都极其自然。它的伟大的存在，即于政治、宗教以外，极有可能更易形一种人类思想感情进步意义和相对永久性。虽然两者真正的伟大处，基本上也同样需要"正直"和"诚实"，而艺术更需要"无私"，比过去宗教现代政治更无私！必对人生有种深刻的悲悯，无所不至的爱！而对工作又不缺少持久狂热和虔敬，方能够忘我与无私！宗教和政治都要求人类公平与和平，两者所用方式，却带来过封建性无数战争，尤以两者新的混合所形成的偏执情绪和强大武力，这种战争的完全结束更无希望。过去艺术必需宗教和政治的实力扶育，方能和人民对面，因之当前欲挣扎于政治点缀性外，亦若不可能。然而明日的艺术，却必将带来一个更新的庄严课题。将宗教政治充满封建意识形成的"强迫""统制""专横""阴狠"种种不健全情绪，加以完全的净化廓清，而成为一种更强有力的光明健康人生观的基础。

这也就是一种"战争"，有个完全不同的含义。唯有真的勇士，敢于从使人民无辜流血以外，不断有所寻觅探索，不断积累经验和发现，来培养爱与合作种子使之生根发芽，企图实现在人与人间建设一种崭新的关系，谋取人类真正和平与公正的艺术工作者，方能担当这个艰巨重任。这种战争不是犹待起始，事实上随同历史发展，已进行了许多年。试看看世界上一切科学家沉默工作的建设成就和其他方式所形成的破坏状况，加以比较，就可知在中国建立一种更新的文化观和人生观，一个青年艺术家可能作的永久性工作，将从何努力着手。

这只是一个传奇的起始，不是结束。然而下一章，将不是我用文字来这么写下去，却应当是一群生气勃勃具有做真正主人翁责任感少壮木刻家和其他艺术工作者，对于这种人民苦难的现实，能作各种真正的反映，而对于造成这种种苦难，最重要的是那些妄图倚仗外来武力，存心和人民为敌，使人民流血而发展成大规模无休止的内战（又终于应合了老子所说的"自恃者灭，自胜者绝"的规律），加以"耻辱"与"病态"的标志，用百集木刻，百集画册，来结束这个既残忍又愚蠢的时代，并刻绘出全国人民由于一种新的觉悟，去合力同功向知识进取，各种切实有用的专门知识，都各自得到合理的尊重，各有充分发展的机会，人人以驾驭钢铁征服自然为目标，促进实现一种更新时代的牧歌。"这是可能的吗？""不，这是必然的！"

附记

　　这个小文，是抗战八年后，我回到北京不多久，为初次介绍黄永玉木刻而写成的。内中提及他作品的文字并不多，大部分谈的却是作品以外事情——永玉本人也不明白的本地历史和家中情况。从表面看来，只象"借题发挥"一种杂乱无章的零星回忆，事实上却等于把我那小小地方近两个世纪以来形成的历史发展和悲剧结局加以概括性的纪录。凡事都若偶然的凑巧，结果却又若宿命的必然。如非家乡劫后残余的中年人，是不大会理解到这个小文对于家乡的意义。家乡的现实是：受历史性的束缚，使得数以万千计的有用青年，几几乎全部毁灭于无可奈何的战争形成的趋势中，而知识分子的灾难，也比湘西任何一县都来得严重。写它时，心中实充满了不易表达的深刻悲痛！因为我明白，在我离开家乡去到北京阅读那本"大书"时，只不过是一个成年顽童，任何方面见不出什么才智过人。只缘于正面接受了"五四"余波的影响，才能极力挣扎而出，走自己选择的道路。大多数比我优秀得多的同乡，或以责任所在，离不开教师职务，或认为冰山可恃，乐意在那个小小的军事集团中磨混，到头来形势一有变化，几几乎全部在十多年中，无例外都完结于这种新的发展变化中。

　　这个小文，和较前一时写的《湘行散记》及《湘西》二书，前后相距约十年，叙述方法和处理事件各不相同。前者写背景和人事，后者谈地方问题，本文却范围更小，作纵的叙述。可是基本上是相通的。正由于深深觉得故乡土地人民的可爱，而统治阶层的保守无能固步自封，在相互对照下明日举步的困难，可以想象得到。因此把唯一转机希望，曾经寄托到年青一代的觉醒上，影响显明是十分微弱的。因为当时许多家乡读者，除了五六人受到启发，冲出那个环境，转到北方作穷学生，抗战时辗转到了延安，一般读者相差不多，只能从我作品中留下些"有趣"印象，看不出我反复提到的"寄希望于未来"的严肃意义。本文却以本地历史变化为经，永玉父母个人及一家灾难情形为纬交织而成一个篇章。用的彩线不过三五种，由于反复错综连续，却形成土家族方格锦纹的效果。整幅看来，不免有点令人眼目迷乱，不易明确把握它的主题寓意何在。但是一个在为"概念""公式"所限制的读者，把视界放宽些些，或许将依然可以看出一点个人对于家乡的"黍离之思"！

在本文末尾，我曾对于我个人工作作了点预言，也可说一切不出所料。由于性格上的局限性所束缚，虽能严格律己，坚持工作，可极缺少对世事的灵活变通性。于社会变动中，既不知所以自处，工作当然配合不上新的要求，于是一切工作报废完事于俄顷，这也十分平常自然。还记得解放前付印《长河》，在题记中我就曾经说过："横在我们面前许多事情，都不免使人痛苦，可是却不必悲观。骤然而来的风雨，说不定会把许多人的高尚理想，卷扫摧残，弄得无踪无迹。然而一个对于人类前途的热忱，和工作的虔敬态度，是应当永远存在，且必然能给后来者以极大鼓励的！……"我的作品，早在五三年间，就由印行我选集的开明书店正式通知，说是各书已过时，凡是已印未印各书稿及纸型，全部代为焚毁。随后是香港方面转载台湾一道明白法令，更进一步，法令中指明一切已印未印作品，除全部焚毁外，还永远禁止再发表任何作品。这倒是历史上少有的奇闻。说作品已过时，由国内以发财为主要目的商人说出，若意思其实指的是"得即早让路，免得成为绊脚石"，倒还近情合理，我得承认现实，明白此路不通，及早改业。至于台湾的禁令，则不免令人起幽默感。好象八百万美式装备，满以为所向无敌，因此坚决要从内战上见个高低的一伙，料不到终究被"小米加步枪"的人民力量打得一败涂地。还不承认是由于政治极端腐败必然的结果，却把打败仗的责任，以为是我写了点反内战小文章的原因（本文似也应包括在内），才出现这种禁令。得出这种结论，采取这种方法，是绝顶聪明，还是极端愚蠢，外人不易明白，他们自己应当心中有数。试作些分析，倒也十分有趣。中国现在有不少研究鲁迅先生的团体，谈起小说成就时，多不忘记把《阿Q正传》举例。若说真正懂得阿Q精神，照我看来，其实还应数台湾方面掌握文化大权的文化官有深刻领会。这种禁令的执行，就是最好的证明，实在说来，未免把我抬举得太高了。

至于三十多年前对永玉的预言，从近三十年工作和生活发展看来，一切当然近于过虑。永玉为人既聪敏能干，性情又开廓明朗，对事事物物反应十分敏捷，在社会剧烈变动中，虽照例难免挫折重重，但在重重挫折中，却对于自己的工作，始终充满信心，顽强坚持，克服来自内外各种不易设想的困难，从工作上取得不断的突破和进展。生命正当成熟期，生命力之旺盛，明确反映到每一幅作品中，给人以十分鲜明印象。吸收力既强，消化力又好，若善用其所长而又能对于精力加以适当制约，不消耗于无多意义的世俗酬酢中，必将更进一步，为国家作出更多方面贡献，实在意料中。进而对世界艺术丰富以新内容，也将是迟早间事。

一九七九年十月十四日作于北京

芷江县的熊公馆

"有子今人杰，宜年世女家"。

芷江县的熊公馆，三十年前街名作青云街，门牌二号，是座三
进三院的旧式一颗印老房子。进大门二门后，到一个院落，天井并不
怎么大，石板地整整齐齐。门廊上有一顶绿呢官轿，大约是为熊老太
太准备的，老太太一去北京，这轿子似乎就毫无用处，只间或亲友办
婚丧大事时，偶尔借去接送内眷用了。第二进除过厅外前后四间正
房，有三间空着，原是在日本学兽医秉三先生 [①] 的四弟住房。四老爷
口中虽期期艾艾，心胸俊迈不群。生平欢喜骑怒马，喝烈酒，尚气任
侠，不幸壮年早逝。四太太是凤凰军人世家田兴恕军门独生女儿，湘
西镇守使田应诏妹妹，性情也潇洒利落，兼有父兄夫三者风味。既
不必侍奉姑嫜 [②]，就回凤凰县办女学校作四姑太去了。所以住处就空
着。走进那个房间时，还可看到一个新式马鞍和一双长统马靴。四老
爷摹拟拿破仑骑马姿势的大相，和四太太作约瑟芬装扮的大相，也一
同还挂在墙壁上。第二个天井宽一点，有四五盆兰花和梅花搁在绿髹
漆架子上。两侧长廊檐槛下，挂一些腊鱼风鸡咸肉。当地规矩，佃户

----

① 即担任过民国总理的熊希龄。

② 即公婆。

每年照例都要按收成送给地主一些田中附产物，此外野鸡、鹌鹑，时新瓜果，也会按时令送到，有三五百租的地主人家，吃来吃去可吃大半年的。老太太照老辈礼尚往来方式，凡遇佃户来时，必回送一点糖食，一些旧衣旧料，以及一点应用药茶。老太太离家乡上北京后，七太太管家，还是凡事照例，还常得写信到北京来买药。第三进房子算正屋，敬神祭祖亲友庆吊全在这里。除堂屋外有大房五间，偏旁四间，归秉三先生幼弟七老爷住。七老爷为人忠恕纯厚，乐天知命，为侍奉老太太不肯离开身边，竟辞去了第一届国会议员。可是熊老太太和几个孙儿女亲戚，随后都接过北京去了，七老爷就和体弱吃素的七太太，及两个小儿女，在家中纳福。在当地绅士中作领袖，专为同乡大小地主抵抗过路军队的额外摊派。（这个地方原来从民三[①]以后，就成为内战部队往来必经之路，直到抗战时期才变一变地位，人民是在摊派捐款中活下来的。）遇年成饥荒时，即用老太太名分，捐出大量谷米拯饥。加之勤俭治生，自奉极薄，待下复忠厚宽和，所以人缘甚好。凡事用老太太名分，守老太太作风，尤为地方称道。第三院在后边，空地相当大，是土地，有几间堆柴炭用房屋，还有一个中等仓库。仓库分成两部分：一储粮食，一贮杂物；杂物部分顶有趣味，其中关于外来礼物，似乎应有尽有，记得有一次参加清理时，曾发现过金华的火腿，广东的鸭肝香肠，美国牛奶，山西汾酒，日本小泥人，云南冬虫草，……一共约百十种均不相同。还有毛毛胡胡的熊掌，干不牢焦的什么玩意儿。芷江县地主都欢喜酗醇，地当由湘入黔滇川西南孔道，且是掉换船只轿马一大站，来往官亲必多，上下行过路人带土仪上熊府送礼事自然也就格外多。七太太管家事，守老太太家风，

---

① 即一九一四年。

本为老太太许愿吃长素，本地出产笋子菌子已够一生吃用，要这些有什么用？因此礼物推来送去勉强收下后，多原封不动，搁在那里，另外一时却用来回馈客人，因此坏掉的自然也不少。后院中有一株柚子树，结实如安江品种，不知为什么总有点煤油味。

正屋大厅中，除了挂幅沈南苹①画的仙猿蟠桃大幅，和四条墨竹，一堵壁上还高挂了一排二十支鸟羽铜镶的长箭，箭中有一支还带着个多孔骨垛的骹箭头。这东西虽高悬壁上不动，却让人想起划空而过时那种呼啸声。很显然，这是熊老太爷作游击参将多年，熊府上遗留下来的唯一象征了。

这是老屋大略情形，秉三先生的童年，就是在这么一个家中，三进院落和大小十余个房间范围里消磨的。

老房子左侧还有所三进两院新房子，不另立门户，门院相通。新屋房间已减少，且把前后二院并成一个大院，所以显得格外敞朗。平整整方石板大空地，养了约三十盆素心兰和鱼子兰，二十来盆茉莉。两个固定花台还栽有些山茶同月季。有一口大金鱼缸，缸中搁了座二尺来高透瘦石山，上面长了株小小黄杨树，一点秋海棠，一点虎耳草。七老爷有时在鱼缸边站站，一定也可得到点林泉之乐。（若真的要下乡去享受享受田野林泉，就恐得用三十名保安队护围方能成行。照当时市价，若绑到七老爷的票，大约总得五十支枪才可望赎票的。）正面是大花厅，壁上挂有明朝人画的四幅墨龙，龙睛凸出，从云中露爪作攫拿状，墨气淋漓，象带着风雨湿人衣襟神气。另一边又挂有赵秉钧书写的大八尺屏条六幅，写唐人诗，作黄涪翁②体，相当挺拔潇

---

① 即清代画家沈铨，擅画花鸟走兽。
② 黄涪翁即黄庭坚。

酒。院子另一端，临街是一列半西式楼房，上下两层，各三大间。上层分隔开用作书房和卧室，还留下几大箱杂书。下面是客厅，三间打通合而为一，有硬木炕榻，嵌大理石太师椅，半新式醉翁躺椅。空中既挂着蚀花玻璃的旧式宫灯，又悬着一个斗篷罩大煤油灯。一切如旧式人家，加上一点维新事物，所以既不摩登刺目，也不式微萧索。炕后长条案上，还有一架二尺阔瓷器插屏，上面作寿比南山戏文。一对三尺高彩瓷花瓶，瓶中插了几支孔雀长尾，翎眼仿佛睁得圆圆的，看着这室中一片寂寞一片灰，并预测着将来变化。还有一个衣帽架，是京式样子，在北京熊家大客厅中时，或许曾有过督军巡阅使之类要人的紫貂海龙裘帽搁在上面过。但一搬到这小地方来，显然就无事可作，连装点性也不多了。照当地风气，十冬腊月老绅士多戴大风帽，罩着全个肩部，并不随时脱下。普通壮年中年地主绅士，多戴青缎乌绒瓜皮小帽，到人家作客时，除非九九消寒遣有涯之生，要用它来拈阄射覆赌小酒食，也并不随便脱下的。

这个客厅中也挂了些字画，大多是秉三先生为老太太在北京办寿时收下的颂祝礼物。有章太炎和谭组庵①的寿诗，还有其他几个时下名人的绘画。当时做寿大有全国性意味，象征各方面对于这个人维新的期许和钦崇，礼物一定极隆重，但带回家来的多时贤手笔，可知必经过秉三先生的选择，示乡梓以富不如示乡梓以德。有一幅黎元洪的五言寿联，是当时大总统的手笔，字大如斗，气派豪放，联语仅十个字：

有子今人杰

---

① 即民国四大书法家之一的谭延闿。

家女世年宜

　　将近三十年了，这十个字在我印象中还很鲜明。

　　这院中两进新屋，大约是秉三先生回乡省亲扫墓前一年方建造。本人一离开，老太太和儿孙三四人都过了北方，家中房多人口少，那房子就闲下来了。客厅平时就常常关锁着，只一年终始或其他过节做寿要请酒时，才收拾出来待客。这院子平日也异常清静，金鱼缸边随时可发现不知名小雀鸟低头饮水。夏天素心兰茉莉盛开，全院子香气清馥，沁人心脾，花虽盛开却无人赏鉴，只间或有小丫头来剪一二支，作观音像前供瓶中物。或自己悄悄摘一把鱼子兰和茉莉，放入胸前围裙小口袋中。

　　这所现代相府，我曾经勾留过一年半左右。还在那个院子中享受了一个夏天的清寂和芳馥。并且从楼上那两个大书箱中，发现了一大套林译小说①，迭更司的《贼史》、《冰雪姻缘》、《滑稽外史》、《块肉余生述》等等②，就都是在那个寂静大院中花架边台阶上看完的。这些小说对我仿佛是良师而兼益友，给了我充分教育也给了我许多鼓励，因为故事上半部所叙人事一切艰难挣扎，和我自己生活情况就极相似，至于下半部是否如书中顺利发展，就全看我自己如何了。书箱中还有十来本白棉纸印谱，且引诱了我认识了许多汉印古玺的款识。后来才听黄大舅说，这些印谱都还是作游击参将熊老前辈的遗物，至于这是他自己治印的成就，还是他的收藏，已不能够知道了。老前辈还

────────────

　　① 林译小说，即清末民初著名翻译家林纾译述的西方小说。

　　② 迭更司，即狄更斯。《贼史》即《雾都孤儿》，《冰雪姻缘》即《董贝父子》，《滑稽外史》即《尼古拉斯·尼克贝》，《块肉余生记》即《大卫·科波菲尔》。

会画，在那时称当行。这让我想起书房中那幅洗马图，大约也是熊老太爷画的。秉三先生年过五十后，也偶然画点墨梅水仙，风味极好。

那房子离沅州府文庙只一条小甬道，两堵高墙。事很凑巧，凤凰县的熊府老宅，离文庙也不多远，旧式作传记的或将引孟母三迁故事，以为必系老太太觉得居邻学官，可使儿子习儒礼，因而也就影响到后来一生功名事业。但就我所知道的秉三先生一生行事说来，人格中实蕴蓄了儒墨各三分，加上四分民主维新思想，综合而成。可以说是新时代一个伟大政治家，其一生政治活动，实作成了晚清渡过民初政治经济的桥梁，然并非纯儒。在政治上老太太影响似不如当时朱夫人来得大。所以朱夫人过世后，行为性情转变得也特别大。老太太身经甘苦，家居素朴，和易亲人，恰恰如中国其他地方老辈典型贤母一样，寓伟大于平凡中。秉三先生五十以后的生活，自奉俭薄，热心于平民教育事业，尽捐家产于慈幼院，甚至每月反向董事会领取二三百元薪水。

熊公馆右隔壁有个中级学校，名"务实学堂"，似从清末长沙那个务实书院取来。梁任公先生①二十余岁入湘至务实书院主讲新学，与当时新党人物谭嗣同、唐才常诸人主变法重新知活动，实一动人听闻有历史性故事。蔡松坡、范静生时称二优秀学生，到后来一主军事，推翻帝制，功在民国为不朽；一长教育，于国内大学制度、留学政策、科学研究，对全国学术思想发展贡献更极远大。任公先生之入湘，秉三先生实始赞其成，随后出事，亦因分谤而受看管处分。这个学校虽为纪念熊老太太设立，实尚隐寓旧事，校舍是两层楼房若干所，照民初元时代新学堂共通式样，约可容留到二百五十人寄宿。但

---

① 即梁启超先生。

当我到那里时，学校早已停顿，只养蚕部分因有桑园十余亩，还用了一个技师、六个学生、几十个工人照料，进行采桑育蚕。学校烘茧设备完全，用的蚕种还是日本改良种，结茧作粉红色，缫丝时共有十二部机车可用。诸事统由熊府一亲戚胡四老爷管理。学校还有一房子化学药品，一房子标本仪器，一房子图书，一房子织布木机，都搁在那里无从使用。秉三先生家中所有旧书也捐给了学院。学校停办或和经费有关，一切产业都由熊府捐赠，当初办时，或尚以为可由学校职业科生产物资，自给自足，后来才发现势不可能。这学校抗战后改成为香山慈幼院芷江分院女子初级中学，由慈幼院主持。时间过去已二十八年，学校中的树木，大致都已高过屋檐头，长大到快要合抱了。我还记住右首第二列楼房前面草地上，有几株花木枝桠间还悬有小小木牌，写的是秉三先生某某年手植。

我从这个学校的图书室中，曾翻阅过《史记》、《汉书》，和一些其他杂书。记得还有一套印刷得极讲究的《大陆月报》，用白道林纸印，封面印了个灰色云龙，里面有某先生译的《天方夜谭》连载。渔人入洞见鱼化石王子坐在那里垂泪故事，把鱼的叙述鱼在锅中说故事的故事，至今犹记得清清楚楚。

我到芷江县，正是五四运动发生的民国八年，在团防局作个小小办事员，主要职务是征收四城屠宰捐。太史公《史记》叙游侠刺客，职业多隐于屠酤之间，且说这些人照例慷慨而负气，轻生而行义，拯人于患难之际而不求报施，比士大夫犹高一着。我当时的职业，倒容易去和那些专诸、要离后人厮混。如欢喜喝一杯，差不多每一张屠桌边都可蹲下去，受他们欢迎。不过若想从这些屠户中发现一个专诸或要离，可不会成功！想不到的是有一次，我正在那些脸上生有连鬓胡子，手持明晃晃尖刀，作庖丁解牛工作的壮士身边看街景时，忽然看到几个在假期中回家，新剪过发辫的桃源女师学生，正从街头并肩走过。这都是芷江县大小地主的女儿。这些地主女儿的行为，从小市民看来甚不切现实派头，自然易成笑料；记得面前那位专诸后人，一看到她们，联想起许多对于女学生传说，竟放下屠刀哈哈大笑，我也就参加了一份。不意十年后，这些书读不多热情充沛的女孩子，却大都很单纯的接受了一个信念，很勇敢的投身入革命的漩涡中，领受了各自命运中混有血泪的苦乐。我却用熊府那几十本林译小说作桥梁，走入一崭新的世界，伟大烈士的功名，乡村儿女的恩怨，都将从我笔下重现，得到更新的生命。这也就是历史，是人生。使人温习到这种似断实续的历史，似可把握实不易把握的人生时，真不免感慨系之！

北平石驸马大街熊府，和香山慈幼院几个院落中，各处都有秉三先生手种的树木，二十五年来或经移植，或留原地，一定有许多已长得高大坚实，足当急风猛雨，可以荫蔽数亩。又或不免遭受意外摧残，凋落萎悴，难以自存。诵召伯甘棠之诗，怀慕恭敬桑梓之义，必有人和我同样感觉，还有些事未作，还有责任待尽。

一九四七年十二月十九日作完

水云集

《水云集》共收录散文作品 5 篇，具体为《致唯刚先生》《水云》《从现实学习》《二十年代的中国新文学》等。

致唯刚先生 [①]

副刊记者转唯刚先生：

本来我没有看每日新闻的资格，因为没有这三分钱。今天，一个朋友因见到五四纪念号先生一篇大作，有关于我的话，所以拿来给我瞧。拜读之余，觉得自己实在无聊，简直不是一个人，惶恐惶恐。

可惜我并不是个大学生（连中学生也不是）。但先生所听说的总有所本。我虽不是学生，但当先生说"听说是个学生"时，却很自慰。想我虽不曾踹过中学大门，分不清洋鬼子字母究竟是有几多（只敢说个大概多少），如今居然有人以为我是大学生！

写文章不是读书人专利，大概先生乐于首肯。或者是因文章中略有一点学生做文的气息，而先生就随手举出来，那也罢了——然我不曾读过书却是事实。

我是在军队中混大的（自然命好的人会以为奇怪）。十三岁到如今，八年多了。我做过许多年补充兵，做过短期正兵，做过几年司马，以至当流氓。人到军队中混大，究竟也有点厌烦了（但不是觉悟），才跑到这里，诚如先生所说，想扛张文凭转去改业。不过，我是没有什么后方接济，所以虽想扛文凭，也只想"一面做工一面不花

---

① 唯刚先生即有民国学界伯乐美称的林宰平先生，学者林庚的父亲。

钱来读点书"。到这一看，才晓得"此路不通"，觉得从前野心太大了。因为读书，不只是你心里想读就能读，还要个"命"，命不好的也不能妄想。转身扛枪去吧。可惜这时要转也转不去。就到这里重理旧业吧。奉直战争虽死了许多弟兄们，有缺可补，可我又无保人，至于到图书馆去请求做一个听差而被拒绝，这还不算出奇，还有……

不消说，流浪了！无聊与闲暇，才学到写文章。想从最低的行市（文章有市价，先生大概是知道的）换两顿饭吃。萎萎琐琐活下去再看。想做人，因自己懦弱，不能去抢夺，竟不能活下去。但自己又实在想生，才老老实实来写自传。写成的东西自己如何知道好丑？但我既然能写得出不成东西的东西，也可冒充一下什么文学家口吻，说一句自己忠实于艺术！

先生说，"这一段文章我是写不出来的"。这话我不疑心先生说的是自谦与幽默：先生的"命"，怕实在比我好一点！若先生有命到过学堂，——还有别的命好有机会读书的人，当然要"立志做人"立志"做好学生"，揣着什么"毕业成败关头"。我呢？堕落了！当真堕落了！然当真认到我的几个人，却不曾说过我"虚伪"。

"凄清，颓丧，无聊，失望，烦恼"，当然不是那些立志改良社会，有作有为，尊严伟大，最高学府未来学者的应有事情。人生的苦闷，究竟是应当与否？我想把这大问题提出请学者们去解释。至于我这种求生不得，在生活磨石齿轮下挣扎着的人呢？除了狂歌痛哭之余，做一点梦，说几句呓语来安置自己空虚渺茫的心外，实在也找不出人类夸大幸福美满的梦了！无一样东西能让我浪费，自然只有浪费这生命。从浪费中找出一点较好的事业来干吧！可惜想找的又都悬着"此路不通"的牌子。能够随便混过日子，在我倒是一桩好事！

先生本来是对学生发言的，我本不值先生来同我扯谈。但不幸先生随手拈出的例子，竟独独拈到一个高小没有毕业的浪人作品。人家大学生有作有为时时在以改良社会为己任的多着呢。并且开会，谈政治，讨论妇女解放，谁个不认真努力？（就是有些同我所写的差不多，但身居最高学府，也是无伤大体，不值得先生那么大声疾呼！）

我想请先生另举一个例，免得别人或法警之类又说我以浪人冒充大学生。

"……天才青年……曲折的深刻的传写出来……实在能够感动人。"（这些使我苦笑话）当我低下头去写《遥夜》，思量换那天一顿午饭时，万没想到会引起先生注意，指出来作为一个学生代表作品的例子，且加上这些够使我自省伤心的话！

"替社会成什么事业"，这些是有用人做的。我却只想把自己生命所走过的痕迹写到纸上。

一九二五年五月八日作

水 云
—— 我怎么创造故事，故事怎么创造我

　　青岛的五月，是个希奇古怪的时节，从二月起的交换季候风忽然一息后，阳光热力到了地面，天气即刻暖和起来。树林深处，有了啄木鸟的踪迹和黄莺的鸣声。公园中梅花、桃花、玉兰、郁李、棣棠、海棠和樱花，正象约好了日子，都一齐开放了花朵。到处都聚集了些游人，穿起初上身的称身春服，携带酒食和糖果，坐在花木下边草地上赏花取乐。就中有些从南北大都市来看樱花作短期旅行的，从外表上一望也可明白。这些人为表示当前为自然解放后的从容和快乐，多仰卧在草地上，用手枕着头，被天上云影、压枝繁花弄得发迷。口中还轻轻吹着嗯哨，学林中鸣禽唤春。女人多站在草地上为孩子们照相，孩子们却在花树间各处乱跑。

　　就在这种阳春烟景中，我偶然看到一个人的一首小诗，大意说：地上一切花果都从阳光取得生命的芳馥，人在自然秩序中，也只是一种生物，还待从阳光中取得营养和教育。因此常常欢喜孤独伶俜的，带了几个硬绿苹果，带了两本书，向阳光较多无人注意的海边走去。照习惯我是对准日出方向，沿海岸往东走。夸父追日我却迎赶日头，不担心半道会渴死。走过了浴场，走过了炮台，走过了那个建筑在海湾石堆上俄国什么公爵的大房子……一直到太平角凸出海中那个黛色大石堆上，方不再向前进。这个地方前面已是一片碧绿大海，远远可看见水灵山岛的灰色圆影，和海上船只驶过时在浅紫色天末留下那一缕淡烟。我身背后是一片马尾松林，好象一个一个翠绿扫帚，扫拂天云。矮矮的疏疏的马尾松下，到处有一丛丛淡蓝色和黄白间杂野花在任意开放。花丛间常常可看到一对对小而伶俐麻褐色野兔，神气天真烂漫，在那里追逐游戏。这地方还无一座房子，游人稀少，本来应分算是这些小小生物的特别区，所以与陌生人互相发现时，必不免抱有三分好奇，眼珠子骨碌碌的对人望望。望了好一会，似乎从神情间看出了一点危险，或猜想到"人"是什么，方憬然惊悟，猛回头在草树间奔窜。逃走时恰恰如一个毛团弹子一样迅速，也如一个弹子那么忽然触着树身而转折，更换个方向继续奔窜。这聪敏活泼生物，终于在绿色马尾松和杂花间消失了。我于是好象有点抱歉，来估想它受惊以后跑回窠中的情形。它们照例是用埋在地下的引水陶筒作家的，因为里面四通八达，合乎传说上的三窟意义。进去以后，必挤得紧紧的，为求安全准备第二次逃奔，因为有时很可能是被一匹狗追逐，狗尚徘徊在水道口。过一会儿心定了一点，小心谨慎从水道口露出那两个毛茸茸的小耳朵和光头来，听听远近风声，从经验明白"天下太平"后，方重新到草树间来游戏。

我坐的地方八尺以外，便是一道陡峻的悬崖，向下直插入深海中。若想自杀，只要稍稍用力向前一跃，就可坠崖而下，掉进海水里喂鱼吃。海水有时平静不波，如一片光滑的玻璃。有时可看到两三丈高的大浪头，载着皱折的白帽子，直向岩石下扑撞，结果这浪头却变成一片银白色的水沫，一阵带咸味的雾雨。我一面让和暖阳光烘炙肩背手足，取得生命所需的热和力，一面却用面前这片大海教育我，淘深我的生命。时间长，次数多，天与树与海的形色气味，便静静的溶解到了我绝对单独的灵魂里。我虽寂寞却并不悲伤。因为从默会遐想中，感觉到生命智慧和力量。心脏跳跃节奏中，即俨然有形式完美韵律清新的诗歌，和调子柔软而充满青春纪念的音乐。

"名誉、金钱或爱情，什么都没有，这不算什么。我有一颗能为一切现世光影而跳跃的心，就很够了。这颗心不仅能够梦想一切，而且可以完全实现它。一切花草既都能从阳光下得到生机，各自于阳春烟景中芳菲一时，我的生命上的花朵，也待发展，待开放，必然有惊人的美丽与芳香。"

我仰卧时那么打量。一起身，另外一种回答就起自中心深处。这正是想象碰着边际时所引起的一种回音。回音中见出一点世故，一点冷嘲，一种受社会挫折蹂躏过的记号。

"一个人心情骄傲，性格孤僻，未必就能够作战士，应当时时刻刻记住，得谨慎小心，你到的原是个深海边。身体纵不至于掉进海里去，一颗心若掉到梦想的幻异境界中去，也相当危险，挣扎出来并不容易！"

这点世故对于当时的我并不需要，因此我重新躺下去，俨若表示业已心甘情愿受我选定的生活选定的人所征服。我等待这种征服。

"为什么要挣扎？倘若那正是我要到的去处，用不着使力挣扎的。我一定放弃任何抵抗愿望，一直向下沉。不管它是带咸味的海水，还是带苦味的人生，我要沉到底为止。这才象是生活，是生命。我需要的就是绝对的皈依，从皈依中见到神。我是个乡下人，走到任何一处照例都带了一把尺，一把秤，和普遍社会总是不合。一切来到我命运中的事事物物，我有我自己的尺寸和分量，来证实生命的价值和意义。我用不着你们名叫'社会'为制定的那个东西，我讨厌一般标准，尤其是什么思想家为扭曲蠹蚀人性而定下的乡愿蠢事。这种思想算是什么？不过是少年时男女欲望受压抑，中年时权势欲望受打击，老年时体力活动受限制，因之用这个来弥补自己并向人间复仇的人病态的表示罢了。这种人从来就是不健康的，哪能够希望有个健康人生观。"

"好，你不妨试试看，能不能使用你自己那个尺和秤，去量量你和人的关系。"

"你难道不相信吗？"

"你应当自己有自信，不用担心别人不相信。一个人常常因为对自己缺少自信，才要从别人相信中得到证明。政治上纠纠纷纷，以及在这种纠纷中的牺牲，使百万人在面前流血，流血的意义就为的是可增加某种人自己那点自信。在普通人事关系上，且有人自信不过，又无从用牺牲他人得到证明，所以一失了恋就自杀的。这种人做了一件其蠢无以复加的行为，还以为自己是在追求生命最高的意义，而且得到了它。"

"我只为的是如你所谓灵魂上的骄傲，也要始终保留着那点自信！"

"那自然极好，因为凡真有自信的人，不问他的自信是从官能健康或观念顽固而来，都可望能够赢得他人的承认。不过你得注意，风不常向一定方向吹。我们生活中到处是'偶然'，生命中还有比理性更具势力的'情感'。一个人的一生可说即由偶然和情感乘除而来。你虽不迷信命运，新的偶然和情感，可将形成你明天的命运，决定他后天的命运。"

"我自信我能得到我所要的，也能拒绝我不要的。"

"这只限于选购牙刷一类小事情。另外一件小事情，就会发现势不可能。至于在人事上，你不能有意得到那个偶然的凑巧，也无从拒绝那个附于情感上的弱点。"

辩论到这点时，仿佛自尊心起始受了点损害，躺着向天的那个我，沉默了。坐着望海的那个我，因此也沉默了。

试看看面前的大海，海水明蓝而静寂，温厚而蕴藉。虽明知中途必有若干海岛，可供候鸟迁移时栖息，且一直向前，终可到达一个绿芜无限的彼岸。但一个缺少航海经验的人，是无从用想象去证实的，这也正与一个人的生命相似。再试抬头看看天空云影，并温习另外一时同样天空的云影，我便俨若有会于心。因为海上的云彩实在丰富异常。有时五色相渲，千变万化，天空如张开一张锦毯。有时又素净纯洁，天空但见一片绿玉，别无它物。这地方一年中有大半年天空中竟完全是一幅神奇的图画，有青春的嘘息，触起人狂想和梦想，看来令人起轻快感、温柔感、音乐感、情欲感。海市蜃楼就在这种天空中显现，它虽不常在人眼底，却永远在人心中。秦皇汉武的事业，同样结束在一个长生不死青春常住的梦境里，不是毫无道理的。然而这应当是偶然和情感乘除，此外还有点别的什么？

我不羡慕神仙，因为我是个凡人。我还不曾受过任何女人关心，也不曾怎么关心过别的女人。我在移动云影下，做了些年青人所能做的梦。我明白我这颗心在情分取予得失上，受得住人的冷淡糟蹋，也载得起来的忘我狂欢。我试重新询问我自己。

"什么人能在我生命中如一条虹，一粒星子，在记忆中永远忘不了？应当有那么一个人。"

"怎么这样谦虚得小气？这种人虽行将就要陆续来到你的生命中，各自保有一点势力。这些人名字都叫做'偶然'。名字有点俗气，但你并不讨厌它，因为它比虹和星还无固定性，还无再现性。它过身，留下一点什么在这个世界上一个人的心上；它消失，当真就消失了。

除了留在心上那个痕迹，说不定从此就永远消失了。这消失也不会使人悲观，为的是它曾经活在你心上过，并且到处是偶然。"

"我是不是也能够在另外一个生命中保留一种势力？"

"这应当看你的情感。"

"难道我和人对于自己，都不能照一种预定计划去作一点……"

"唉，得了。什么计划？你意思是不是说那个理性可以为你决定一件事情，而这事情又恰恰是上帝从不曾交把任何一个人的？你试想想看，能不能决定三点钟以后，从海边回到你那个住处去，半路上会有些什么事情等待你？这些事影响到一年两年后的生活可能有多大？若这一点你失败了，那其他的事情，显然就超过你智力和能力以外更远了。这种测验对于你也不是件坏事情，因为可让你明白偶然和感情将来在你生命中的种种，说不定还可以增加你一点忧患来临的容忍力——也就是新的道家思想，在某一点某一事上，你得有点信天委命的达观，你因此才能泰然坦然继续活下去。"

我于是靠在一株马尾松旁边，一面采摘那些杂色不知名野花，一面试去想象，下午回去半路上可能发生的一切事情。

到下午四点钟左右，我预备回家了。在惠泉浴场潮水退落后的海滩泥地上，看见一把被海水漂成白色的小螺蚌，在散乱的地面返着珍珠光泽。从螺蚌形色，可推测得这是一个细心的人的成绩。我猜想这也许是个随同家中人到海滩上来游玩的女孩子，用两只小而美丽的手，精心细意把它从砂砾中选出，玩过一阵以后，手中有了一点温汗，怪不受用，又还舍不得抛弃。恰好见家中人在前面休息处从藤提篮中取出苹果，得到个理由要把手弄干净一点，就将它塞在保姆手里，不再关心这个东西了。保姆把这些螺蚌残骸捏在大手里一会儿，又为另外一个原因，把它随意丢在这里了。因为湿地上留下一列极长的足印，就中有个是小女孩留下的，我为追踪这个足印，方发现了它。这足印到此为止，随后即斜斜的向可供休息的一个大石边走去，步伐已较宽，脚印也较深，可知是跑去的。并且石头上还有些苹果香蕉皮屑。我于是把那些美丽螺蚌一一捡到手中，因为这些过去生命，保留了一些别的生命的美丽天真愿望活在我的想象中。

再走过去一点，我又追踪另外两个脚迹走去，从大小上可看出这是一对年青伴侣留下的。到一个最适宜于看海上风帆的地点，两个脚迹稍深了点，乱了点，似乎曾经停留了一会儿。从男人手杖尖端划在砂上的几条无意义的曲线，和一些三角形与圆圈，和一个装胶卷的小黄纸盒，可推测得出这对年青伴侣，说不定到了这里，恰好看见海上一片三角形白帆驶过，因为欣赏景致停顿了一会儿，还照了个相。照相的很可能是女人，手杖在砂上画的曲线和其他，就代表男子闲坐与一点厌烦。在这个地方照相，又可知是一对外来游人，照规矩，本地人是不会在这个地方照相的。

再走过去一点，到海滩滩头时，我碰到一个敲拾牡蛎的穷女孩，竹篮中装了一些牡蛎和一把黄花。

于是我回到了住处。上楼梯时楼梯照样轧轧的响，从这响声中就可知并无什么意外事发生。从一个同事半开房门中，可看到墙壁上一张有香烟广告美人画。另外一个同事窗台上，依然有个鱼肝油空瓶。一切都照样。尤其是楼下厨房中大师傅，在调羹和味时那些碗盏磕碰声音，以及那点从楼口上溢的扑鼻香味，更增加凡事照常的感觉。我不免对于在海边那个宿命论与不可知论的我，觉得有点相信不过。

其时尚未黄昏，住处小院子十分清寂，远在三里外的海上细语啮岸声音，也听得很清楚。院子内花坛中一大丛珍珠梅，脆弱枝条上繁花如雷。我独自在院中划有方格的水泥道上来回散步，一面走一面思索些抽象问题。恰恰如《歌德传记》中说他二十多岁时在一个钟楼上看村景心情，身边手边除了本诗集什么都没有，可是世界上一切都俨然为他而存在。用一颗心去为一切光色声音气味而跳跃，比用两条强壮手臂对于一个女人所能作的还更多。可是多多少少有一点儿难受，好象在有所等待，可不知要来的是什么。

远远的忽然听到女人笑语声，抬头看看，就发现短墙外拉斜下去的山路旁，那个加拿大白杨林边，正有个年事轻轻的女人，穿着件式样称身的黄绸袍子，走过草坪去追赶一个女伴。另外一处却有个"上海人"模样穿旅行装的二号胖子，携带两个孩子，在招呼他们。我心想，怕什么银行中人来看樱花吧。这些人照例住第一宾馆的头等房间，上馆子时必叫"甲鲫鱼"，还要到炮台边去照几个相；一切行为都反应他钱袋的饱满和兴趣的庸俗。女的很可能因为从上海来的，衣服都很时髦，可是脑子都空空洞洞，除了从电影上追求女角的头发式样，算是生命中至高的悦乐，此外竟毫无所知。

过不久，同住的几个专家陆续从学校回来了，于是照例开饭。甲乙丙丁戊己庚辛坐满了一桌子，再加上一位陌生女客，一个受过北平高等学校教育上海高等时髦教育的女人。照表面看，这个女人可说是完美无疵，大学教授理想的太太，照言谈看，这个女人并且对于文学艺术竟象是无不当行。不凑巧平时吃保肾丸的教授乙，饭后拿了个手卷人物画来欣赏时，这个漂亮女客却特别对画上的人物数目感兴趣，这一来，我就明白女客精神上还是大观园拿花荷包的人物了。

到了晚上，我想起"偶然"和"情感"两个名词，不免重新有点不平。好象一个对生命有计划对理性有信心的我，被另一个宿命论不可知论的我战败了。虽然败还不服输，所以总得想方法来证实一下。

当时唯一可证实我是能够有理想照理想活下去的事，即使用手上一支笔写点什么。先是为一个远在千里外女孩子写了些信，预备把白天海滩上无意中得到的螺蚌附在信里寄去，因为叙述这些螺蚌的来源，我不免将海上光景描绘一番。这种信写成后使我不免有点难过起来，心俨然沉到一种绝望的泥潭里了，为自救自解计，才另外来写个故事。我以为由我自己把命运安排得十分美丽，若势不可能，安排一个小小故事，应当不太困难。我想试试看能不能在空中建造一个式样新奇的楼阁。我无中生有，就日中所见，重新拼合写下去，我应当承认，在写到故事一小部分时，情感即已抬了头。我一直写到天明，还不曾离开桌边，且经过二十三个钟头，只吃过三个硬苹果。写到一半时，我方在前面加个题目：《八骏图》。第五天后，故事居然写成功了。第二十七天后，故事便在上海一个刊物上发表了。刊物从上海寄过青岛时，同住几个专家都觉得被我讥讽了一下，都以为自己即故事上甲乙丙丁，完全不想到我写它的用意，只是在组织一个梦境。至于用来表现"人"在各种限制下所见出的性心理错综情感，我从中抽出式样不同的几种人，用语言、行为、联想、比喻以及其他方式来描写它。这些人照样活一世，并不以为难受，到被别人如此艺术的加以处理时，看来反而难受，在我当时竟觉得大不可解。这故事虽得来些不必要麻烦，且影响到我后来放弃教学的理想，可是一般读者却因故事和题目巧合，表现方法相当新，处理情感相当美，留下个较好印象。且以为一定真有那么一会事，因此按照上海风气，为我故事来作索引，就中男男女女都有名有姓。这种索引自然是不可信的，尤其是说到的女人，近于猜谜。这种猜谜既无关大旨，所以我只用微笑和沉默作为答复。

夏天来了，大家都向海边跑，我却留在山上。有一天，独自在学校旁一列梧桐树下散步，太阳光从梧桐大叶空隙间滤过，光影印在地面上，纵横交错，俨若有所契，有所悟，只觉得生命和一切都交互溶解在光影中。这时节，我又照例成为两种对立的人格。

我稍稍有点自骄，有点兴奋，"什么是偶然和情感？我要做的事，就可以做。世界上不可能用任何人力材料建筑的宫殿和城堡，原可以用文字作成功的。有人用文字写人类行为的历史。我要写我自己的心和梦的历史。我试验过了，还要从另外一些方面作种种试验。"

那个回音依然是冷冷的，"这不是最好的例，若用前事作例，倒恰好证明前次说的偶然和情感实决定你这个作品的形式和内容。你偶然遇到几件琐碎事情，在情感兴奋中粘合贯串了这些事情，末了就写成了那么一个故事。你再写写看，就知道你单是'要写'，并不成功了。文字虽能建筑宫殿和城堡，可是那个图样却是另外一时的偶然和情感决定的。"

"这是一种诡辩。时间将为证明，我要做什么，必能做什么。"

"别说你'能'作什么，你不知道，就是你'要'作什么，难道还不是由偶然和情感乘除来决定？人应当有自信，但不许超越那个限度。"

"情感难道不属于我？不由我控制？"

"它属于你，可并不如由知识堆积而来的理性，能供你使唤。只能说你属于它，它又属于生理上的'性'，性又属于人事机缘上的那个偶然。它能使你生命如有光辉，就是它恰恰如一个星体为阳光照及时。你能不能知道阳光在地面上产生了多少生命，具有多少不同形式？你能不能知道有多少生命名字叫作'女人'，在什么情形下就使你生命放光，情感发炎？你能不能估计有什么在阳光下生长中的生命，到某一时原来恰恰就在支配你，成就你？这一切你全不知道！"

"……"

这似乎太空虚了点，正象一个人在抽象中游泳，这样游来游去，自然不会到达那个理想或事实边际。如果是海水，还可推测得出本身浮沉和位置。如今只是抽象，一切都超越感觉以上，因此我不免有点恐怖起来。我赶忙离开了树下日影，向人群集中处走去，到了熙来攘往的大街上。这一来，两个我照例都消失了。只见陌生人林林总总，在为一切事而忙。商店和银行，饭馆和理发馆，到处有人进出。人与人关系变得复杂到不可思议，然而又异常单纯的一律受钞票所控制。到处有人在得失上爱憎，在得失上笑骂，在得失上作种种表示。离开了大街，转到市政府和教堂时，就可使人想到这是历史上种种得失竞争的象征。或用文字制作经典，或用木石造作虽庞大却极不雅观的建筑物，共同支撑一部分前人的意见，而照例更支撑了多数后人的衣禄。……不知如何一来，一切人事在我眼前都变成了漫画，既虚伪，又俗气，而且反复继续下去，不知到何时为止。但觉人生百年长勤，所得于物虽不少，所得于己实不多。

我俨然就休息到这种对人事的感慨上，虽累而不十分疲倦。我在那座教堂石阶上面对大海坐了许久。

回来时，我想除去那些漫画印象和不必要的人事感慨，就重新使用这支笔，来把佛经中小故事放大翻新，注入我生命中属于情绪散步的种种纤细感觉和荒唐想象。我认为，人生为追求抽象原则，应超越功利得失和贫富等级，去处理生命与生活。我认为，人生至少还容许用将来重新安排一次，就那么试来重作安排，因此又写成一本《月下小景》。

两年后，《八骏图》和《月下小景》结束了我的教书生活，也结束了我海边孤寂中的那种情绪生活。两年前偶然写成的一个小说，损害了他人的尊严，使我无从和甲乙丙丁专家同在一处继续共事下去。偶然拾起的一些螺蚌，连同一个短信，寄到另外一处时，却装饰了另外一个人的青春生命，我的幻想已证实了一部分，原来我和一个素朴而沉默的女孩子，相互间在生命中都保留一种势力，无从去掉了。我到了北平。

有一天，我走入北平城一个人家的阔大华贵客厅里，猩红丝绒垂地的窗帘，猩红丝绒四丈见方的地毯，把我愣住了。我就在一套猩红丝绒旧式大沙发中间，选了靠近屋角一张沙发坐下来，观看对面高大墙壁上的巨幅字画。莫友芝斗大的分隶屏条，赵扮叔斗大的红桃立轴，这一切竟象是特意为配合客厅而准备，并且还象是特意为压迫客人而准备。一切都那么壮大，我于是似乎缩得很小。来到这地方是替一个亲戚带个小礼物，应当面把礼物交给女主人的。等了一会儿，女主人不曾出来，从客厅一角却出来了个"偶然"。问问才知道是这人家的家庭教师，和青岛托带礼物的亲戚也相熟，和我好些朋友都相熟。虽不曾见过我，可是却读过我作的许多故事。因为那女主人出了门，等等方能回来，所以用电话要她和我谈谈。我们谈到青岛的四季，两年前她还到过青岛看樱花，以为樱花和别的花都不比北平的花好，倒是那个海有意思。女主人回来时，正是我们谈到海边一切，和那个本来俨然海边的主人麻兔时。我们又谈了些别的事方告辞。"偶然"给我一个幽雅而脆弱的印象，一张白白的小脸，一堆黑而光柔的头发，一点陌生羞怯的笑。当发后的压发翠花跌落到地毯上，躬身下去寻找时，我仿佛看到一条素色的虹霓。虹霓失去了彩色，究竟还有什么，我并不知道。"偶然"给我保留一种印象，我给了"偶然"一本书，书上第一篇故事，原可说就是两年前为抵抗"偶然"而写成的。

一个月以后，我又在另外一个素朴而美丽的小客厅中见到了"偶然"。她说一点钟前还看过我写的那个故事，一面说一面微笑。且把头略偏，眼中带点羞怯之光，想有所探询，可不便启齿。

仿佛有斑鸠唤雨声音从远处传来。小庭园玉兰正盛开。我们说了些闲话，到后"偶然"方问我："你写的可是真事情？"

我说，"什么叫作真？我倒不大明白真和不真在文学上的区别，也不能分辨它在情感上的区别。文学艺术只有美和不美。精卫衔石，杜鹃啼血，情真事不真，并不妨事。你觉得对不对？"

"我看你写的小说，觉得很美，当真很美，但是，事情真不真——可未必真！"

这种怀疑似乎已超过了文学作品的欣赏，所要理解的是作者的人生态度。

我稍稍停了一会儿，"不管是故事还是人生，一切都应当美一些！丑的东西虽不是罪恶，可是总不能令人愉快。我们活到这个现代社会中，被官僚、政客、银行老板、理发师和成衣师傅，共同弄得到处是丑陋，可是人应当还有个较理想的标准，也能够达到那个标准，至少容许在文学艺术上创造那标准。因为不管别的如何，美应当是善的一种形式！"

正象是这几句空话说中了"偶然"另外某种嗜好，"偶然"轻轻的叹了一口气。"美的有时也令人不愉快！譬如说，一个人刚好订婚，又凑巧……"

我说，"呵！我知道了。你看了我写的故事一定难过起来了。不要难受，美丽总使人忧愁，可是还受用。那是我在海上受水云教育产生的幻影，并非实有其事！"

"偶然"于是笑了。因为心被个故事已浸柔软，忽然明白这为古人担忧弱点已给客人发现，自然觉得不大好意思。因此不再说什么，把一双白手拉拉衣角，裹紧了膝头。那天穿的衣服，恰好是件绿地小黄花绸子夹衫，衣角袖口缘了一点紫。也许自己想起这种事，只是不经意的和我那故事巧合，也许又以为客人并不认为这是不经意，且认为是成心。所以在应对间不免用较多微笑作为礼貌的装饰，与不安情绪的盖覆。结果另外又给了我一种印象。我呢，我知道，上次那本小书给人甘美的忧愁已够多了。

离开那个素朴小客厅时，我似乎遗失了一点什么东西。在开满了马樱花和洋槐的长安街大路上，试搜寻每个衣袋，不曾发现失去的是什么。后来转入中南海公园，在柳堤上绕了一个大圈子，见到水中的云影，方骤然觉悟失去的只是三年前独自在青岛大海边向虚空凝眸，作种种辩论时那一点孩子气主张。这点自信若不是掉落到一堆时间后边，就是前不久掉在那个小客厅中了。

我坐在一株老柳树下休息，想起"偶然"穿的那件夹衫，颜色花朵如何与我故事上景物巧合。当这点秘密被我发现时，"偶然"所表示的那种轻微不安，是种什么分量。我想起我向"偶然"说的话，这些话，在"偶然"生命中，可能发生的那点意义，又是种什么分量，心似乎有点跳得不大正常。"美丽总使人忧愁，然而还受用。"

一个小小金甲虫落在我的手背上，捉住了它看看时，只见六只小脚全缩敛到带金属光泽的甲壳下面。从这小虫生命完整处，见出自然之巧和生命形式的多方。手轻轻一扬，金虫即振翅飞起，消失在广阔的湖面莲叶间了。我同样保留了一点印象在记忆里。原来我的心尚空阔得很，为的是过去曾经装过各式各样的梦，把梦腾挪开时，还装得上许多事事物物。然而我想这个泛神倾向若用之与自然对面，很可给我对现世光色有更多理解机会；若用之于和人事对面，或不免即成为我一种弱点，尤其是在当前的情形下，决不能容许弱点抬头。

因此我有意从"偶然"给我的印象中，搜寻出一些属于生活习惯上的缺点，用作保护我性情上的弱点。

> ……生活在一种不易想象的社会中，日子过得充满脂粉气。这种脂粉气既成为生活一部分，积久也就会成为生命中不可少的一部分。一切不外乎装饰，只重在增加对人的效果，毫无自发的较深较远的理想。性情上的温雅，和文学爱好，也可说是足为装饰之一种。脂粉气邻于庸俗，知识也不免邻于虚伪。一切不外乎时髦，然而时髦得多浅多俗气！……

我于是觉得安全了。倘若没有别的时间下偶然发生的事情，我应当说实在是十分安全的。因为我所体会到的"偶然"生活性情上的缺点，一直都还保护到我，任何情形下尚有作用。不过保护得我更周到的，也许还是另外一种事实，即一种幸福的婚姻，或幸福婚姻的幻影，我正准备去接受它，证实它。这也可说是种偶然，为的是由于两年前在海上拾来那点螺蚌，无意中寄到南方时所得的结果。然而关于这件事，我却认为是意志和理性作成的。恰恰如我一切用笔写成的故事，内容虽近于传奇，由我个人看来，却产生于一种计划中。

时间流过去了，带来了梅花、丁香、芍药和玉兰，一切北方色香悦人的花朵，在冰冻渐渐融解风光中逐次开放。另外一种温柔的幻影已成为实际生活。一个小小院落中，一株槐树和一株枣树，遮蔽了半个院子，从细碎树叶间筛下细碎的明净秋阳日影，铺在砖地，映照在素净纸窗间，给我对于生命或生活一种新的经验和启示。一切似乎都安排对了。我心想："我要的，已经得到了。名誉或认可，友谊和爱情，全部到了我的身边。我从社会和别人证实了存在的意义。可是不成，我似乎还有另外一种幻想，即从个人工作上证实个人希望所能达到的传奇。我准备创造一点纯粹的诗，与生活不相粘附的诗。情感上积压下来的一点东西，家庭生活并不能完全中和它消耗它，我需要一点传奇，一种出于不巧的痛苦经验，一分从我'过去'负责所必然发生的悲剧。换言之，即完美爱情生活并不能调整我的生命，还要用一种温柔的笔调来写爱情，写那种和我目前生活完全相反，然而与我过去情感又十分相近的牧歌，方可望使生命得到平衡。"

因此每天大清早，就在院落中一个红木八条腿小小方桌上，放下一叠白纸，一面让细碎阳光洒在纸上，一面将我某种受压抑的梦写在纸上。故事中的人物，一面从一年前在青岛崂山北九水旁见到的一个乡村女子，取得生活的必然，一面就用身边新妇作范本，取得性格上的素朴式样。一切充满了善，然而到处是不凑巧。既然是不凑巧，因之素朴的善终难免产生悲剧。故事中充满五月中的斜风细雨，以及那点六月中夏雨欲来时闷人的热，和闷热中的寂寞。这一切其所以能转移到纸上，倒可说全是从两年来海上阳光得来的能力。这一来，我的过去痛苦的挣扎，受压抑无可安排的乡下人对于爱情的憧憬，在这个不幸故事上，才得到了排泄与弥补。

一面写一面总仿佛有个生活上陌生、情感上相当熟习的声音在招呼我：

"你这是在逃避一种命定。其实一切努力全是枉然。你的一支笔虽能把你带向'过去'，不过是用故事抒情作诗罢了。真正在等待你的却是'未来'。你敢不敢向更深处想一想，笔下如此温柔的原因？你敢不敢仔仔细细认识一下你自己，是不是个能够在小小得失悲欢上满足的人？"

"我用不着作这种分析和研究。我目前的生活很幸福，这就够了。"

"你以为你很幸福，为的是你尊重过去，当前是照你过去理性或计划安排成功的。但你何尝真正能够在自足中得到幸福？或用他人缺点保护，或用自己的幸福幻影保护，二而一，都可作为你害怕'偶然'浸入生命中时所能发生的变故。因为'偶然'能破坏你幸福的幻影。你怕事实，所以自觉宜于用笔捕捉抽象。"

"我怕事实？"

"是的，你害怕明天的事实。或者说你厌恶一切事实，因之极力想法贴近过去，有时并且不能不贴近那个抽象的过去，使它成为你稳定生命的碇石。"

我好象被说中了，无从继续申辩。我希望从别的事情上找寻我那点业已失去的自信，或支持自信的观念；没有得到，却得到许多容易破碎的古陶旧瓷。由于耐心和爱好换来的经验，使我从一些盘盘碗碗形体和花纹上，认识了这些艺术品的性格和美术上特点，都恰恰如一个中年人自各样人事关系上所得的经验一般。久而久之，对于清代瓷器中的盘碗，我几乎用手指去摸抚它的底足边缘，就可判断作品的相对年代了。然而这一切却只能增加我耳边另外一种声音的调讽。

"你打量用这些容易破碎的东西稳定平衡你奔放的生命，到头还是毫无结果。这消磨不了你三十年积压的幻想。你只有一件事情可作，即从一种更直接有效的方式上，发现你自己，也发现人。什么地方有些年青温柔的心在等待你，收容你的幻想，这个你明明白白。为的是你怕事，你于是名字叫做好人。"声音既来自近处，又象来自远方，却十分明白的存在，不易消失。

试去搜寻从我生活上经过的人事时，才发现这个那个"偶然"都好象在控制我支配我。因此重新在所有"偶然"给我的印象上，找出每个"偶然"的缺点，保护到我自己的弱点。只因为这些声音从各方面传来，且从不同时间不同地点传来。

我的新书《边城》出了版。这本小书在读者间得到些赞美，在朋友间还得到些极难得的鼓励。可是没有一个人知道我是在什么情绪下写成这个作品，也不大明白我写它的意义。即以极细心朋友刘西渭先生 [①] 批评说来，就完全得不到我何如用这个故事填补我过去生命中一点哀乐的原因。唯其如此，这个作品在我抽象感觉上，我却得到一种近乎严厉讥刺的责备。

"这是一个胆小而知足且善逃避现实者最大的成就。将热情注入故事中，使他人得到满足，而自己得到安全，并从一种友谊的回声中证实生命的意义。可是生命真正意义是什么？是节制还是奔放？是矜持还是疯狂？是一个故事还是一种事实？"

"这不是我要回答的问题，他人也不能强迫我答复。"

不过这件事在我生命中究竟已经成为一个问题。庭院中枣子成熟时，眼看到缀系在细枝间被太阳晒得透红的小小果实，心中不免有一丝儿对时序的悲伤。一切生命都有个秋天，来到我身边却是那个"秋天的感觉"。这种感觉可以使一个浪子缩手皈心，也可以使一个君子糊涂堕落，为的是衰落预感刺激了他，或恼怒了他。

[①] 即评论家李健吾。

天气渐冷，我已不能再在院中阳光下写什么，且似乎也并无什么故事可写。心手两闲的结果，使我起始坠入故事里乡下女孩子那种纷乱情感中。我需要什么？不大明白，又正象不敢去思索明白。总之情感在生命中已抬了头。这比我真正去接近某个"偶然"时还觉得害怕。因为它虽不至于损害人，事实上却必然会破坏我——我的工作理想和一点自信心，都必然将如此而毁去。最不妥当处是我还有些预定的计划，这类事与我"性情"虽不甚相合，对我"生活"却近于必需。情感若抬了头，一群"偶然"听其自由浸入我生命中，就什么都完事了。当时若能写个长篇小说，照《边城题记》中所说来写崩溃了的乡村一切，来消耗它，归纳它，也许此后可以去掉许多困难。但这种题目和我当时心境都不相合。我只重新逃避到字帖赏玩中去。我想把写字当成一束草，一片破碎的船板，俨然用它为我下沉时有所准备。我要和生命中一种无固定性的势能继续挣扎，尽可能去努力转移自己到一种无碍于人我的生活方式上去。

不过我虽能将生命逃避到艺术中，可无从离开那个环境。环境中到处是年青生命，到处是"偶然"。也许有些是相互逃避到某种问题中，有些又相互逃避到礼貌中，更有些说不定还近于"挹彼注此"的情形，因之各人都可得到一种安全感或安全事实。可是这对于我，自然是不大相宜的。我的需要在压抑中，更容易见出它的不自然处。岁暮年末时，因之"偶然"中之某一个，重新有机会给了我一点更离奇印象。依然那么脆弱而羞怯，用少量言语多量微笑或沉默来装饰我们的晤面。其时白日的阳光虽极稀薄，寒风冻结了空气，可是房中炉火照例极其温暖，火炉边柔和灯光中，是能生长一切的，尤其是那个名为"感情"或"爱情"的东西。可是为防止附于这个名辞的纠纷性和是非性，我们却把它叫作"友谊"。总之，"偶然"之一和我的友谊越来越不同了。一年余以来努力的退避，在十分钟内即证明等于精力白费。"偶然"的缺点依旧尚留在我印象中，而且更加确定，然而却不能保护我什么了。其他"偶然"的长处，也不能保护我什么了。

我于是逐渐进入到一个激烈战争中，即理性和情感的取舍。但事极显明，就中那个理性的我终于败北了。当我第一次给了"偶然"一种败北以后的说明时，一定使"偶然"惊喜交集，且不知如何来应付这种新的问题。因为这件事若出于另一"偶然"，则准备已久，恐不过是"我早知如此"轻轻的回答，接着也不过是由此必然而来的一些给和予。然而这事情却临到一个无经验无准备的"偶然"手中，在她的年龄和生活上，是都无从处理这个难题，更毫无准备应付这种问题的技术。因此当她感觉到我的命运是在她手中时，不免茫然失措。

我呢，俨然是在用人教育我。我知道这恰是我生命的两面，用之于编排故事，见出被压抑热情的美丽处，用之于处理人事，即不免见出性情上的弱点，不特苦恼自己也苦恼人。

我真业已放弃了一切可由常识来应付的种种，一任自己沉陷到一种情感漩涡里去。十年后温习到这种"过去"时，我恰恰如在读一本属于病理学的书籍，这本书名应当题作：《情感发炎及其治疗》，作者是一个疯子同时又是一个诗人。书中毫无故事，惟有近乎抽象的印象拼合。到客厅中红梅与白梅全已谢落时，"偶然"的微笑已成为苦笑。因为明白这事得有个终结，就装作为了友谊的完美，和个人理想的实证，带着一点悲伤，一种出于勉强的充满痛苦的笑，好象说，"我得到的已够多了"，就到别一地方去了。走时的神气，和事前心情上的纷乱，竟与她在某一时写的一个故事完全相同。不同处只是所要去的方向而已。

我于是重新得到了稳定，且得到用笔的机会。可是我不再写什么传奇故事了，因为生活本身即为一种动人的传奇。我读过一大堆书，再无什么故事比我情感上的哀乐得失经验更离奇动人。我读过许多故事，好些故事到末后，都结束到"死亡"和一个"走"字上，我却估想这不是我这个故事的结局。

第二个"偶然"因为在我生命中用另外一种形式存在，我读了另外一本书。这本书正如出于一个极端谨慎的作者，中间从无一个不端重的句子，从无一段使他人读来受刺激的描写，而且从无离奇的变故与纠纷，然而且真是一种传奇。为的是在这故事背后，保留了一切故事所必需的回目，书中每一章每一节都是对话，与前一个故事微笑继续沉默完全相反。

故事中无休止的对话与独白，却为的是沉默即会将故事组织完全破坏而起，从独白中更可见出"偶然"生命取予的形式。因为预防，相互都明白一沉默即将思索，一思索即将究寻名词，一究寻名词即可能将"友谊"和"爱情"分别其意义。这一来，情形即发生变化，不窘人将不免自窘。因此这故事就由对话起始，由独白结束。书中人物俨然是在一种战争中维持了十年友谊。形式上都得了胜利，事实上也可说都完全败北。因为装饰过去的生命，本容许有一点妩媚和爱骄，以及少许有节制的疯狂，故事中却用对话独白代替了。

第三个"偶然"浸入我生命中时，初初即给我一种印象，是上海成衣匠和理发匠等等在一个年青肉体上所表现的优美技巧。我觉得这种技巧只合给第二等人增加一点风情上的效果，对于"偶然"实不必要。因此我在沉默中为除去了这些人为的技巧，看出自然所给予一个年青肉体完美处和精细处。最奇异的是这里并没有情欲，竟可说毫无情欲，只有艺术。我所处的地位完全是一个艺术鉴赏家的地位。我理会的只是一种生命的形式，以及一种自然道德的形式。没有冲突，超越得失，我从一个人的肉体认识了神与美，且即此为止，我并不曾用其他方式破坏这种神与美的印象。正可说是一本完全图画的传奇，就中无一个文字。唯其如此，这个传奇也庄严到使我不能用文字来叙述。唯一可重现人我这种崇高美丽情感应当是音乐。但是一个轻微的叹息，一种目光的凝注，一点混和爱与怨的退避，或感谢与崇拜的轻微接近，一种象征道德极致的素朴，一种表示惊讶的呆，音乐到此亦不免完全失去了意义。这个传奇是……我在用人教育我，俨然陆续读了些不同体裁的传奇。这点机会，大多数却又是我先前所写的一堆故事为证明，我是诚实而细心，且奇特的能辨别人生理解人心，更知道庄严和粗俗的细微分量界限，不至于错用或滥用，因此能翻阅这些奇书。

不过度量这一切，自然用的是我从乡下随身带来的尺和秤。若由一般社会所习惯的权衡来度量我的弱点和我的坦白，则我存在的意义存在的价值早已失去了。因为我也许在"偶然"中翻阅了些不应道及的篇章。

然而正因为弱点和坦白共同在性格或人格上表现，如此单纯而明朗，使我在婚姻上见出了奇迹。在连续而来的挫折中，作主妇的始终能保留那个幸福的幻影，而且还从其他方式上去证实它。这种事由别人看来为不可解，恰恰如我为这个问题写的一个短篇所描写到的情形："当两人在熟人面前被人称为'佳偶'时，就用微笑表示'也象冤家'；又或在熟人神气间被目为'冤家'时，仍用微笑表示'实是佳偶'"，由自己说来，也极自然。只因为理解到"长处"和"弱点"原是生命使用方式上的不同，情形必然就会如此。一切基于理解。我是个云雀，经常向碧空飞得很高很远，到一定程度，终于还是直向下坠，归还旧窠。

再过了四年，战争把世界地图和人类历史全改变了过来，同时从极小处，也重造了的人与人的关系，以及这个人在那个人心上的位置。

一个聪明善感的女孩子，年纪大了点时，自然都乐意得到一个朋友的信托，更乐意从一个朋友得到一点有分际的、混合忧郁和热忱所表示的轻微疯狂，用作当前剩余青春的点缀，以及明日青春消逝温习的凭证。如果过去一时，还保留一些美好印象，印象的重叠，使人在取予上自然都不能不变更一种方式，见出在某些事情上的宽容为必然，在某种事情上的禁忌为不必要，无形中都放弃了过去一时的那点警惧心和防卫心。因此虹和星都若在望中，我俨然可以任意去伸手摘取。可是我所注意摘取的，应当说，却是自己生命追求抽象原则的一种形式。我只希望如何来保留这种热忱到文字中。对于爱情或友谊本身，已不至于如何惊心动魄来接近它了。我懂得"人"多了一些，懂得自己也多了些。在"偶然"之一过去所以自处的"安全"方式上，我发现了节制的美丽。在另外一个"偶然"目前所以自见的"忘我"方式上，我又发现了忠诚的美丽。在第三个"偶然"所希望于未来"谨慎"方式上，我还发现了谦退中包含勇气与明智的美丽。……生命取舍的多方，因之使我不免有点"老去方知读书少"的自觉。我还需要学习，从更多陌生的书以及少数熟习的人学习点"人生"。

因此一来，"我"就重新又成为一个毫无意义的字言，因为很快即完全消失到一些"偶然"的謦笑中和这类謦笑取舍中了。

失去了"我"后却认识了"神"，以及神的庄严。墙壁上一方黄色阳光，庭院里一点花草，蓝天中一粒星子，人人都有机会见到的事事物物，多用平常感情去接近它。对于我，却因为和"偶然"某一时的生命同时嵌入我记忆中印象中，它们的光辉和色泽，就都若有了神性，成为一种神迹了。不仅这些与"偶然"间一时浸入我生命中的东西，含有一种神性，即对于一切自然景物，到我单独默会它们本身的存在和宇宙微妙关系时，也无一不感觉到生命的庄严。一种由生物的美与爱有所启示，在沉静中生长的宗教情绪，无可归纳，我因之一部分生命，竟完全消失在对于一切自然的皈依中。这种简单的情感，很可能是一切生物在生命和谐时所同具的，且必然是比较高级生物所不能少的。然而人若保有这种情感时，却产生了伟大的宗教，或一切形式精美而情感深致的艺术品。对于我呢，我什么也不写，亦不说。我的一切官能都似乎在一种崭新教育中，经验了些极纤细微妙的感觉。

我用这种"从深处认识"的情感来写故事，因之产生了《长河》，这个作品的被扣留无从出版，不是偶然了。因为从普通要求说来，对战事描写，是不必要如此向深处掘发的。

我住在一个乡下，因为某种工作，得常常离开了一切人，单独从个宽约七里的田坪通过。若跟随引水道曲折走去，可见到长年活鲜鲜的潺潺流水中，有无数小鱼小虫，随流追逐，悠然自得，各有其生命之理。平流处多生长了一簇簇野生慈菇，箭头形叶片虽比田中生长的较小，开的小白花却很有生气。花朵如水仙，白瓣黄蕊，成一小串，从中心挺起。路旁尚有一丛丛刺蓟科野草，开放翠蓝色小花，比毋忘我草形体尚清雅脱俗，使人眼目明爽，如对无云碧穹。花谢后却结成无数小小刺球果子，便于借重野兽和家犬携带到另一处繁殖。若从其他几条较小路上走去，蚕豆和麦田中，照例到处生长浅紫色樱草，花朵细碎而妩媚，还带上许多白粉。采摘来时不过半小时即枯萎，正因为生命如此美丽脆弱，更令人感觉生物中求生存与繁殖的神性。在那两旁铺满彩色绚丽花朵细小的田塍上，且随时可看到成对的羽毛黑白分明异常清洁的鹡鸰，见人时微带惊诧，一面飞起一面摇颤着小小长尾，在豆麦田中一起一伏，似乎充满了生命的悦乐。还有那个顶戴大绒冠的戴胜鸟，披负一身杂毛，一对小眼睛骨碌碌的对人痴看，直到来人近身时，方微带匆促展翅飞去。本地秧田照习惯不作他用。除三月时育秧，此外长年都浸在一片浅水里，另外几方小田种上慈菇莲藕的，也常是一片水。不问晴雨这种田中照例有三两只缩肩秃尾白鹭鸶，清癯而寂寞，在泥沼中有所等待，有所寻觅。又有种鸥形水鸟，在田中走动时，肩背毛羽全是一片美丽桃灰色，光滑而带丝网光泽，有时数百成群在空中翻飞游戏，因翅翼下各有一片白，便如一阵光明的星点，在蓝穹下动荡。小村子有一道流水穿过，水面人家土壤边，都用带刺木香花作篱笆，带雨含露成簇成串的小白花，常低垂到人头上，得一面撩拨方能通过。树下小河沟中，常有小孩子捉鳅拾蚌，或精赤身子相互浇水取乐。村子中老妇人坐在满是土蜂窠的向阳土墙边取暖，屋角隅可听到有人用大石杵缓缓的捣米声，景物人事相对照，恰成一希奇动人景象。过小村落后又是一片平田，菜花开时，眼中一片黄，鼻底一片香。土路不十分宽，驮麦粉的小马和驮烧酒的小马，与迎面来人擦身而过时，赶马押运货物的，却远远的在马后喊"让马"，从不在马前牵马让人。因此行人必照规矩下到田塍上去，等待马走过时再上路。菜花一片黄的平田中，还可见到整齐成行的细枯胡麻，竟象是完全为装饰用，一行一行栽在中间，在瘦小脆弱的本端，开放一朵朵翠蓝色小花，花头略略向下低垂，张着小嘴如铃兰样子，风姿娟秀而明媚，在阳光下如同向小蜂小虫微笑，"来，吻我，这里有蜜！……"

　　眼目所及都若有神迹在其间，且从这一切都可发现有"偶然"的友谊的笑语和爱情芬芳。

在另一方面，人事上自然也就生长了些看不见的轻微的妒忌，无端的忧虑，有意的间隔，和那种无边无际累人而又闷人的白日梦。尤其是一点眼泪，来自爱怨交缚的一方，一点传说，来自得失未明的一方，就在这种人与人，"偶然"与"偶然"的取舍分际上，我似乎重新接受了一种人生教育。矢来有向或矢来无向，我却一例听之直中所欲中心上某点，不逃避，不掩护。我处在一种极端矛盾情形中，然而到用自己那个尺寸来衡量时，却感觉生命实复杂而庄严。尤其是从一个"偶然"的眩目景象中离开，走到平静自然下见到一切时，生命的庄严有时竟完全如一个极虔诚的教徒。谁也想象不到我生命是在一种什么形式下燃烧。即以这个那个"偶然"而言，所知道的似乎就只是一些片断，不完全的一体。

我写了无数篇章，叙述我的感觉或印象，结果却不曾留下。正因为各种试验，都证明它无从用文字保存。或只合保存在生命中，且即同一回事，在人我生命中，意义上也完全不同。

我那点只用自己尺寸度量人事得失的方式，不可免要反应到对"偶然"的缺点辨别上。这种细微感觉在普通人我关系上决体会不到，在比较特殊的一种情形上，便自然会发生变化。恰如甲状腺在水中的情形，分量即或极端稀少，依然可以测出。在这个问题上，我明白我泛神的思想，即曾经损害到这个或那个"偶然"的幽微感觉是种什么情形。我明知语言行为都无补于事实，便用沉默应付了一些困难，尤其是应付轻微的妒嫉，以及伴同那个人类弱点而来的一点埋怨，一点责难，一点不必要的设计。我全当作"自然"。我自觉已尽了一个朋友所能尽的力，来在友谊上用最纤细感觉接受纤细反应。而且在诚实外还那么谨慎小心，从不曾将"乡下人"的方式，派给一个城中朋友，一切有分际的限制，即所以保护到情感上的安全。然而问题也许就正在此。"你口口声声说是一个乡下人，却从不用乡下人的坦白来说明友谊，却装作绅士。然而在另外一方面，你可能又完全如一个乡下人。"我就用沉默将这种询问所应有的回声，逼回到"偶然"耳中去。于是"偶然"走了。

其次是正在把生活上的缺点从习惯中扩大的"偶然"，当这种缺点反应到我感觉上时，她一面即意识到在过去一时某些稍稍过分行为中，失去了些骄傲，无从收回，一面即经验到必须从另外一种信托上，方能取回那点自尊心，或更换一个生活方式，方可望产生一点自信心。正因为热情是一种教育，既能使人疯狂胡涂，也能使人明彻深思。热情使我对于"偶然"感到惊讶，无物不"神"，却使"偶然"明白自己只是一个"人"，乐意从人的生活上实现个人的理想与个人的梦。到"偶然"思索及一个人的应得种种名分与事实时，当然有了痛苦。因为发觉自己所得到虽近于生命中极纯粹的诗，然而个人所期待所需要的还只是一种具体生活。纯粹的诗虽能作一个女人青春的装饰，华美而又有光辉，然而并不能够稳定生命，满足生命。再经过一些时间的澄滤，便得到如下的结论："若想在他人生命中保有'神'的势力，即得牺牲自己一切'人'的理想。若希望证实'人'的理想，即必须放弃当前唯'神'方能得到的一切。热情能给人兴奋，也给人一种无可形容的疲倦。尤其是在'纯粹的诗'和'活鲜鲜的人'愿望取舍上，更加累人。""偶然"就如数年前一样，用着无可奈何的微笑，掩盖到心中受伤处，离开了我。临走时一句话不说。我却从她沉默中，听到一种申诉："我想去想来，我终究是个人，并非神，所以我走了。若以为这是我一点私心，这种猜测也不算错误。因为我还有我做一个人的希望。并且我明白离开你后，在你生命中保有的印象。那么下去，不说别的，即这种印象在习惯上逐渐毁灭，对于我也受不了。若不走，留到这里算是什么？在时间交替中我能得到些什么？我不能尽用诗歌生存下去，恰恰如你说的不能用好空气和好风景活下去一样。我是个并不十分聪明的女人，这也许正是使我把一首抒情诗当作散文去读的真正原因。我的行为并不求你原谅，因为给予的和得到的已够多，不需用这种泛泛名词来自解了。说真话，这一走，这个结论对于你也不十分坏！有个幸福的家庭，有一个——应当说有许多的'偶然'，都在你过去生活中保留一些印象。你得到所能得到的，也给予所能给予的。尤其是在给予一切后，你反而更丰富更充实的存在。"

于是"偶然"留下一排插在发上的玉簪花，摇摇头，轻轻的开了门，当真就走去了。其时天落了点微雨，雨后有彩虹在天际。

我并不如一般故事上所说的身心崩毁，反而变得非常沉静。因为失去了"偶然"，我即得回了理性。我向虹起处方向走去，到了一个小小山头上。过一会儿，残虹消失到虚无里去了，只剩余一片在变化中的云影。那条素色的虹霓，若干年来在我心上的形式，重新明明朗朗在我眼前现出。我不由得不为"人"的弱点和对于这种弱点挣扎的努力，感到一点痛苦。

"'偶然'，你们全走了，很好。或为了你们的自觉，或为了你们的弱点，又或不过是为了生活上的习惯，既以为一走即可得到一种解放，一些新生的机缘，且可从另外人事上收回一点过去一时在我面前快乐行为中损失的尊严和骄傲，尤其是生命的平衡感和安全感的获得，在你认为必需时，不拘用什么方式走出我生命以外，我觉得都是必然的。可是时间带走了一切，也带走了生命中最光辉的青春，和附于青春而存在的羞怯的笑，优雅的礼貌，微带矜持的应付，极敏感的情分取予，以及那个肉体的完整形式，华美色泽和无比芳香。消失的即完全消失到不可知的'过去'里了。然而却有一个朋友能在印象中保留它，能在文字中重现它，……你如想寻觅失去的生命，是只有从这两方面得到，此外别无方法。你也许以为失去了我，即可望得到'明天'，但不知生命真正失去了我时，失去了'昨天'，活下来对于你是种多大的损失！"

自从"偶然"离开了我后，云南就只有云可看了。黄昏薄暮时节，天上照例有一抹黑云，那种黑而秀的光景，不免使我想起过去海上的白帆和草地上黄花，想起种种虹影和淡白星光，想起灯光下的沉默继续沉默，想起墙壁上慢慢的移动那一方斜阳，想起瓦沟中的绿苔和细雨，微风中轻轻摇头的狗尾草……想起一堆希望和一点疯狂，终于如何又变成一片蓝色的火焰，一撮白灰。这一切如何教育我认识生命最离奇的遇合与最高的意义。

当前在云影中恰恰如过去在海岸边，我获得了我的单独。那个失去了十年的理性，回到我身边来了。

"你这个对政治无信仰对生命极关心的乡下人，来到城市中'用人教育我'，所得经验已经差不多了。你比十年前稳定得多也进步得多了。正好准备你的事业，即用一支笔来好好的保留最后一个浪漫派在二十世纪生命取予的形式，也结束了这个时代这种情感发炎的症候。你知道你的长处，即如何好好的善用长处。成功或胜利在等待你，嘲笑和失败也在等待你；但这两件事对于你都无多大关系。你只要想到你要处理的也是一种历史，属于受时代带走行将消灭的一种人我关系的历史，你就不至于迟疑了。"

"成功与幸福，不是智士的目的，就是俗人的期望，这与我全不相干。真正等待我的只有死亡。在死亡来临以前，我也许还可以作点小事，即保留这些'偶然'浸入一个乡下人生命中所具有的情感冲突与和谐程序。我还得在'神'之解体的时代，重新给神作一种赞颂。在充满古典庄严与雅致的诗歌失去光辉和意义时，来谨谨慎慎写最后一首抒情诗。我的妄想在生活中就见得与社会隔阂，在写作上自然更容易与社会需要脱节。不过我还年青，世故虽能给我安全和幸福，一时还似乎不必来到我身边。我已承认你十年前的意见，即将一切交给'偶然'和'情感'为得计。我好象还要受另外一种'偶然'所控制，接近她时，我能从她的微笑和皱眉中发现神，离开她时，又能从一切自然形式色泽中发现她。这也许正如你所说，因为我是个对一切无信仰的人，却只信仰'生命'。这应当是我一生的弱点，但想想附于这个弱点下的坦白与诚实，以及对于人性细致感觉理解的深致，我知道，你是第一个就首先对于我这个弱点加以宽容了。我还需要回到海边去，回到'过去'那个海边。至于别人呢，我知道她需要的倒应当是一个'抽象'的海边。两个海边景物的明丽处相差不多，不同处其一或是一颗孤独的心的归宿处，其一却是热情与梦结合而为一使'偶然'由'神'变'人'的家。……"

"唉，我的浮士德，你说得很美，或许也说得很对。你还年青，至少当你被这种黯黄黄灯光诱惑时，就显得相当年青。我还相信这个广大的世界，尚有许多形体、颜色、声音、气味，都可以刺激你过分灵敏的官觉，使你变得真正十分年青。不过这是不中用的。因为时代过去了。在过去时代能激你发狂引你入梦的生物，都在时间漂流中消失了匀称与丰腴，典雅与清芬。能教育你的正是从过去时代培植成功的典型。时间在成毁一切，都行将消灭了。代替而来的将是无计划无选择随同海上时髦和政治需要繁殖的一种简单范本。在这个新的时代进展中，你是个不必要的人物了。在这个时代中，你的心即或还强健而坚韧，也只合为'过去'而跳跃，不宜于用在当前景象上了。你需要休息休息了，因为在这个问题上徘徊实在太累。你还有许多事情可作，纵不乐成也得守常。有些责任，即与他人或人类幸福相关的责任。你读过那本题名《情感发炎及其治疗》的奇书，还值得写成这样一本书。且不说别的，即你这种文字的格式，这种处理感觉和思想的方法，也行将成为过去，和当前体例不合了！"

"是不是说我老了？"

没有得到任何回答。

天气冷了些，桌前清油灯加了个灯头，两个灯头燃起两朵青色小小火焰，好象还不够亮。灯光总是不大稳定，正如一张发抖的嘴唇，代替过去生命吻在桌前一张白纸上。十年前写《边城》时，从槐树和枣树枝叶间滤过的阳光如何照在白纸上，恍惚如在目前。灯光照及油瓶、茶杯、银表、书脊和桌面遗留的一小滴油时，曲度相当处都微微返着一点光。我心上也依稀返着一点光影，照着过去，又象是为过去所照彻。小房中显得宽阔，光影照不及处全是一片黑暗。

我应当在这一张白纸上写点什么？一个月来因为写"人"，作品已第三回被扣，证明我对于大事的寻思，文字体例显然当真已与时代不大相合。因此试向"时间"追究，就见到那个过去。然而有些事，已多少有点不同了。

"时间带走了一切，天上的虹或人间的梦，或失去了颜色，或改变了式样。即或你自以为有许多事尚好好保留在心上，可是，那个时间在你不大注意时，却把你的心变硬了，变钝了，变得连你自己也不大认识自己了。时间在改造一切，星宿的运行，昆虫的触角，你和人，同样都在时间下失去了固有的位置和形体。尤其是美，不能在风光中静止。人生可悯。"

"温习过去，变硬了的心也会柔软的！到处地方都有个秋风吹上人心的时候，有个灯光不大明亮的时候，有个想向'过去'伸手，若有所攀援，希望因此得到一点助力，方能够生活得下去时候。"

"这就更加可悯！因为印象的温习，会追究到生活之为物，不过是一种连续的负心。凡事无不说明忘掉比记住好。'过去'分量若太重，心子是载不住它的。忘不掉也得勉强。这也正是一种战争！败北且是必然的结果。"

是的，这的确也是一种战争。我始终对面前那两个小小青色火焰望着。灯头不知何时开了花，"在火焰中开放的花，油尽灯熄时，才会谢落的。"

"你比拟得好。可是人不能在美丽比喻中生活下去。热情本身并不是象征，它燃烧了自己生命时，即可能燃烧别人的生命。到这种情形下，只有一件事情可作，即听它燃烧，从相互燃烧中有更新生命产生（或为一个孩子，或为一个作品）。那个更新生命方是象征热情。人若思索到这一点，为这一点而痛苦，痛苦在超过忍受能力时，自然就会用手去剔剔你所谓要在油尽灯熄时方谢落的灯花。那么一来，灯花就被剔落了。多少人即如此战胜了自己的弱点，虽各在撤退中救出了自己，也正可见出爱情上的勇气和决心。因为不是件容易事，虽损失够多，作成功后还将感谢上帝赐给他的那点勇气和决心。"

"不过，也许在另外一时，还应当感谢上帝给了另外一个人的弱点，即您灯光引带他向过去的弱点。因为在这种弱点上，生命即重新得到了意义。"

"既然自己承认是弱点，你自己到某一时也会把灯花剔落的。"

我当真就把灯花剔落了。重新添了两个灯头，灯光立刻亮了许多。我要试试看能否有四朵灯花在深夜中同时开放。

一切都沉默了，只远处有风吹树枝，声音轻而柔。

油慢慢的燃尽时，我手足都如结了冰，还没有离开桌边。灯光虽渐渐变弱，还可以照我走向过去，并辨识路上所有和所遭遇的一切。情感似乎重新抬了头，我当真变得好象很年青，不过我知道，这只是那个过去发炎的反应，不久就会平复的。

屋角风声渐大时，我担心院中那株在小阳春十月中开放的杏花，会被冷风冻坏。"我关心的是一株杏花还是几个人？是几个在过去生命中发生影响的人，还是另外更多数未来的生存方式？"等待回答，没有回答。

一九四二年作

从现实学习

——近年来有人说我不懂"现实",追求"抽象",勇气虽若热烈,实无边际。在杨墨并进时代①,不免近于无所归依,因之"落伍"。这个结论不错,平常而自然。极不幸即我所明白的"现实",和从温室中培养长大的知识分子所明白的全不一样,和另一种出身小城市自以为是属于工农分子明白的也不一样,所以不仅目下和一般人所谓现实脱节,即追求抽象方式,恐亦不免和其他方面脱节了。试疏理个人游离于杨墨以外种种,写一个小文章,用作对于一切陌生访问和通信所寄托的责备与希望的回答。

我第一次听到"现实"两个字,距如今已二十五年。我原是个不折不扣的乡巴佬,辗转于川黔湘鄂二十八县一片土地上。耳目经验所及,属于人事一方面,好和坏都若离奇不经。这份教育对于一个生于现代城市中的年青人,实在太荒唐了。可是若把它和目下还存在于中国许多事情对照对照,便又会觉得极平常了。当时正因为所看到

---

① 杨即杨朱,墨即墨翟(墨子),二者均为战国初期的思想家。这里是用来指现实中两种对立的人生态度。

的好的农村种种逐渐崩毁，只是大小武力割据统治作成的最愚蠢的争夺打杀，对于一个年青人教育意义是现实，一种混合愚蠢与堕落的现实，流注浸润，实在太可怕了，方从那个半匪半军部队中走出。不意一走便撞进了住有一百五十万市民的北京城。第一回和一个亲戚①见面时，他很关心的问我："你来北京，作什么的？"我即天真烂漫地回答说："我来寻找理想，读点书。""嘻，读书。你有什么理想，怎么读书？你可知道，北京城目下就有一万大学生，毕业后无事可做，愁眉苦脸不知何以为计。大学教授薪水十折一，只三十六块钱一月，还是打拱作揖联合罢教软硬并用争来的。大小书呆子不是读死书就是读书死，哪有你在乡下作老总有出息！""可是我怎么作下去？六年中我眼看在脚边杀了上万无辜平民，除对被杀的和杀人的留下个愚蠢残忍印象，什么都学不到！做官的有不少聪明人，人越聪明也就越纵容愚蠢气质抬头，而自己俨然高高在上，以万物为刍狗。被杀的临死时的沉默，恰象是一种抗议：'你杀了我肉体，我就腐烂你灵魂。'灵魂是个看不见的东西，可是它存在，它将从另外许多方面能证明存在。这种腐烂是有传染性的，于是大小军官就相互传染下去，越来越堕落，越变越坏。你可想得到，一个机关三百职员有百五十支烟枪，是个什么光景？我实在呆不下了，才跑出来！……我想来读点书，半工半读，读好书救救国家。这个国家这么下去实在要不得！"

我于是依照当时《新青年》《新潮》《改造》等等刊物所提出的文学运动社会运动原则意见，引用了些使我发迷的美丽词令，以为社会必须重造，这工作得由文学重造起始，文学革命后，就可以用它燃起这个民族被权势萎缩了的情感，和财富压瘪扭曲了的理性。两者必须

---

① 指沈从文的姐夫田真逸。

解放，新文学应负责任极多。我还相信人类热忱和正义终必抬头，爱能重新粘合人的关系，这一点明天的新文学也必须勇敢担当。我要那么从外面给社会的影响，或从内里本身的学习进步，证实生命的意义和生命的可能。说去说来直到自己也觉得不知所谓时，方带怔止住。事实上呢，只需几句话即已足够了。"我厌恶了我接触的好的日益消失坏的支配一切那个丑恶现实。若承认它，并好好适应它，我即可慢慢升科长，改县长，作厅长。但我已因为厌恶而离开了。"至于文学呢，我还不会标点符号！我承认应当从这个学起，且丝毫不觉得惭愧。因为我相信报纸上说的，一个人肯勤学，总有办法的。

亲戚为人本富于幽默感，听过我的荒谬绝伦抒情议论后，完全明白了我的来意，充满善心对我笑笑地说："好，好，你来得好。人家带了弓箭药弩入山中猎取虎豹，你倒赤手空拳带了一脑子不切实际幻想入北京城作这分买卖。你这个古怪乡下人，胆气真好！凭你这点胆气，就有资格来北京城住下，学习一切经验一切了。可是我得告你，既为信仰而来，千万不要把信仰失去！因为除了它，你什么也没有！"

我当真就那么住下来了。摸摸身边，剩余七块六毛钱。"五四运动"以后第三年。

怎么向新的现实学习？先是在一个小公寓湿霉霉的房间，零下十二度的寒气中，学习不用火炉过冬的耐寒力。再其次是三天两天不吃东西，学习空空洞洞腹中的耐饥力。再其次是从饥寒交迫无望无助状况中，学习进图书馆自行摸索的阅读力。再其次是起始用一支笔，无日无夜写下去，把所有作品寄给各报章杂志，在毫无结果等待中，学习对于工作失败的抵抗力与适应力。各方面的测验，间或不免使得头脑有点儿乱，实在支撑不住时，便跟随什么奉系直系募兵委员手上摇摇晃晃那一面小小白布旗，和五七个面黄肌瘦不相识同胞，在天桥杂耍棚附近转了几转，心中浮起一派悲愤和混乱。到快要点名填志愿书发饭费时，那亲戚说的话，在心上忽然有了回音，"可千万别忘了信仰！"这是我唯一老本，我哪能忘掉？便依然从现实所作成的混乱情感中逃出，把一双饿得昏花朦胧的眼睛，看定远处，借故离开了那个委员，那群同胞，回转我那"窄而霉小斋"，用空气和阳光作知己，照旧等待下来了。记得郁达夫先生第一次到我住处来看看，在口上，随后在文章上，都带着感慨劝我向亲戚家顺手偷一点什么，即可从从容容过一年时，我只笑笑。为的是他只看到我的生活，不明白我在为什么而如此生活。这就是我到北方来追求抽象，跟现实学习，起始走的第一段长路，共约四年光景。年青人欢喜说"学习"和"斗争"，可有人想得到这是一种什么学习和斗争！

这个时节个人以外的中国社会呢，代表武力有大帅，巡阅使，督军和马弁……。代表文治有内阁和以下官吏到传达。代表人民有议会参众两院到乡约保长。代表知识有大学教授到小学教员。武人的理想为多讨几个女戏子，增加家庭欢乐。派人和大土匪或小军阀招安搭伙，膨胀实力。在会馆衙门做寿摆堂会，增加收入并表示阔气。再其次即和有实力的地方军人，与有才气的国会文人叙谱打亲家，企图稳定局面或扩大局面。凡属武力一直到火伕马伕，还可向人民作威作福，要马料柴火时，吓得县长越墙而走。至于高级官吏和那个全民代表，则高踞病态社会组织最上层，不外三件事娱乐开心：一是逛窑子，二是上馆子，三是听乐子。最高理想是讨几个小婊子，找一个好厨子。（五子登科原来也是接收过来的！）若兼作某某军阀驻京代表时，住处即必然成为一个有政治性的俱乐部，可以唱京戏，推牌九，随心所欲，京兆尹和京师警察总监绝不会派人捉赌。会议中照报上记载看来，却只闻相骂，相打，打到后来且互相上法院起诉。两派议员开会，席次相距较远，神经兴奋无从交手时，便依照《封神演义》上作战方式，一面大骂一面祭起手边的铜墨盒法宝，远远抛去，弄得个墨汁淋漓。一切情景恰恰象《红楼梦》顽童茗烟闹学，不过在庄严议会表演而已。相形之下，会议中的文治派，在报上发表的宪法约法主张，自然见得黯然无色。任何理论都不如现实具体，但这却是一种什么现实！在这么一个统治机构下，穷是普遍的事实。因之解决它即各自着手。管理市政的卖城砖，管理庙坛的卖柏树，管理官殿的且因偷盗事物过多难于报销，为省事计，索兴放一把火将那座大殿烧掉，无可对证。一直到管理教育的一部之长，也未能免俗，把京师图书馆的善本书，提出来抵押给银行，用为发给部员的月薪。总之，凡典守保管的，都可以随意处理。即自己性命还不能好好保管的大兵，住在西苑时，也异想天开，把圆明园附近大路路面的黄麻石，一块块撬起卖给附近学校人家起墙造房子。卖来买去，政府当然就卖倒了。一团腐烂，终于完事。但促成其崩毁的新的一群，一部分既那么贴近这个腐烂堆积物，就已经看出一点征象，于不小心中沾上了些有毒细菌。当时既不曾好好消毒防止，当然便有相互传染之一日。

从现实以外看看理想，这四年中也可说是在一个新陈代谢挣扎过程中。文学思想运动已显明在起作用，扩大了年青学生对社会重造的幻想与信心。那个人之师的一群呢，"五四"已过，低潮随来。官僚取了个最象官僚的政策，对他们不闻不问，使教书的同陷于绝境。然而社会转机也即在此。教授过的日子虽极困难，惟对现实的否定，差不多却有了个一致性。学生方面则热忱纯粹分子中，起始有了以纵横社交方式活动的分子，且与"五四"稍稍不同，即"勤学"与"活动"已分离为二。不学并且象是一种有普遍性的传染病。（这事看来小，发展下去影响就不小！）"五四"的活动分子，大多数都成了专家学者，对社会进步始终能正面负责任。"三一八"的活动分子，大多数的成就，便不易言了。许多习文学的，当时即搁了学习的笔，在种种现实中活动，联络这个，对付那个，欢迎活的，纪念死的，开会，打架，——这一切又一律即名为革命过程中的争斗，庄严与猥亵的奇异混和，竟若每事的必然，不如此即不成其为活动。问问"为什么要这样？"就中熟人即说："这个名叫政治。政治学权力第一。如果得到权力，就是明日伟大政治家。"这一来，我这个乡下人可糊涂了。第一是料想不到文学家的努力，在此而不在彼。其次是这些人将来若上了台，能为国家作什么事？有些和我相熟的，见我终日守在油腻腻桌子边出神，以为如此呆下去不是自杀必然会发疯，从他们口中我第二次听到现实。证明抽象的追求现实方式。

"老弟，不用写文章了。你真太不知道现实，净作书呆子做白日梦，梦想产生伟大的作品，哪会有结果？不如加入我们一伙，有饭吃，有事做，将来还可以——只要你愿意，什么都不难。"

"我并不是为吃饭和做事来北京的！"

"那为什么？难道当真喝北风、晒太阳可以活下去？欠公寓伙食账太多时，半夜才能回住处，欠馆子饭账三五元，就不大能从门前走过，一个人能够如此长远无出息的活下去？我问你。"

"为了证实信仰和希望，我就能够。"

"信仰和希望，多动人的名词，可是也多空洞！你就呆呆地守住这个空洞名词拖下去，挨下去，以为世界有一天忽然会变好？老弟，世界上事不那么单纯，你所信仰希望的唯有革命方能达到。革命是要推翻一个当前，不管它好坏，不问用什么手段，什么方式。这是一种现实。你出力参加，你将来就可作委员，作部长，什么理想都可慢慢实现。你不参加，那就只好做个投稿者，写三毛五一千字的小文章，过这种怪寒伧的日子下去了。"

"你说信仰和希望，只是些单纯空洞名词，对于我并不如此，它至少将证明一个人由坚信和宏愿，能为社会作出点切切实实的贡献。譬如科学……"

"不必向我演说，我可得走了。我还有许多事情！四点钟还要出席同乡会，五点半出席恋爱自由讨论会，八点还要……老弟，你就依旧写你的杰作吧，我要走了。"

时间于是过去了，"革命"成功了。现实使一些人青春的绿梦全褪了色。我那些熟人，当真就有不少凭空作了委员，娶了校花，出国又回国，从作家中退出，成为手提皮包一身打磨得光亮亮小要人的。但也似乎证实了我这个乡下人的呆想头，并不十分谬误。做官固然得有人，作事还要人，挂个作家牌子，各处活动，终日开会吃点心固然要人，低头从事工作更要人。守住新文学运动所提出的庄严原则，从"工具重造"观点上锲而不舍有所试验的要人，从"工具重用"观点上，把文学用到比宣传品作用深远一些，从种种试验取得经验尤其要人。革命如所期待的来临，也如所忧虑的加速分化。在这个现实过程中，不幸的作了古人，幸运的即作了要人。文学成就是各自留下三五十首小诗，或三五篇小说，装点装点作家身分。至于我呢，真如某兄所说，完全落了伍。因为革命一来，把三毛到一元文字的投稿家身分也剥夺了，只好到香山慈幼院去作个小职员。但自己倒不在意，只觉得刚走毕第一段路，既好好接触这个新的现实，明白新的现实，一切高尚理想通过现实时，所形成的分解与溃乱，也无一不清清楚楚，而把保留叙述这点儿现实引为己任，以为必可供明日悲剧修正的参考。

在革命成功热闹中，活着的忙于权利争夺时，刚好也是文学作品和商业资本初次正式结合，用一种新的分配商品方式刺激社会时，现实政治和抽象文学亦发生了奇异而微妙的联系。我想要活下去，继续工作，就必得将工作和新的商业发生一点关系。我得起始走进第二步路，于是转到一个更大更现实的都市，上海。上海的商人，社会，以及作家，便共同给我以另外一课新的测验，新的经验。

当时情形是一个作家总得和某方面有点关连，或和政治，或和书店——或相信，或承认，文章出路即不大成问题。若依然只照一个"老京派"方式低头写，写来用自由投稿方式找主顾，当然无出路。且现代政治的特殊包庇性，既已感染到作家间，于是流行一种现实争斗，一律以小帮伙作基础，由隔离形成小恩小怨，对立并峙。或与商业技术合流，按照需要，交换阿谀，标榜同道，企图市场独占。或互相在文坛消息上制造谣言，倾覆异己，企图取快一时。在这种变动不安是非不明的现实背景中，人的试验自然也因之而加强。为适应环境更需要眼尖手快，以及能忽彼忽此。有昨日尚相互恶骂，今日又握手言欢的。有今天刚发表雄起起的议论，大家正为他安全担心，隔一日却已成为什么什么老伙计的。也有一面兼营舞场经理，赌场掌柜，十分在行，一面还用绿色水笔写恋爱诗，红色水笔写革命诗的。……总之，千奇百怪，无所不有。对于文学，由这些人说来，不过是一种求发展求生存的工具或装饰而已。既不过是工具或装饰，热闹而不认真处，自然即种下些恶种子，影响于社会的将来。很可惜即一些准备执笔的年青朋友，习染于这个风气中，不能不一面学习写作，一面就学习送丧拜寿。其时个人用个虔诚谨慎态度有所写作，成绩足以自见的，固不乏人。但一到集团，便不免空空洞洞。集团表面越势力赫赫，这部门也就越见得空虚。文运既由个人自由竞争转而成为党团或书商势力和钱财的堆积比赛，老板为竞争营业计，因之昨日方印行普罗文学，明日又会提倡儿童妇女教育。对作家则一律以不花钱为原则，减少商品成本，方合经济学原理。但为营业计，每一书印出尚可见大幅广告出现，未尝不刺激了作者，以为得不到金钱总还有个读者。至于政治，则既有那种用作家名分作委员要人的在内，当然还要文学，因此到某一天，首都什么文学夜会时，参加的作家便到了四五百人。且有不少女作家。事后报上还很生动的叙述这个夜会中的种种，以为要人和美丽太太都出席，增加了夜会的欢乐进步空气。要人之一其实即是和我同在北平小公寓中住下，做了十多年作家，还不曾印行过一个小小集子的老朋友。也就是告我政治即权力的活动家。夜会过后，这"魔手生蛋"一般出现的四百作家，也就似乎忽然消失了，再不曾听说有什么作品上报了。这个现实象征的是什么，热闹是否即进步，或稍稍有点进步的希望？现实对某些人纵不可怕，对年青的一辈却实在是影响恶劣。原来一种新的腐败已传染到这个部门，一切如戏，点缀政治。无怪乎"文学即宣传"一名词，毫无人感觉奇异。……乡下人觉得三年中在上海已看够了，学够了，因之回到了北平，重新消失于一百五十万市民群中，不见了。我明白，还只走完第二段路，尚有个新的长长的寂寞跋涉，待慢慢完成。北平的北风和阳光，比起上海南京的商业和政治来，前者也许还能督促我，鼓励我，爬上一个新的峰头，贴近自然，认识人生。

我以为作家本无足贵，可贵者应当是他能产生作品。作品亦未必尽可贵，可贵者应当他的成就或足为新文学运动提出个较高标准，创造点进步事实：一面足以刺激更多执笔者，有勇气，能作各种新的努力和探险，一面且足以将作品中可浸润寄托的宏博深至感情，对读者能引起普遍而良好的影响。因此一个作家当然不能仅具个作家身分，即用此身分转而成为现实政治的清客，或普通社会的交际花为己足。必需如一般从事科学或文史工作者，长时期沉默而虔敬的有所从事，在谨严认真持久不懈态度上，和优秀成就上，都有同样足资模范的纪录。事业或职业部门多，念念不忘出路不忘功利的，很可以在其他部门中得到更多更方便机会，不必搞文学，不必充作家。政治上负责者无从扶助这个部门的正常发展，也就得放弃了它，如放弃学校教育一样，将它一律交给自由主义者，听其在阳光和空气下自由发展。（教育还包含了点权利，必国家花钱，至于文学，却近乎完全白尽义务，要的是政府给予以自由，不是金钱！）这个看法本极其自然，与事实需要亦切合。然于时政治上已有个独占趋势，朝野既还有那些走路象作家，吃饭象作家，稿纸上必印就"××创作用稿"，名片上必印就"××文学会员"的活动人物，得在上海争文运作为政治据点，且寄食于这个名分上。因之在朝在野可作成的空气，就依然还是把作家放入宣传机构作属员为合理。凡违反这个趋势的努力都近于精力白费，不知现实。"民族文学""报告小说"等等名词即应运而生。多少人的活动，也因之与中国公文政治有个一致性，到原则方案提出后，照例引起一阵辩论，辩论过后，告一段落，再无下文。正因为空文易热闹，实难见好，相互之间争持名词是非，便转而越见激烈。到无可争持时，同属一伙还得争个名分谁属，谁发明，谁领导，来增加文运活泼空气。真如所谓"妄人争年，以后止者为胜"，虽激烈而持久，无助于真正进步亦可想而知！活泼背后的空虚，一个明眼人是看得出的。

　　文学运动既离不了商业竞卖和政治争夺，由切实工作转入宣传铺张，转入死丧庆吊仪式趋赴里，都若有个夙命的必然。在这个风气流转中，能制造点缀"时代"风景的作家，自然即无望产生受得住岁月陶冶的优秀作品。玩弄名词复陶醉催眠于名词下的作家既已很多了，我得和那个少数争表现。工作也许比他人的稍麻烦些，沉闷些，需保持单纯和严谨，从各方面学习试用这支笔，才能突破前人也超越自己。工作游离于理论纠纷以外，于普通成败得失以外，都无可避免。即作品的表现方式，也不得不从习惯以外有所寻觅，有所发现，扩大它，重造它，形成一种新的自由要求的基础。因之试从历史传说上重新发掘，腐旧至于佛典中喻言禁律，亦尝试用一种抒情方式，重新加以处理，看看是不是还能使之翻陈出新。文体固定如骈文和偈语，亦尝试将它整个解散，与鄙俚口语重新拼合，证明能不能产生一种新的效果。我还得从更多不同地方的人事和景物取证，因之不久又离开北京，在武汉，在青岛各地来去过了三年。就中尤以在青岛两年中，从多阳光的海岸边所作的长时间的散步，大海边的天云与海水，以及浪潮漂洗得明莹如玉的螺蚌残骸所得的沉默无声的教育，竟比一切并世文豪理论反而还具体。惟工作方式既游离于朝野文学运动理论和作品所提示的标准以外，对于寄食的职业又从不如何重视，所以对普遍生活言，我近于完全败北。然而对于工作信仰和希望，却反而日益明确。在工作成就上，我明白，还无望成为一个优秀作家，在工作态度上，却希望能无愧于手中一支笔，以及几个良师益友一群赞赏者对于这支笔可作的善意期许。

东北陷于日人手中后，敌人势力逼近，平津、华北有特殊化趋势。为国家明日计，西北或河南山东，凡事都得要重新作起，问题不轻细。有心人必承认，到中央势力完全退出时，文字在华北将成为唯一抵抗强邻坚强自己的武器。三十岁以上一代，人格性情已成定型，或者无可奈何了，还有个在生长中的儿童与少壮，待注入一点民族情感和做人勇气。因之和几个师友接受了一个有关国防的机构委托为华北学生编制基本读物①。从小学起始，逐渐完成。把这些教材带到师大附小去作实验的，还是个国立大学校长，为理想的证实，特意辞去了那个庄严职务，接受这么一份平凡工作。乡下人的名衔，则应当是某某小学国文教师的助理。（同样作助理的，还有个是国内极负盛名大学的国文系主任！）照政治即权力的活动家说来，这义利取舍多不聪明，多失计。但是，乡下人老实沉默走上第三段路，和几个良师益友在一处工作继续了四年，很单纯，也很愉快。

在争夺口号名词是非得失过程中，南方以上海为中心，已得到了个"杂文高于一切"的成就。然而成就又似乎只是个结论，结论且有个地方性，有个时间性，一离开上海，过二三年后，活泼热闹便无以为继，且若无可追寻。在南京，则文学夜会也够得个活泼热闹！在北平呢，真如某"文化兄"所说，死沉沉的。人与人则若游离涣散，见不出一个领导团体。对工作信念，则各自为战，各自低头寻觅学习，且还是一套老心情，藏之名山，传诸其人，与群众脱离，与现实脱离。某"文化兄"说得当然是一种真实。但只是真实的一面，因为这死沉沉与相对的那个活泼泼，一通过相当长的时间，譬如说，三年四年吧，比较上就会不同一点的。在南方成就当然也极大。惟一时引起注意热闹集中的大众语、拉丁化等等，却似乎只作成一个政治效果，留下一本论战的总集，热闹过后，便放弃了。总之，团体和成就竟若一个相反比例，集团越大成就越少。所以在南京方面，我们竟只留

---

① 此事指一九三三年夏天开始以杨振声为首的为华北中小学生编写教材和基本读物的任务。下文所说辞去国立大学校长职务的人，即杨振声；一九三二年九月前，杨曾担任青岛大学校长。下文中的"国文系主任"则指任清华大学中文系主任的朱自清。

下一个印象，即"夜会"继以"虚无"。然而在北方，在所谓死沉沉的大城里，却慢慢生长了一群有实力有生气的作家。曹禺、芦焚、卞之琳、萧乾、林徽因、李健吾、何其芳、李广田……是在这个时期中陆续为人所熟习的，而熟习的不仅是姓名，却熟习他们用个谦虚态度产生的优秀作品！因为在游离涣散不相粘附各自为战情形中，即有个相似态度，争表现，从一个广泛原则下自由争表现。再承认另一件事实，即听凭比空洞理论还公正些的"时间"来陶冶清算，证明什么将消灭，什么能存在。这个发展虽若缓慢而呆笨，影响之深远却到目前尚有作用，一般人也可看出的。提及这个扶育工作时，《大公报》对文学副刊的理想，朱光潜、闻一多、郑振铎、叶公超、朱自清诸先生主持大学文学系的态度，巴金、章靳以主持大型刊物的态度，共同作成的贡献是不可忘的。

只可惜工作来不及作更大的展开，战争来了。一切书呆子的理想，和其他人的财富权势，以及年青一辈对生活事业的温馨美梦，同样都于顷刻间失去了意义。于是大家沉默无言在一个大院中大火炉旁，毁去了数年来所有的资料和成绩，匆匆离开了北平，穿过中国中部和西南部，转入云南。现实虽若摧毁了一切，可并不曾摧毁个人的理想。

这并不是个终结，只是一个新的学习的开始。打败仗图翻身，胜利后得建国，这个部门的工作，即始终还需要人临以庄敬来谨慎从事。工作费力而难见好。在人弃我取意义下，我当然还得用这一支笔从学习中讨经验，继续下去。

到云南后便接近一个新的现实社会。这社会特点之一，即耳目所及，无不为战争所造成的法币空气所渗透。地方本来的厚重朴质，虽还保留在多数有教养的家庭中，随物质活动来的时髦，却装点到社会表面。阳光下自由既相当多，因之带刺的仙人掌即常常缠了些美而易谢的牵牛花，和织网于其间的银绿色有毒蜘蛛，彼此共存共荣。真实景物中即还包含了个比喻，即在特别温暖气候中，能生长高尚理想，也能繁荣腐臭事实。少数人支配欲既得到个充分发展机会，积累了万千不义财富，另外少数人领导欲亦需要寻觅出路，取得若干群众信托。两者照理说本相互对峙，不易混合，但不知如何一来，却又忽然转若可以相互依赖，水乳交融，有钱有势的如某某军阀官僚，对抽象忽发生兴味，装作追求抽象的一群，亦即忽略了目前问题。因之地方便于短短时期中忽然成为民主的温室。到处都可听到有人对于民主的倾心，真真假假却不宜过细追问。银行客厅中挂满了首都名流的丑恶字画，又即在这种客厅中请来另外一些名流作家反复演讲。在这个温室中，真正对学术有贡献，做人也站得住的纯粹知识分子，在国家微薄待遇中，在物价上涨剥削中，无不受尽困辱饥饿，不知何以为生。有些住处还被人赶来赶去。也少有人注意到他们对国家社会战时平时的重要性，或就能力所及从公私各方面谋补救之力。小部分在学识上既无特别贡献，为人还有些问题的，不是从彼一特殊意义中，见得相当活跃，即是从此一微妙关系中，见得相当重要。或相反，或相成，于是到处有国际猜迷的社论，隔靴搔痒的座谈，新式八股的讲演，七拼八凑的主张。凡事都若异常活泼而热烈，背后却又一例寄托于一个相当矛盾的不大不小各种机缘上。一切理想的发芽生根机会，便得依靠一种与理想相反的现实。所以为人之师的，一面在推广高尚的原则，一面亦即在承认并支持一些不甚高尚的现实。一些青年朋友，呼吸此种空气，也就成为一个矛盾混合体。贫穷的子弟多还保有农村的朴质纯粹，非常可爱；官商子弟暴发户，则一面从不拒绝家中得来的不义之财，买原子笔学跳舞，以为时髦不落人后，一面也参加回把朗诵诗晚会，免得思想落伍。由于一时兴奋，什么似乎都能否定，兴奋过后继以沉默，什么似乎又即完全承认。社会一面如此，另一面则又有些人，俨若游离于时代苦闷以外，实亦在时代苦闷之中。即一部分知识分子，平时以儒学自许，自高自卑情绪错综纠结，寂寞难受，思有以自见，即放弃了"子不语怪力乱神"的理性态度，听生命中剩余宗教情绪泛滥，一变而公开为人念咒诵经，打鬼驱魔。还有人从种种暗示中促成家中小孩子白日见神见鬼，且于小小集团中，相互煽惑，相互传染。举凡过去神权社会巫术时代的形形色色，竟无不在着长袍洋装衣冠中复演重生。由藏入滇的喇嘛，穿上朱红明黄缎袍，坐了某委员的厅长吉普车满街兜风，许多有知无知的善男信女，因之即在大法王驻跸处把头磕得个昏昏沉沉，求传法得点灵福。（这些人可绝想不到中甸大庙那个活佛，却是当地唯一钟表修理人！）大约这也分散了些民主的信仰，于是就来了"政治"，又有什么"国特"活动的近乎神迹鬼话的传说，铺张于彼此寒暄里。……试为之偈曰："一切如戏，点缀政治。一切如梦，认真无从。一切现实，背后空虚。仔细分析，转增悲悯。"一切有生，于抵抗、适应、承受由战争而来的抽象具体压力时所见出种种圆景幻象，在有形政权解体以前，固必然如彼如此也。

由于战争太久，大家生活既艰苦又沉闷，国事且十分糟，使人对于现实政治更感到绝望，多少人神经都支持不住，失去了本来的柔韧，因之各以不同方式，谋得身心两面的新的平衡。从深处看，这一切本不足奇。但同是从深处看，"民主温室"之破碎冻结，一变而成为冰窖，自是意中事。这个温室固可望培养滋育某种健康抽象观念，使之经风雨，耐霜雪，但亦可能生成野蒿莠麻。而后者的特殊繁殖性，且将更容易于短时期普遍蔓延，使地面形成一个回复荒芜现象，也是意中事。乡下人便在这个复杂多方的现实中，领略现实，并于回复过程中，认识现实，简简单单过了九年日子。在这段时间中，对于能变更自己重造自己去适应时代，追求理想，终又因为当权者爪牙一击而毁去的朋友，我充满敬意。可是对于另外那些更多的同事，用完全沉默来承当战争所加给于本身的苦难，和工作所受挫折限制，有一时反而被年青人误解，亦若用沉默来否定这个现实的，实抱同样敬意。为的是他们的死，他们的不死，都有其庄严与沉痛。而生者的担负，以及其意义，影响于国家明日尤其重大。我明白，我记住，这对我也即是一种教育。

这是乡下人的第四段旅程，相当长，相当寂寞，相当苦辛。但却依然用那个初初北上向现实学第一课的朴素态度接受下来了。尤其是战事结束前二年，一种新式纵横之术，正为某某二三子所采用，在我物质精神生活同感困难时期，对我所加的诽谤袭击。另一方面，我的作品一部分，又受个愚而无知的检查制度所摧毁。几个最切身的亲友，且因为受不住长时期战争所加于生活的压力，在不同情形下陆续毁去。从普通人看来，我似乎就还是无抵抗，不作解救之方，且仿佛无动于中。然而用沉默来接受这一切的过程中，至少家中有个人却明白，这对我自己，求所以不变更取予态度，用的是一种什么艰苦挣扎与战争！

这其间，世界地图变了。这个前后改变，凡是地下资源所在，人民集中，商业转口，军略必争处，以及广大无垠的海洋和天空，也无不有钢铁爆裂作成的死亡与流血。其继续存在的意义上，无不有了极大分别。即以中国而言，属于有形的局势和无形的人心，不是也都有了大大变更？即以乡下人本身而言，牙齿脱了，头发花了，至于个人信念，却似乎正好用这一切作为测验，说明它已仿佛顽固僵化，无可救药。我只能说，脱掉的因为不结实，听它脱掉。毁去的因为脆弱，也只好随之毁去。为追求现实而有所予，知适应现实而有所取，生活也许会好得多，至少那个因失业而发疯亲戚还可望得救。但是我的工作即将完全失去意义。一个人有一个人的限度，君子豹变既无可望，恐怕是近于夙命，要和这个集团争浑水摸鱼的现实脱节了。这也就是一种战争！即甘心情愿生活败北到一个不可收拾程度，焦头烂额，争取一个做人的简单原则，不取非其道，来否认现代简化人头脑的势力所作的挣扎。我得做人，得工作，二而一，不可分。我的工作在解释过去，说明当前，至于是否有助于未来，正和个人的迂腐顽固处，将一律交给历史结算去了。

国家既落在被一群富有童心的伟大玩火情形中，大烧小烧都在人意料中。历史上玩火者的结果，虽常常是烧死他人时也同时焚毁了自己，可是目前，凡有武力武器的恐都不会那么用古鉴今。可是烧到后来，很可能什么都会变成一堆灰，剩下些寡妇孤儿，以及……但是到那时，年青的一代，要生存，要发展，总还会有一天觉得要另外寻出一条路的！这条路就必然是从"争夺"以外接受一种教育，用爱与合作来重新解释"政治"二字的含义，在这种憧憬中，以及憧憬扩大努力中，一个国家的新生，进步与繁荣，也会慢慢来到人间的！在当前，在明日，我们若希望那些在发育长成中的头脑，在僵化硬化以前，还能对现实有点否定作用，而又勇于探寻能重铸抽象，文学似乎还能作点事，给他们以鼓励，以启示，以保证，他们似乎也才可望有一种希望和勇气，明日来在这个由于情绪凝结自相残毁所作成的尸骨瓦砾堆积物上，接受持久内战带来的贫乏和悲惨，重造一个比较合理的国家！

我回来了，回到离开了九年相熟已二十五年的北京大城中来了。

一切不同，一切如旧。从某方面言，二十年前军阀政客议员官僚的种种，都若已成陈迹，已成过去。这种过去陈迹的叙述，对于一个二十岁左右的年青朋友，即已近于一种不可信的离奇神话，竟不象真有其人真有其事。但试从另一角度看看，则凡是历史上影响到人类那个贪得而无知的弱点，以及近三十年来现代政治，近八年的奴役统治共同培养成功的一切弱点，却又象终无从消失，只不过象是经过一种压缩作用，还保存得上好，稍有机会即必然会慢慢膨胀，恢复旧观。一不小心，这些无形无质有剧性毒的东西，且能于不知不觉间传染给神经不健全身心有缺陷抵抗力又特别脆弱的年青人。受传染的特征约有数种，其一即头脑简化而统一，永远如在催眠中，生活无目的无理想，年龄长大出洋留学读一万卷书后，还无从救济那个麻木呆钝。另外一种，头脑组织不同一点，又按照我那些老熟人活动方式，变成一个小华威先生①，熟习世故哲学，手提皮包，打磨得上下溜光，身分和灵魂都大同小异，对生命也还是无目的，无信心。……提到这个典型人时，如从一个写小说的因材使用观说来，本应当说这纵不十分可爱，也毫不什么可憎。复杂与简单，我都能欣赏，且将由欣赏而相熟共事。可是若从一个普通人观点想想，一个国家若有一部分机构，一部分人，正在制造这种一切场面上都可出现的朋友，我们会不会为这个国家感到点儿痛苦和危惧？

国家所遭遇的困难虽有多端，而追求现实、迷信现实、依赖现实所作的政治空气和倾向，却应该负较多责任，当前国家不祥的局势，亦即由此而形成，而延长，而扩大。谁都明知如此下去无以善后，却

---

① 华威先生是作家张天翼短篇小说《华威先生》中的主人公。他是一个自命不凡、刚愎自用的国民党官僚。

依然毫无真正转机可望，坐使国力作广泛消耗，作成民族自杀的悲剧。这种悲剧是不是还可望从一种观念重造设计中，作点补救工作？个人以为现实虽是强有力的巨无霸，不仅支配当前，还将形成未来。举凡人类由热忱理性相结合所产生的伟大业绩，一与之接触即可能瘫痪圮坍，成为一个无用堆积物。然而我们却还得承认，凝固现实，分解现实，否定现实，并可以重造现实，唯一希望将依然是那个无量无形的观念！由头脑出发，用人生的光和热所蓄聚综合所作成的种种优美原则，用各种材料加以表现处理，彼此相粘合，相融汇，相传染，慢慢形成一种新的势能、新的秩序的憧憬来代替。知识分子若缺少这点信心，那我们这个国家，才当真可说是完了！

　　人人都说北平是中国的头脑，因为许多人能思索，且能将知识和理性有效注入于年青一代健康头脑中。学校次第复员，说明这头脑又将起始负起了检讨思索的责任。看看今年三万学生的投考，宜使人对于这头脑的如何运用，分外关心。

　　北平天空依然蓝得那么令人感动，阳光明朗空气又如此清新。间或从一个什么机关门外走过，看到那面青天白日满地红的国旗，总象是有点象征意味，不免令一些人内心感到点渺茫烦忧，又给另外一些人于此中怀有一些希冀。这些烦忧和希冀，反应到普通市民情绪中，或者顷刻间即消失无余，注入年青学生头脑里，很显然即会有作用。北平市目前有将近二万的大学生，情绪郁结比生活困苦还严重，似乎即尚无人想到，必须加以疏理。若缺少有效的安排，或听其漫无所归，实非国家民族之福，反而将悲剧延长。"学术自由"一名词，已重新在这个区域叫得很响，可见对于它国人寄托了多少希望。名词虽若相当空泛，原则的兑现，实应为容许与鼓励刚发育完成的头脑，吹入一点清新活泼自由独立的空气。使之对于自己当前和未来，多负点责任。能去掉依赖的自然习惯，受奴役麻醉的强迫习惯，对现实的腐朽气味和畸形状态，敢怀疑，敢否认，并仔细检讨现实，且批评凡用武力支持推销的一切抽象。若这种种在目前还近于一种禁忌，关涉牵连太多如何努力设法除去不必要的禁忌，应当是北平头脑可作的事，也是待发展的文学思想运动必需担当的事。

夜深人静，天宇澄碧，一片灿烂星光所作成的夜景，庄严美丽实无可形容。由常识我们知道每一星光的形成，其实都相去悬远，零落孤单，永不相及。然而这些星光虽各以不同方式而存在，又仍若各自为一不可知之意志力所束缚，所吸引，因而形成其万分复杂的宇宙壮观。人类景象亦未尝不如是。温习过去，观照当前，悬揣未来，乡下人当检察到个人生命中所保有的单纯热忱和朦胧信仰，二十五年使用到这个工作上，所作成的微末光芒时徘徊四顾，所能看到的，亦即似乎只是一片寥廓的虚无。不过面对此虚无时，实并不彷徨丧气，反而引起一种严肃的感印。想起人类热忱和慧思，在文化史上所作成的景象，各个星子煜煜灼灼，华彩耀目，与其生前生命如何从现实脱出，陷于隔绝与孤立，一种类似宗教徒的虔敬皈依之心，转油然而生。

我这个乡下人似乎得开始走第三站路了。昔人说，"德不孤，必有邻"。证明过去，推想未来，这种沉默持久的跋涉，即永远无个终点，也必然永远会有人同时或异代继续走！去再走个十年八年，也许就得放下笔长远休息了。"大块劳我以生，息我以死。"玩味蒙庄之言，使人反而增加从容。二十年来的学习，担当了一个"多产作家"的名分，名分中不免包含了些嘲讽意味，若以之与活动分子的相反成就比，实更见出这个名分的不祥。但试想想，如果中国近二十年多有三五十个老老实实的作家，能忘却普遍成败得失，肯分担这个称呼，即或对于目下这个乱糟糟的社会，既无从去积极参加改造，也无望消极去参加调停，惟对于文学运动理想之一，各自留下点东西，作为后来者参考，或者比当前这个部门的成就，即丰富多了。二十五年前和我这个亲戚的对话，还在我生命中，信仰中。二十五年前我来这个大城中想读点书，结果用文字写成的好书，我读得并不多，所阅览的依旧是那本用人事写成的大书。现在又派到我来教书了。说真话，若书本只限于用文字写成的一种，我的职业实近于对尊严学术的嘲讽。因国家人材即再缺少，也不宜于让一个不学之人，用文字以外写成的书来胡说八道。然而到这里来我倒并不为亵渎学术而难受。因为第一次送我到学校去的，就是北大主持者胡适之先生。一九二九年，他在中国公学作校长时，就给了我这种机会。这个大胆的尝试，也可说是适之先生尝试的第二集，因为不特影响到我此后的工作，更重要的还是影响我对工作的态度，以及这个态度推广到国内相熟或陌生师友同道方面去时，慢慢所引起的作用。这个作用便是"自由主义"在文学运动中的健康发展，及其成就。这一点如还必需扩大，值得扩大，让我来北大作个小事，必有其意义，个人得失实不足道，更新的尝试，还会从这个方式上有个好的未来。

惟在回到这里来一个月后，于陌生熟识朋友学生的拜访招邀上，以及那个充满善意、略有幽默的种种访问记的刊载中，却感到一种深深的恐惧。北平号称中国的头脑，这头脑之可贵，应当包含各部门专家丰富深刻知识的堆积。以一个大学言来，值得我们尊敬的，有习地质的，学生物的，治经济政治的，弄教育法律的，即文史部门也还有各种学识都极重要。至于习文学，不过是学校中一个小小部门，太重视与忽视都不大合理。与文学有关的作家，近二十年来虽具有教育兼娱乐多数读者的义务，也即已经享受了些抽象的权利，即多数的敬爱与信托。若比之于学人，又仿佛显得特别重要。这实在是社会一种错觉。这种错觉乃由于对当前政治的绝望，并非对学术的真正认识关心。因为在目前局势中，在政治高于一切的情况中，凡用武力推销主义寄食于上层统治的人物，都说是为人民，事实上在朝在野却都毫无对人民的爱和同情。在企图化干戈为玉帛调停声中，凡为此而奔走的各党各派，也都说是代表群众，仔细分析，却除了知道他们目前在奔走，将来可能作部长、国府委员，有几个人在近三十年，真正为群众做了些什么事。当在人民印象中。又曾经用他的工作，在社会上有以自见？在习惯上，在事实上，真正丰富了人民的情感，提高了人民的觉醒，就还是国内几个有思想，有热情，有成就的作家。在对现实濒于绝望情形中，作家因之也就特别取得群众真实的敬爱与信托。然而一个作家若对于国家存在与发展有个认识，却必然会觉得工作即有影响，个人实不值得受群众特别重视。且需要努力使多数希望，转移到那个多数在课堂，在实验室，在工作场，在一切方面，仿佛沉默无闻，从各种挫折困难中用一个素朴态度守住自己，努力探寻学习的专家学人，为国家民族求生存求发展所作的工作之巨大而永久。一个作家之所以可贵，也即是和这些人取同一沉默谦逊态度，从事工作，能将这个忠于求知敬重知识的观念特别阐扬。这是我在学校里从书本以外所学得的东西，也是待发展的一种文学理论。

我希望用这个结论，和一切为信仰为理想而执笔的朋友互学互勉。从这结论上，也就可以看出一个乡下人如何从现实学习，而终于仿佛与现实脱节，更深一层的意义和原因！

十月二十七日

二十年代的中国新文学

——一九八〇年十一月七日在美国哥伦比亚大学的讲演

各位先生，各位朋友，多谢大家好意，让我今生有机会来到贵校谈谈半个世纪以前，我比较熟悉的事情和个人在这一段时间中（工作、生活、学习）的情况。在并世作家中，已有过不少的叙述，就是提及我初期工作情形的也有些不同的叙述。近年来香港刊物中发表的，也多充满了好意。据我见到得来的印象，有些或从三十年代上海流行的小报上文坛消息照抄而成，有些又从时代较晚的友好传述中得来，极少具体明白当时社会环境的背景。所以即或出于一番好意，由我看来，大都不够真实可信，以至于把握不住重点，只可供谈天用，若作为研究根据，是不大适当的。特别是把我学习写作的成就说的过高，更增我深深的惭愧。因此我想自己来提供一点回忆材料，从初到北京开始。正如我在四十年前写的一本自传中说的，"把广大社会当成一本大书看待"，如何进行一种新的学习教育情形，我希望尽可能压缩分成三个部分来谈谈：

一是初来时住前门外"酉西会馆"那几个月时期的学习。

二是迁到北大沙滩红楼附近一座小公寓住了几年，在那小环境中的种种。

三是当时大环境的变化，如何影响到我的工作，和对于工作的认识及理解。

这三点都是互相联系，无法分开的。

我是在一九二二年夏天到达北京的。照当时习惯，初来北京升学或找出路，一般多暂住在会馆中，凡事有个照料。我住的酉西会馆由清代上湘西人出钱建立，为便利入京应考进士举人或候补知县而准备的，照例附近还有些不动产业可收取一定租金作为修补费用。大小会馆约二十个房间，除了经常住些上湘西十三县在京任职低级公务员之外，总有一半空着，供初来考学校的同乡居住。我因和会馆管事有点远房表亲关系，所以不必费事，即迁入住下。乍一看本是件小事，对我说来，可就不小，因为不必花租金。出门向西走十五分钟，就可到达中国古代文化集中地之一——在世界上十分著名的琉璃厂。那里除了两条十字形街，两旁有几十家大小古董店，小胡同里还有更多不标店名、分门别类包罗万象的古董店，完全是一个中国文化博物馆的模样。我当时虽还无资格走进任何一个店铺里去观光，但经过铺户大门前，看到那些当时不上价的唐、宋、元、明破瓷器和插在铺门口木架瓷缸的宋元明清"黑片"画轴，也就够使我忘却一切，神往倾心而至于流连忘返了。向东走约二十分钟，即可到前门大街，当时北京的繁华闹市，一切还保留明清六百年市容规模。各个铺子门前柜台大都各具特征，金碧辉煌，斑驳陆离，令人眩目。临街各种饮食摊子，为了兜揽生意、招引主顾，金、石、竹、木的各种响器敲打得十分热闹，各种不同叫卖声，更形成一种大合唱，使得我这个来自六千里外小小山城的"乡下佬"，觉得无一处不深感兴趣。且由住处到大街，共有三条不同直路，即廊房头、二、三条。头条当时恰是珠宝冠服以及为明清两朝中上层阶级服务而准备的多种大小店铺。扇子铺门前罗列著展开三尺的大扇面，上绘各种彩绘人物故事画，内中各种材料作成的新旧成品，团扇、纨扇、摺子扇更罗列万千，供人选用。廊房二条则出售珠玉、象牙、犀角首饰佩件，店面虽较小，作价成交，却还动以千元进出。还到处可以看到小小作坊，有白发如银琢玉器工人，正在运用二千年前的简单圆轮车床作玉器加工，终使它成为光彩耀目的珠翠成品。这一切，都深深吸引住我，使得我流连忘返。

当时走过前门大街进入东骡马市大街，则又俨然换了另一世界，另一天地。许多店铺门前，还悬挂着"某某镖局"三尺来长旧金字招牌，把人引入《七侠五义》故事中。我的哥哥万里寻亲到热河赤峰一带走了半年，就是利用这种镖局的保险凭证，坐骡车从古北口出关的！我并且还亲眼见到用两只骆驼抬一棚轿参差而行，准备上路远行。我还相信上面坐的不是当年的能仁寺的十三妹就可能是当时小报正在刊载、引人注目的北京大盗燕子李三！总之，这种种加起来，说它象是一个明清两代六百年的人文博物馆，也不算过分！至于向南直到天桥，那就更加令人眼花缭乱。到处地摊上都是旧官纱和过了时的缎匹材料，用比洋布稍贵的价钱叫卖。另一处还拿成堆的各种旧皮货叫卖。内中还到处可发现外来洋货，羽纱、倭绒、哔叽、咔喇，过了时的衣裙。总之，处处都在说明延长三百年的清王朝的覆灭，虽只有十多年，粘附这个王朝而产生的一切，全部已报废，失去了意义。一些挂货店内代表王族威严的三眼花翎和象征达官贵族地位的五七叶白芝麻鹏翎羽扇，过去必需二百两官银才到手的，当时有个三五元就可随时成交。

但是进出这些挂货铺，除了一些外国洋老太太，一般人民是全不感兴趣的。此外还有夜市晓市，和排日轮流举行的庙会，更可增长我的见闻。总的印象是北京在变化中，正把附属于近八百年建都积累的一切，在加速处理过程中。我在这个离奇环境里，过了约半年才迁到北京大学附近沙滩，那时会馆中人家多已升了小小煤炉。开始半年，在一种无望无助孤独寂寞里，有一顿无一顿的混过了。但总的说来，这一段日子并不白费，甚至于可说对我以后十分得益。而且对于我近三十年的工作，打下了十分良好的基础。可以说是在社会大学文物历史系预备班毕了业。但是由于学习方法和一般人不相同，所以帮助我迁移到北大红楼附近去住的表弟黄村生，还认为我迁近北大，可多接近些五四文化空气，性情会更开朗些。表弟年龄虽比我小两岁多，可是已是农业大学二年级学生，各方面都比我成熟得多。有了他，我后来在农大经常成为不速之客，一住下就是十天半月，并因此和他同宿舍十二个湖南同学都成了朋友。正如在燕大方面，同董秋斯相熟后，在那里也结识了十多个朋友，对我后来工作，都起过一些好影响。

我是受"五四"运动的余波影响，来到北京追求"知识"实证"个人理想"的。事实上，我的目标并不明确，理想倒是首先必需挣扎离开那个可怕环境。因为从辛亥前夕开始，在我生长的小小山城里，看到的就总是杀人。照清代法律，一般杀人叫"秋决"，犯死刑必由北京决定，用日行三百里的快驿"鸡毛文书"，急送请兵备道备案处理。行刑日，且必在道尹衙门前放三大炮。如由知事监护，且必在行刑后急促返回城隍庙，执行一场戏剧性的手续，由预伏在案下的刽子手，爬出自首，并说明原因。知事一拍惊堂木，大骂一声"乡愚无知"，并喝令差吏形式上一五一十打了一百板，发下了一两碎银赏号，才打道回衙，缴令完事。但是我那地方是五溪蛮老巢，苗民造反的根据地，县知事也被赋予杀人特权，随时可用站笼吊死犯小罪苗民。我从小就看到这种残暴虐杀无数次。而且印象深刻，永世忘不了。加上辛亥前夕那一次大屠杀，和后来在军队中的所见，使我深深感觉到谁也无权杀人。尽管我在当时情况下，从别人看来工作是"大有前途"，可是从我自己分析，当时在一个军部中，上面的"长字"

号人物，就约有四十三个不同等级长官压在我头上。我首先必须挣脱这种有形的"长"和无形的压力，取得完全自由，才能好好处理我的生命。所以从家中出走。有了自由才能说其他。到北京虽为的是求学，可是一到不久，就不作升学考虑。因为不久就听人说，当时清华是最有前途的学校，入学读两年"留学预备班"，即可依例到美国。至于入学办法，某一时并未公开招考，一切全靠熟人。有人只凭一封介绍信，即免考入学。至于北大，大家都知道，由于当时校长蔡元培先生的远见与博识，首先是门户开放，用人不拘资格，只看能力或知识。最著名的是梁漱溟先生，先应入学考试不录取，不久却任了北大哲学教授。对于思想也不加限制，因此陈独秀、胡适之、李大钊诸先生可同在一校工作。不仅如此，某一时还把保皇党辜鸿铭老先生也请去讲学。我还记得很清楚，那次讲演，辜先生穿了件缃色小袖绸袍，戴了顶青缎子加珊瑚顶瓜皮小帽，系了根深蓝色腰带。最引人注意的是背后还拖了一条细小焦黄辫子。老先生一上堂，满座学生即哄堂大笑。辜先生却从容不迫地说，你们不用笑我这条小小尾巴，我留下这并不重要，剪下它极容易。至于你们精神上那根辫子，据我看，想去掉可很不容易！因此只有少数人继续发笑，多数可就沉默了。这句话给我留下十分深刻的印象。从中国近五十年社会发展来看看，使我们明白近年来大家常说的"封建意识的严重和泛滥"，影响到国家应有的进步，都和那条无形辫子的存在息息相关。这句话对当时在场的人，可能不多久就当成一句"趣话"而忘了。我却引起一种警惕，得到一种启发，并产生一种信心：即独立思考，对于工作的长远意义。先是反映到"学习方法"上，然后是反映到"工作态度"上，永远坚持从学习去克服困难，也永远不断更改工作方法，用一种试探性态度求取进展。在任何情形下，从不因对于自己工作的停顿或更改而灰心丧气，对于人的愚行和褊执狂就感到绝望。也因此，我始终认为，做一个作家，值得尊重的地方，不应当在他官职的大而多，实在应当看他的作品对于人类进步、世界和平有没有真正的贡献。

其实当时最重要的，还是北大学校大门为一切人物敞开。这是一种真正伟大的创举。照当时校规，各大学虽都设有正式生或旁听生的一定名额，但北大对不注册的旁听生，也毫无限制，因此住在红楼附近求学的远比正式注册的学生多数倍，有的等待下年考试而住下，有的是本科业已毕业再换一系的，也有的是为待相熟的同学去同时就业的，以及其他原因而住下的。当时五四运动著名的一些学生，多数各已得到国家或各省留学生公费分别出国读书，内中俞平伯似乎不久即回国，杨振声先生则由美转英就学，于三四年后回到武汉高等师范学校教书，后又转北大及燕京去教书。一九二八至（一九）二九年时清华学校由罗家伦任校长，杨振声任文学院长，正式改清华大学为一般性大学，语文学院则发展为文学院。

有人说我应考北大旁听生不成功，是不明白当时的旁听生不必考试就可随堂听讲的。我后来考燕大二年制国文班学生，一问三不知，得个零分，连两元报名费也退还。三年后，燕大却想聘我作教师，我倒不便答应了。不能入学或约我教书，我都觉得事情平常，不足为奇。正如一九二五年左右，我投稿无出路，却被当时某编辑先生开玩笑，在一次集会上把我几十篇作品连成一长段，摊开后说，这是某某大作家的作品！说完后，即扭成一团投入字纸篓。这位编辑以后却作县长去了。有人说我作品得到这位大编辑的赏识，实在是误传。我的作品得到出路，恰是《晨报》改组由刘勉己、瞿世英相继负责，作品才初次在《小公园》一类篇幅内发表。后来换了徐志摩先生，我才在副刊得到经常发表作品机会。但至多每月稿费也不会过十来元。不久才又在《现代评论》发表作品，因此有人就说我是"现代评论派"，其实那时我只二十三四岁，一月至多二三十元收入，那说得上是什么"现代评论派"？作品在《新月月刊》发表，也由于徐志摩先生的原因，根本不够说是"新月派"的。至于《小说月报》，一九二八年由叶绍钧先生①负责，我才有机会发表作品。稍后《东方杂志》也发表了我的作品，是由胡愈之、金仲华二先生之邀才投稿的。到三十年代时，我在由施蛰存编的《现代》，傅东华编的《文学》都有作品。以文学为事业的因此把我改称"多产作家"，或加上"无思想的作家""无灵魂的作家"，名目越来越新。这些"伟大"批评家，半世纪来，一个二个在文坛上都消灭了，我自己却才开始比较顺利掌握住了文字，初步进入新的试探领域。

我从事这工作是远不如人所想的那么便利的。首先的五年，文学还掌握不住，主要是维持一家三人的生活。为了对付生活，方特别在不断试探中求进展。许多人都比我机会好、条件好，用一种从容玩票方式，一月拿三四百元薪水，一面写点什么，读点什么，到觉得无多意思时，自然就停了笔。当然也有觉得再写下去也解决不了社会问题，终于为革命而牺牲的，二十年代初期我所熟悉的北大、燕大不少朋友，就是这样死于革命变动中的。也有些人特别聪明，把写作当作一个桥梁，不多久就成了大官的。只有我还是一个死心眼笨人，始终相信必需继续学个三五十年，才有可能把文字完全掌握住，才可能慢慢达到一个成熟境地，才可能写出点比较象样的作品。可是由于社会变化过于迅速，我的工作方式适应不了新的要求，加上早料到参加这工作二十年，由于思想呆滞顽固，与其占据一个作家的名分，成为

---

① 即叶圣陶先生。

少壮有为的青年一代挡路石，还不如即早让路，改一工作，对于个人对于国家都比较有意义。因此就转了业，进入历史博物馆工作了三十年。

我今年七十八岁，依照新规定，文物过八十年即不可运出国外，我也快到禁止出口文物年龄了。……所以我在今天和各位专家见见面，真是一生极大愉快事。

从新文学转到历史文物

——一九八〇年十一月二十四日在美国圣若望大学的讲演 ①

各位先生，各位女士，各位朋友：

我是一个没有读过书的人，今天到贵校来谈谈，不是什么讲演，只是报告个人在近五十年来，尤其是从（二十世纪）二十到三十年代，由于工作、学习的关系，多少一点认识。谈起来都是很琐碎的，但是接触的问题，却是中国近五十年来变化最激烈的一个阶段——二十年代的前期到三十年代。

我是从一个地图上不常见的最小的地方来的，那个地方在历史上来说，就是汉代五溪蛮所在的地方，到十八世纪才成立一个很小的政治单位，当时不过是一个三千人不到的小城，除了一部分是军队，另一部分就是充军的、犯罪的人流放的地方。一直到二十世纪二十年代，这小镇的人口还不到一万人，但是这小地方却驻了七千个兵，主要就是压迫苗民的单位。因此我在很小的时候，就有机会常见大规模的屠杀，特别是辛亥革命那段时间。这给我一个远久的影响——就是认为不应有战争，特别是屠杀，世界上任何人都没有权利杀别一个人。

这也就影响到我日后五十年的工作态度，在无形中就不赞成这种

---

① 圣若望大学即圣约翰大学。

不公正的政治手段。到了我能够用笔来表达自己意见的时候，我就反映这个问题。但是社会整个在大动乱中间，我用笔反映问题的理想工作就难以为继了。照着原来的理想，我准备学习个五十年，也许可算是毕业，能作出点比较能满意的成绩。但是时代的进展太快了，我才学习了二十年，社会起了绝大的变化，我原来的工作不易适应新形势的要求，因此转了业，这就是近三十年来，我另换了职业的原因。

今天回看二十年代以来二十多年的中国文学的发展，真是问题太多了。我是在大学教这个问题，教了二十年，现在要把那么长一段时间的各种变动，压缩到不到一个钟头来讲，仅仅只能谈个大略的印象，所以会有很多欠缺的地方。现在，我们新国家有很多的有关"五四"以来的专著都在编写，我只能谈到很少的部分，即是与我的学习和工作有关的一部分。

我是一九〇二年生的，一九二二年到了北京。这之前，我当了五年小兵，当时所见的对我以后的写作有密切的关系。这段时间，正是近代中国史上所说最混乱、腐败的军阀时代，从地方上很小的军阀以至北京最大的军阀的起来和倒台，我都有比较清楚的印象。

刚到北京，我连标点符号都还不知道。我当时追求的理想，就是五四运动提出来的文学革命的理想。我深信这种文学理想对国家的贡献。一方面或多或少是受到十九世纪俄国小说的影响。到了北京，我就住到一个很小的会馆，主要是不必花钱。同时在军队中养成一种好习惯，就是，没有饭吃全不在乎。这可不容易，因为任何的理想到时候都要受损伤的。但是我在军队久了，学得从来不因为这个丧气。这也就是后来住到了北京大学附近，很快就得到许多朋友赞许的原因。北京的冬天是零下十几度，最低到零下二十多度，我穿着很薄的单衣，就在那里呆下去了。别人不易了解，在我而言，却是很平常的。

我从不丧气，也不埋怨，因为晓得这个社会向来就是这样的。

当然，仅是看看《红楼梦》，看看托尔斯泰的作品，是不会持久的。主要是当时一些朋友给我鼓励和帮助，包括三个大学：北京大学，燕京大学和农业大学。当我实在支持不下去的时候，我就靠着它们，做个不速之客。在这种情况下，有许多对社会有更深了解的人都觉得非革命不可。我是从乡下来的，就紧紧地抓着胡适提的文学革命这几个字。我很相信胡适之先生提的：新的文体能代替旧的桐城派、鸳鸯蝴蝶派的文体。但是这个工作的进行是需要许多人的，不是办几本刊物，办个《新青年》，或凭几个作家能完成，而是应当有许多人用各种不同的努力来试探，慢慢取得成功的。所以我的许多朋友觉得只有"社会革命"能够解决问题，我是觉悟得比较晚的，而且智能比较低，但是仍能感觉到"文学革命"这四个字给我印象的深刻，成为今后文学的主流。按照当时的条件来讲，我不可能参加这样的工作，我连标点符号还不懂，唯一的可能是相信我的一双眼睛和头脑，这是我早年在军队生活里养成的习惯，对人世的活动充满了兴趣。

恰好住的地方是北京前门外一条小街上，向右走就是文化的中心，有好几百个古董店。现在看来，可以说是三千年间一个文化博物馆。大约十五分钟就可从家走到那里，看到所要看的一切。向左边走二十分钟又到了另外一个天地，那里代表六个世纪明朝以来的热闹市集，也可以说是明清的人文博物馆。因为这个时期仅仅隔宣统逊位十二年，从十七世纪以来，象征皇朝一切尊严的服装器物，在这里都当成废品来处理，象翡翠、玛瑙、象牙、珍珠等，无所不有。一面是古代的人文博物馆，上至三四千年前的东东西西；一面是前门的大街，等于是近代的人文博物馆，所以于半年时间内，在人家不易设想的情形下，我很快学懂了不少我想学习的东西。这对我有很深的意义，可说是近三十年我转进历史博物馆研究文物的基础。因为，后来的年轻人，已不可能有这种好机会见到这么多各种难得的珍贵物品的。

按照社会习惯来说，一个人进了历史博物馆，就等于说他本身已成为历史，也就是说等于报废了。但对我来说，这是一个机会，可以具体地把六千年的中华文物，劳动人民的创造成果，有条理有系统地看一个遍。从个人来说，我去搞考古似乎比较可惜，因为我在写作上已有了底子；但对国家来说，我的转业却是有益而不是什么损失，因为我在试探中进行研究的方法，还从来没有人做过。

我借此想纠正一下外面的传说。那些传说也许是好意的，但不太正确，就是说我在新中国成立后，备受虐待、受压迫，不能自由写作，这是不正确的。实因为我不能适应新的要求，要求不同了，所以我就转到研究历史文物方面。从个人认识来说，觉得比写点小说还有意义。因为在新的要求下，写小说有的是新手，年轻的、生活经验丰富、思想很好的少壮，能够填补这个空缺，写得肯定会比我更好。但是从文物研究来说，我所研究的问题多半是比较新的问题，是一般治历史、艺术史、作考古的、到现在为止还没有机会接触过的问题。我个人觉得：这个工作若做得基础好一点，会使中国文化研究有一个崭新的开端，对世界文化的研究也会有一定的贡献。因为文化是整体的，不是孤立的。研究的问题上溯可到过去几千年，但是它新的发展，在新的社会，依然有它的用处。这并不是我个人有什么了不得的长处，主要还是机会好，条件好。在文物任何一部门：玉器、丝绸、漆器、瓷器、纸张、金属加工……都有机会看上十万八万的实物。那时又正当我身体还健康，记忆力特别好的时候。可惜我这次出国过于匆忙，没来得及带上一些小的专题来与各位讨论。若将来有机会我能拿我研究中比较有头绪的一、二十个专题来，配上三五十个幻灯片，我相信各位一定会有兴趣的。

因为我们新的国家，对文物的管理和保护都有明文规定，随着国家工业、农业的建设，已大规模地发现古物。整个来说就是把中国的文化起源，往前推进了约两千年。根据最近的发现，大约在四千年前就懂得利用黄金，同时也有了漆器、丝绸的发明，而且也知道那时候服饰上的花纹设计。我的工作就是研究这四千年来丝绸上花纹的发展。因为研究丝绸的关系，也同时使我研究起中国的服饰基本图案。最近已出版了一个集子，将来很可能会另外出些不同问题的专书。我今年已七十八岁了，在我兴趣与精力集中下，若是健康情形还好，在新条件下我至少可望还工作五六年。

我举个大家会感兴趣的例子：在商朝，大约是公元前十六世纪，从新出土文物中，就知道女士们的头发是卷的。因为材料多，我研究是用新的方法来做，先不注意文献，只从出土的材料来看问题；不谈结论，先谈实物，以向各部门提供最新资料。这只算是为其他各研究部门打打杂，作后勤工作，说不上什么真正研究的成绩。

现在在国外的朋友以及在台湾的兄弟们，希望各位有机会回去看看。每个人都知道中国有所谓《二十五史》，就没有人注意现在从地下发掘的东西，比十部《二十五史》还要多。那些有兴趣研究中国文化史、艺术史与工艺史的朋友，都值得回去看看。任何部门都有大量的材料，存放在各省博物馆的库房里，等待有心人来整理和研究。这大多数都是过去文献上从没提到的，我们也只是进行初步的探索。但这工作明显需要大量的对中国文化有兴趣的朋友来共同努力。这种研究的深入进展，十分显明是可以充实、丰富、纠正《二十五史》不足与不确的地方，丰富充实以崭新内容。文献上的文字是固定的，死的，而地下出土的东西却是活的，第一手的和多样化的。任何研究文化、历史的朋友，都不应当疏忽这份无比丰富宝藏。

可惜的是，到目前为止，中国本身的事情太多了，再加上最近十年的动乱，许多工作有点来不及注意处理。直到最近几年才给予它应有的注意。在座中大约有研究明清史料的。仅就这个问题而言，我们尚有一千万件历史档案有待整理和研究。根据中国社会科学院历史研究所的同事说，光是这方面就需要有一百个历史研究员研究一百年。

大家都知道敦煌、龙门、云岗 ① 三个石窟，是中国中古以来的文化艺术的宝藏。其实还有更多的史前和中古近古的壁画出土，将来都会逐渐公诸于世的。照过去的习惯，我们多以为对汉唐文物已知道了很多；但从新出土的文物来比证，就发现我们从前知道的实在还太少。例如在文献上虽常常提及唐代妇女的服饰，但它究竟是怎么回事，实并不明确。因为文献只有相对可靠性，不够全面。那么现在不甚费力就能分辨出初唐（武则天时代）、盛唐（杨贵妃时代）与晚唐（崔莺莺时代）妇女服饰基本上的不同。所以这些研究从大处说，不仅可以充实我们对于中国民族文化史的知识，从小处说，也可以帮助我们纠正对许多有名的画迹、画册在年代上的鉴定。这也就是我虽快到八十岁，根本没想到退休的原因。我希望最少能再作十年这种研究，而且将来能有机会拿文物研究中一些专题向在座各位专家朋友请教。

刚才金介甫教授对我的工作夸奖似太过了，我其实是个能力极低的人，若说有点好处，那就是揪住什么东西就不轻易放过。这是金岳

---

① 指大同云冈石窟。

霖教授对我的评语。我也希望再用这种精神，多研究个五年、十年。至于我的文学作品，应当说，都早已过时了。中国情况和世界其他国家的情况不同，它变化得太快了，真如俗话说的："三年一小变，十年一大变。"我的一切作品，在三十年前就已过时了。今天只能说，我曾在文字比较成熟的三十年代前后，留下一些社会各方面的平常故事。现在已是八十年代！

许多在日本、美国的朋友，为我不写小说而觉得惋惜，事实上并不值得惋惜。因为社会变动太大，我今天之所以有机会在这里与各位谈这些故事，就证明了我并不因为社会变动而丧气。社会变动是必然的现象。我们中国有句俗话说："塞翁失马，焉知非福！"在中国近三十年的剧烈变动情况中，我许多很好很有成就的旧同行，老同事，都因为来不及适应这个环境中的新变化成了古人。我现在居然能在这里很快乐的和各位谈谈这些事情，证明我在适应环境上，至少作了一个健康的选择，并不是消极的退隐。特别是国家变动大，社会变动过程太激烈了，许多人在运动当中都牺牲后，就更需要有人更顽强坚持工作，才能够保留下一些东西。在近三十年社会变动过程中，外面总有传说我有段时间很委屈、很沮丧；我现在站在这里谈笑，那些曾经为我担心的好朋友，可以不用再担心！我活得很健康，这可不能够作假的！我总相信：人类最后总是爱好和平的。要从和平中求发展、得进步的。中国也无例外这么向前的。

听众问："请问沈老，您最近出版的第一部大作，可在什么地方买到？"

沈先生答：最近在香港印行的是有关服饰的。这部稿子在文革期间几乎被烧掉。书名是《中国古代服饰研究》，是当时周恩来总理给我的一个任务，在一九六四年就完成了。有二十多万字说明，四百多张图片，从商朝到清初，前后有三千多年。不久将来或许将有英、日译文本了。但里面应用的材料可能太深了点，不大好懂，在翻译中将有些删减。我倒希望有些版本能不删减，可作为研究资料用；许多问题还有待讨论。

我的第二个文物集子也在进行中，到底是用断代好呢？还是分类好？现在还没决定。这工作现在来做，条件实在很好，也得到相当多的经费，给了两个副研究员的名额，但助手选择也并不容易，他必定要知道历史，知道文物，必须具有各方面的知识，还得有文学和艺术知识，才能综合资料，提出新的看法。这种人员的训练很不容易。资料分散在全国各地，一切东西都是崭新的。举例来说：过去我们以为铜器上的镶金银是源于春秋战国时代，现在知道在商朝就有了。另外，我还对于中国使用镜子用了点心，二十多年前编过一本《唐宋铜镜》。镜子，过去也以为是春秋战国产物，现在出土的商朝镜子就有七八面，三千三百年前就有镜子了。

又如马王堆出土的花纱衣服，一件只有四十八克重，还不到一两。象同样的文物，中国近代出土的实有万千种。工艺上所达到的水平，多难于令人设想的精美。许多工作都在进行中。我们大家对秦始皇墓中的兵马俑都很感兴趣，在中国，类似的新文物有很多很多。另外朱洪武第十七太子在山东的陵墓 ①，大家以为是明朝初年的，其实也并不全是，我们搞服装的从大量殉葬泥俑就知道，当差的服装多半还照元朝的官服，牵马人的服装又是照宋朝的官服。原因是中国历来各朝代常将前一朝代最高贵品级的服饰，规定为本朝最低贱人的服饰，表示对于前一朝代的凌辱。又如北朝在洛阳建

---

① 朱洪武即明太祖朱元璋。"十七太子"应为"十七王子"。

都，力求华化，帝王也戴"漆纱笼冠"，一直沿用下来，但到了唐朝，漆纱笼冠都是较低品级的官吏服用。这就是我说的，我虽"不懂政治"，但这些涉及政治的问题，却不能不懂一点。(幸好只懂得这么一点点，要懂得稍多，这时我也许不会到这里来谈话了。)

新晴集

《新晴集》本集为新编，分别收录作者1961年
冬去庐山参观时创作的古体诗，及1961年12
月至1962年春参观井冈山时创作的古体诗。

井冈诗草

井冈山清晨

鸡鸣天初曙，白雾迷清晓，
不闻鸟雀喧，静极境转峭。
回念思畴昔，心绪如萦绕。

廿户秦余民，长与世隔绝，
山高地贫瘠，市远人朴质，
夏寒犹向火，秋收但颗粒。
忽见山茶开，始知严冬逼，
杜鹃满山红，还报春消息。
四季递相送，谋生感计拙。
还温老杜诗，千载同煎迫。

洪涛浸洪都，烽火连天红，
揭竿革世运，惊雷闻遥空。
父老交传言，大战转粤东，
中原争逐鹿，难知雌与雄。

余波荡陵谷，民心忧忡忡。

革命骤挫折，窃国属大盗，
逆流暂得时，杀人如刈草，
流血湿川原，兆民成饿殍。
为保有生力，远计同商讨，
红旗上井冈，长策识者少。
否泰相剥复，不耻上山早。
"敌进我转移，何妨满山绕。"①
山高地势恶，红旗永不倒！

委员初来时，人民记忆深，
"入门谈家常，亲如自家人。
干活争动手，作事够细心。"②
红军闹革命，只是为人民，
斗争有对象，恩仇自分明，
官兵重纪律，反霸财不分。
眼前不如人，迟早功必成。
丑类同消灭，家国始康宁。
谨记六誓约，③考验证假真。
话语极平常，实践扎根深。

红旗竖井冈，力弱气势旺，
三户尚亡秦，何况千丁壮。
人民重组织，妇孺责一样。

竹签削一箩，五口哨同放。④
设险累胜敌，小却气不丧。
童妇呼杀贼，声悲志愈壮。
永记六誓约，真理贴心上。

战火日迫逼，山村付一炬，
遗黎窜穷谷，壮士随军去。
去住无消息，存亡难预计。
重阴掩红日，恶物暂得意。
天狗吃明月，只是一时事。

日月走双丸，倏忽三十春，
大盗累误国，引寇入都门。
抗敌同忾仇，万里事长征。
重振旧山河，兆民共艰辛。
革命势益大，主席计转深。
殷忧启圣智，众志成长城。
遍地插红旗，寇敌终溃崩。
歼彼百万师，一朝成灰尘。
战术尽奇谋，举世俱震惊。
三山同时倒，人民大翻身。
多难兴邦国，三户终亡秦。

国运一转移，山村面貌新，
重楼遍山阿，灯火通宵明。

老幼各有托，山林献众珍。

我来值岁末，心暖如三春。

旧迹试重寻，感旧还歌今。

为政在得民，实践实南针！

一九六一年十二月二十二日

【注】

① 据党书记报告当时战术。

② 据敬老院一老同志语，当时为区秘书。

③ 亦据敬老院同志语。誓约还留于博物馆革命文物陈列柜中。

④ 亦据敬老院同志语，当时人必削竹签一箩，作五哨布防用。对阻击敌人进犯起一定作用。革命博物馆亦有文物陈列。

建设新山村
——干部下放上井冈山四周年节日

井冈天下胜，佳名久著闻，

天险黄洋盖，圣地大井村。①

烟云呈仙境，②竹木蔚萧森。

未闻骑白鹿，还歌二羊擒，③

仿佛闻鼓角，叙旧余老成。④

星星燎原火，燃红天上云。⑤

山区重建设，倏尔四经年，

青春冶一炉，锻炼比金坚。

上下同辛苦，建国立本根。⑥

水石齐驯服，生产日以繁。⑦

遗迹重恢复，同惊面貌新。⑧

平地楼台起，灯火曜列星。⑨

岁暮庆佳节，我幸兹登临。⑩

妙舞拟仙蝶，清吹啭凤音。⑪

天下好儿女，同羡"井冈人"，

青春能预此，不负好青春！⑫

【注】

① 井冈山黄羊盖，高及千七百余米，小路一线直下达垄市，为五大哨口之一，地势特别险要。毛主席和朱委员长，当年均于此同军民负米上山。大井村则毛主席和朱委员长均住过，为当年红军总指挥部，住处虽经一再烧焚，近已恢复原状。

② 十二月二十五日与钢鸣、江帆诸同志参观黄羊盖。到时适值云散雾开，峰峦逐一呈现，青碧明灭，雄秀壮美，不可仿佛，下山小路亦渐渐清楚。不过半小时，即被白云全部封锁，为一生所仅见奇景。

③ 井冈山本属罗霄山脉，为道家洞天福地之一，《列仙传》称卫叔卿乘白鹿驾云车事，本地人却无所知，惟传当年红军击溃国民党杨池生、杨如轩二师时歌谣，"不费红军三分力，打败白匪两只羊。"

④ 大井村邹文楷老同志，为当年暴动队队长，尚能记述当时许多情况。茨坪敬老院一老同志，是当年这区秘书，也能叙述许多旧事。

⑤ 毛主席在茨坪住时，写《中国的红色政权为什么能够存在？》诸文，其住处已经恢复原状。

⑥ 为响应中央建设山区号召，江西省政府于一九五七年起，前后下放干部约五万人，先后约七百人上井冈山参加建设山区工作。大部分是年青

人，内中一部分是生长江南大都市，从未出过远门的十六七岁女青年。初来极不习惯，经过数年锻炼，在国家建设和个人思想改造上，均得到显著成绩。

⑦ 下放干部和当地老百姓一道建设狮子口水电站，又修筑公路，完成经桐木岭达茨坪到黄羊盖等处交通。

⑧ 茨坪、大井，当年红军住处重要遗迹，能恢复的多已恢复。

⑨ 茨坪地区过去不过二十余户小屋，近已成井冈山中心区，在井冈山管理局机构下，有博物馆，招待所大厦，文化礼堂，百货大楼，医院，敬老院等大小高楼约三十栋。新的规划设计还在进行中。

⑩ 中国作协组织之参观团九人，于十二月十五日到达茨坪。二十七日参加庆祝会。

⑪ 井冈山文工团和景德镇文工团晚会，歌舞节目均极精彩，民族器乐中笛子、唢呐、胡琴，演奏各具特色。团员大多数是年青人，有来自南北各大都市的，也有从本地干部中培养的。

⑫ 年轻同志多乐意称自己为"井冈人"，说及时充满自豪感。

下山回南昌途中

昔人在征途，岁暮百感生，
江天渺萧瑟，关河易阻行，
王粲赋登楼，老杜咏北征，
食宿无所凭，入目尽酸心。
遥遥千载后，若接昔苦辛。

我幸生明时，千里一日程，
周道如砥矢，平稳感经营。
连村呈奇景，远山列画屏。①

待渡赣江南，江水清且深，
群峰幻青碧，千帆俱崭新。
倏忽白云驰，比翼雁南征。
默诵王勃文，入目壮怀增。②

还过永丰县，卢桔万树荣，
丹实勤采摘，社社庆功成。
田畴布方野，牛鹅总成群。
老幼貌怡悦，冬衣各上身。
生聚尽地力，谋国见典型。

白头学作诗，温旧还歌今，③
感时怀居易，才多慕庐陵。④
诸事难具陈，笔拙意朴诚。
多谢贤主人，作客愧深情！

一九六一年十二月三十日，南昌江西宾馆

【注】

① 二十九日，和章竞、天心、江帆诸同志下山，井冈到南昌为七百二十华里，车行九小时。除山路一段数十里，得由一千余米高峰盘旋而下，余多山谷小盆地和丘陵地，景物奇美。村落多照当地习惯，集合若干封火铳子砖瓦屋成一组，黑瓦白墙，两翼鳌头高举，背后衬以浓荫蔽日之巨大樟树或叶作粉红粉紫色巨大枫树，蔚成奇观，远非张僧繇辈画笔所能想象。远山松竹各自成林，积翠堆蓝，亦非王希孟、赵伯驹、赵佶（宋徽宗）、松雪（赵孟頫）手笔所能及。

②　赣江过渡处，景色开阔朗畅，远山极壮美。江船多新帆，云雁驰逐，各若有所趋赴，景色荟萃印象中，或不下于千年前王子安（即王勃）所见动人感情也。

③　一九一九年在部队中始学作旧诗，一九二二年过北京后即从未着笔，已四十年。这次上井冈后，遇事均增感奋，同行又多名诗人，因试用五言古体重学试作。用事不当，走韵出格，均所不免。笔拙意诚，专家通人或不至于笑胡来也。

④　吉安为欧阳修、文天祥诸名贤生长处。

匡庐诗草

庐山"花径"白居易作诗处①

诗人喜幽独，拄筇乐攀登，

不辞跋涉苦，还惊老眼明。

山泉鸣玉磬，夭桃迎早春。

眷眷如有怀，妩媚自成妍。

清琴鸣一曲，浊酒再酌斟。

缅怀庐山会，难觅栗里人，

时遇共寂寞，生涯常苦辛。

两贤不并世，各保千秋名。

佳诗亲人民，人民怀念深！

【注】

　　① 花径在仙人洞御碑亭附近，传唐代诗人白居易曾在此作诗。近经整理成一山上小公园，花木繁蔚，附近且有一人工湖，夏天可供游泳。湖畔建筑如在画图中。来时虽值隆冬，山泉鸣琴，野桃含苞待放，且值晚晴，给人印象甚新且深。晋诗人陶潜，当年尝预庐山高会，作《桃花源记》时，或亦于山中曾见此花此量，有会于心。两人同以诗名，且同好酒喜琴，一则因论武元衡事，遭朝中权要排斥，贬江州司马；一则逢时乱隐居田园，衣食亦难足；但两人诗歌多接近人民，因之人民爱之特深。

庐山含鄱口①

巍巍含鄱口，列岫一线青，
山鸟歌木末，白烟起孤村。
五老背可蹑，长岭势若奔。
我来值岁末，天宇适清澄，
山径延幽谷，松竹各争荣。
远挹鄱阳湖，烟波十万顷。

朱明争原鹿，友谅此成擒。
铁戟沉沙久，鼓鼙仿佛闻。
惟传王母鞋，一掷在湖心。
至今泊渔舟，千帆跃锦鳞。

一九六一年十二月

【注】

① 含鄱口，庐山名胜之一，在世界著名之庐山植物园前沿。青嶂一列，景物雄秀。向左可直达五老峰后背，约二十里；向右翻越数山，可达庐山最高处大汉阳峰。沿小径直下，可达鄱阳湖边星子县。远眺湖上，波光潋滟中有一小山，原名王母鞋，近人地图改为鞋山。相传朱元璋与陈友谅各拥水兵数十万，于湖上鏖战经月，胜负难分，由西王母掷下一鞋，陈兵始溃。

郁林诗草^①

漓江半道花马岩
——桂林出阳朔半道

穆王西游忘归久，

八骏散辔碧潭滨，

千峰铁色如奔赴，

谷中青鸟自呼名。

西 村

西村景物美，江水碧清深。

滩头晒长网，船上养乌豚。

桔柚团圞绿，桐茶一抹青。

曹邺读书处，阳朔在比邻。

昔夸风景异，今争生产增，

汗水流到处，各有好收成。

漓江半道

绿树蒙茸山鸟歌，
溪涧清润秀色多，
船上花猪睡容美，
岸边水牛齐过河。

阳朔刘三姐过渡处

溪边老榕树，浓阴被百牛，
横枝十丈长，攫拿蛟龙道。
歌仙传古渡，方舟沉潭浮，
山村布其间，列岫晦明绿。
高举百镰齐，一片黄云熟。
嘉宾四海来，同喜乐淹留，
异境拟桃源，胜迹阳朔独。

新坪道中

寒江澄碧净无波，
群山秀发画意多，
米家景难及百一，

鄙诞还嗤谢康乐。

阳朔公园望郎山

一峰耸立数十丈，藤萝纷披下垂一二十丈长，微风吹动，摇曳生姿，极秀美少见。

静女娟娟绿发秀，
志坚成石长盼郎。
一江柔情流不尽，
山桂月月花自香。

唐诗人曹邺读书台

阳朔漓江边傍山起楼三层，前人刻有曹邺诗并题记。

百尺高楼凭栏久，
琼林琪树罗心胸。
只因热爱山川美，
缅怀清渭钓鱼翁。

【注】

①《郁林诗草》本集为新编，收录作者1963年去广东、广西期间所写的古体诗，集名原为作者自题于诗稿的总题。

喜新晴①

朔风摧枯草，岁暮客心生。

老骥伏枥久，千里思绝尘，

本非驰驱具，难期装备新。

只因骨格异，俗谓喜离群。

真堪托生死，杜诗寄意深。

间作腾骧梦，偶尔一嘶鸣，

万马齐喑久，闻声转相惊！

枫槭啾啾语，时久将乱群。

天时忽晴朗，蓝穹卷白云。

佳节逾重阳，高空气象清，

不怀迟暮叹，还喜长庚明。

亲旧远分离，天涯共此星！

独轮车虽小，不倒永向前！

一九七〇年十月，久病新瘥，于微阳下散步，稍有客心。值七十生日，得二儿虎雏川中来信，知肾病已略有好转。云六、真一二兄故去已经月矣。半世纪中，一切学习，多由无到有，总得二兄全面支持鼓励，始能取得尺寸进展。真一兄对于旧诗鉴赏力特高，凡繁词赘

264

语，及词不达意易致误解处，均能为一一指出得失，免触时忌。死者长已矣，生者实宜百年长勤，有以自勉也。后用十字作结，用慰存亡诸亲友。从文于湖北双溪丘陵高处。

【注】

①《喜新晴》本集为新编，收作者1962年至1965年创作的古体诗《拟咏怀诗》。集名取自其中一作品的标题。

拟咏怀诗
——七十岁生日感事

大块赋我形，还复劳我生；^①

身轻类飞蓬，随风长远征。

虚舟触舷急，回飙坠瓦频，^②

廓落不经意，芥蒂难累心。

日月走双丸，经冬复历春，

浮沉半世纪，生存亦偶然。^③

金风杀草木，林间落叶新。^④

学易知时变，处世忌满盈，

祸福相依伏，老氏阅历深。

能进而易退，焉用五湖行？

窃名贪天禄，终易致覆倾，

黄犬空叹息，难出上蔡门。^⑤

子房践旧约，萧何善用心，

史氏著微言，笔下有深情。

洛阳古名都，双阙入青云，

朱门金兽环，五侯第宅新。

极宴娱心意，为乐忘晨昏。

一朝同仙去，唯传帝子笙。⑥

还多羽林郎，意气于青云，

不必策高足，早据要路津。

谄谀累层台，天才无比伦。

鹰隼擅搏击，射于巧中人。

青蛙能两栖，蝙蝠难定型。

不乏中山狼，玲珑九窍心。

蚩尤兴妖雾，目迷行路人。

朗朗白日临，天宇廓然清！

蛾子扑灯火，玩火终自焚。

动植各潜骇，惊随冰山崩。

日月长经天，大道默无言。

自然规律在，世界斗争新。

登高望广野，耿耿长庚明。

北宋名园多，民膏积累成，⑦

清渠连广厦，松竹百亩荫，

牡丹"照殿红"，芍药"白缬"新。⑧

但乐西园游，易忘北狄侵。⑨

物换星移频，独乐特著闻。⑩

不因花木好，相许还以人！

夙昔溯大江，廿载入梦增。

白帝耸天云，夔门禹迹新。

"揽辔"同"入蜀"，文传印象深。⑪

李杜佳诗在，旧迹易重寻。

丞相旧祠堂，松柏郁青青。

还思游青城，山中听杜鹃。

如赋"新蜀都"，烟筒密如林。

人间创奇迹，铁路接成昆。

犹将锁三峡，人人尽五丁。

生当盛明世，人多尧舜民，

尺璧非吾宝，寸阴宜所争。

一九七一年丹江采石区荒山中

【注】

① 《庄子·秋水篇》语。

② 《韩非子》语意，一切损害出于无知，均不足介意。

③ 离乡外出近五十年。

④ 在此闻林彪、叶群坠机身死。

⑤ 李斯事。

⑥ 《师旷说》为王子晋，《神仙传》为王子乔。

⑦ 见李格非《洛阳名园记》。

⑧ 见《洛阳花木记》:《牡丹谱》、《芍药谱》。

⑨ 传世有《西园雅集图》。

⑩ 《名园记》叙司马光之独乐园只茅屋三间，观者独多。

⑪ 范成大、陆游著游记，叙川中人情风俗之醇美。

京门杂咏①

七二年冬过北海后门感事

依依宫墙柳，默默识废兴，

不语明得失，摇落感秋深。

日月转双丸，倏忽万千巡，

盈亏寻常事，惊飙徒自惊。

题个石师寄庑图②

京华寄身久，醇朴如老农，

临池拙愈秀，③作诗晚益工。

濑水观鱼跃，登高赋塞鸿，

身心两明健，为近广寒宫。

一九七三年作

269

【注】

① 《京门杂咏》本集为新编，收作者1962年至1975年间创作的古体诗作。

② 师系南社旧诗人，1954年入中央文史馆，即独住北海静心斋内一偏院中。小室仅丈许，室外小塘，夏季常有白莲三五散馥。远望对湖，白塔高耸于透蓝天空，即元之广寒殿旧址。明初因其奢侈过度，命工部郎中某来京拆毁。有《故宫遗录》传世，叙及北海长廊一带建筑花木极详悉。十多年前，北京文物队发掘元代居住遗址，曾发现一螺钿漆盘，题名为"广寒宫图"，犹可仿佛得此二三也。个石师一住三十年，年及九十，犹眼目明朗，健步如飞。古人言"食道而肥"，应非虚语。

③ 年九十犹能蝇头小楷抄自作诗稿。

双溪大雪

昔有文中子，谎言炫世功。①
学识贯天人，星斗罗心胸。
自谓帝王师，宰相兼英雄。
马融绛帐里，列席坐春风。
俗儒弄小慧，虚说犹冥鸿。
佛道诚大伪，还并包兼容。
太宗特豁达，同付一笑中。
殿廷衡三教，戏剧点缀同。
书生不更事，"大儒"许王通。

今有乡曲士，身心俱凡庸。
白发如丝素，幡然一老翁。
时变启深思，经春复历冬。
五色易迷目，五音耳失聪。
三月犹雨雪，彳亍泥涂中。
时怀履冰戒，还惧猛将冲。
夜眠易警觉，惊弓类孤鸿。
"何不辞辛苦？""举世皆尚同！"

回旋云梦泽，风钦大王雄。②

旌旗蔽云日，燎原烛天穹。

虎豹各潜骇，狐兔迹绝踪。

赫赫呈天威，壮丽难形容。

仿佛闻启示："习史宜会通。③

屈平性褊持，处世失其中；

宋玉人轻薄，徒矜文字工。

大庑三十载，错大实少功，

误人兼误己，自省必反躬，

为不识时务，难免伤路穷！"

此事难言说，兰艾将毋同，

亦宜若有人，应世巧为容，

乘时忽鹊起，终"举鼎绝踵"。

亦宜若有人，拙诚如老农，

廿载锥处囊，澹然忘穷通。

偶逢机缘巧，附凤即凌空。

亦宜若有人，材质凡鸟同，

善自饰毛羽，展翅成大鹏。

一举高冲天，飞飞入云中，

高高上无极，天路焉可穷？

金风杀草木，时序迫严冬。

孤蓬转自征，去住长随风，

如欲不自弃，何敢惜微躬！

不期万夫雄，还应预"三同"。

登高望广野，雨雪渺蒙蒙。

五月春来时，人天齐同功，

川原衣锦绣，红紫竞芳容。

平田七万亩，遥岑接碧空。

到处红旗红，人在画图中。

身心贴泥土，愧彼田中农。

鬻熊年九十，仆仆长安道，

搏虎臣无力，谋国实年少。④

惟楚必有材，西伯乐闻道。

时势异今昔，少艾善波俏。⑤

世传中山狼，如今心九窍。

血气既衰竭，拙诚胜乖巧，

虚心能受物，食道易健好，

路逢荣启期，相对还一笑。⑥

　　远辞京国，移居咸宁，索居寂处，亦复自娱。一年数迁，迨无定
处。天寒地冻，雨雪载途。又闻不久即将转移，心脏已不甚得力，亲
故远离，相见无由。生活虽特受"优待"，营营宵征，一时间仍不免
稍有飘零感。亦只见出个人脆弱处，毫无意义可言也。

　　　　　　　　　　　　　　一九七〇年，湖北咸宁双溪区

【注】

①《文中子》，伪书也。隋末人纂缀旧籍而成。其后人为之作传，伪称李世民及唐初诸名臣如房玄龄均拜之为师。太宗明知其虚伪，不加之罪，如佛道一般对待。每年循例在殿廷中有"三教论衡"，听儒释道大鸣大放。不过当成戏剧看待。后人无知，因称之为大儒。

② 宋玉《风赋》讽楚王语。

③ 意言习史可以知今。

④ 用鬻子对文王对话。传称鬻熊年九十见文王。文王曰："噫老矣。"鬻答曰："若使臣捕虎逐麋，臣年已老，若坐策国事，臣年尚少。"因参与伐纣大计，立功封于楚。

⑤ 意言古今不同，现在以年青花哨的为贵。正如中山狼，心有九窍，比过去的中山狼还机巧得多！

⑥ 荣启期，古代高士，年九十，安贫乐道，因用草绳作腰带，还行歌自得其乐。

烛
虚

《烛虚》由上海文化生活出版社1941年8月初版。

原目收录作品：《烛虚》《潜渊》《长庚》《生命》。

烛　虚

一

　　察明人类之狂妄和愚昧，与思索个人的老死病苦，一样是伟大的事业，积极的可以当成一种重大的工作，在消极的也不失为一种有趣的消遣。

　　女子教育在个人印象上，可以引起三种古怪联想：一是《汉书·艺文志》小说部门，有本谈胎教的书，名《青史子》，玉函山房辑佚书还保留了一鳞半爪。这部书当秦汉时或者因为篇章完整，不曾被《吕氏春秋》和《淮南子》两部杂书引用。因此小说部门多了这样一部书名，俨然特意用它来讽刺近代人，生儿育女事原来是小说戏剧！二是现藏大英博物院，成为世界珍品之一，相传是晋人顾恺之画的《女史箴图》卷。那个图画的用意，当时本重在注释文辞，教育女子。现在想不到仅仅对于我一个朋友特别有意义。朋友 × 先生，正从图画上服饰器物研究两晋文物制度以及起居服用生活方式，凭借它方能有些发现与了解。三是帝王时代劝农教民的《耕织图》，用意本在"往民间去"，可是它在皇后妃宫室中的地位，恰如《老鼠嫁女图》在一个平常农民家中的地位，只是有趣而好玩。但到了一些毛子手中时，忽然一变而成中国艺术品，非常重视。这可见一切事物在"时间"下都无固定性。存在的意义，有些是偶然的，存在的价值，多与原来情形不合。

现在四十岁左右的读书人，要他称引两部有关女子教育的固有书籍时，他大致会举出三十年前上层妇女必读的《列女传》，和普通女子应读的《女儿经》。五四运动谈解放，被解放了的新式女子，由小学到大学，若问问什么是他们必读的书，必不知从何说起。正因为没有一本书特别为她们写的。即或在普通大学习历史或教育，能有机会把《列女传》看完，且明白它从汉代到晚清封建社会具有何种价值与意义，一百人中恐不会到五个人。新的没有，旧的不读，这个现象说明一件事情，即大学教育设计中，对于女子教育的无计划。这无计划的现象，实由于缺乏了解不关心而来。在教育设计上俨然只尊重一个空洞言词，"男女平等"，从不曾稍稍从身心两方面对社会适应上加以注意"男女有别"。因此教育出的女子，很容易成为一种庸俗平凡的类型，类型的特点是生命无性格，生活无目的，生存无幻想。一切都表示生物学上的退化现象。在上层社会妇女中，这个表示退化现象的类型尤其显著触目。下面是随手可拾的例子，代表这类型的三种样式。

某太太，是一个欧美留学生，她的出国是因为对妇女解放运动热心"活动"成功的。但为人似乎善忘，回国数年以后，她学的是什么，不特别人不知道，即她自己也仿佛不知道。她就用"太太"名义在社会上讨生活。依然继续两种方式"活动"，即出外与人谈妇女运动，在家与客人玩麻雀牌。她有几个同志，都是从麻雀牌桌上认识的。她生存下来既无任何高尚理想，也无什么美丽目的。不仅对"国家"与"人"并无多大兴趣，即她自己应当如何就活得更有意义，她也从不曾思索过。大家都以为她是一个有荣誉，有地位而且有道德的上层妇女，事实上她只配说是一个代表上层阶级莫名其妙活下来的女人。

某名媛，家世教育都很好，无可疵议。战争后尚因事南去北来。她的事也许"经济"关系比"政治"关系密切。为人热忱爱国，至少是她在与银行界中人物玩扑克时，曾努力给人造成一个爱国印象。每到南行时，就千方百计将许多金票放在袜子中，书本中，地图中，以及一切可以瞒过税官眼目的隐蔽处。可是这种对于金钱的癖好，处置这个阿堵物的小心处，若与使用它时的方式两相对照，便反映出这个上流妇女愚而贪得与愚而无知到如何惊人程度。她一生主要的兴趣在玩牌，她的教育与门阀，却使她作了国选代表。她虽代表妇女向社会要求应有的权利，她的真正兴趣倒集中在如何从昆明带点洋货过重庆，又如何由重庆带点金子回昆明。

某贵妇人，她的丈夫在社会上素称中坚分子，居领导地位。她毕业于欧洲一个最著名女子学校，嫁后即只作"贵妇"。到昆明来住在用外国钱币计值的上等旅馆，生活方能习惯。应某官僚宴会时，一席值百五十元，一瓶酒值两百元，散席后还照例玩牌到半夜。事后却向熟人说，云南什么都不能吃，玩牌时，输赢不到三千块钱，小气鬼。住云南两个小孩子的衣食用品，利用丈夫服务机关便利，无不从香港买来。可是依然觉得云南对她实在太不方便，且担心孩子无美国桔子吃，会患贫血病，因此住不多久，一家人又乘飞机往香港去了。中国当前是个什么情形，她不明白，她是不是中国人，也似乎不很明白。她只明白她是一个上等人，一个阔人，一个有权势的官太太，如此而已。

这三个上等身分的妇女，在战争期有一个相同人生态度，即消磨生命的方式，唯一只是赌博。竟若命运已给她们注定，除玩牌外生命无可娱乐，亦无可作为。这种现象我们如不能说是命定，想寻出一个原因，就应当说这是五四以来国家当局对于女子教育无计划的表现。学校只教她们读书，并不曾教她们如何做人。家庭既不能用何种方式训练她们，学校对她们生活也从不过问，一离开学校嫁人后，丈夫若是小公务员，两夫妇都有机会成为赌鬼，丈夫成了新贵以后，她们自然很容易变成那样一个类型——软体动物。

五四运动在中国读书人思想观念上，解放了一些束缚，这是人人知道的事情。当初争取这种新的人生观时，表现在文字上行为上，都很激烈很兴奋。都觉得世界或社会既因人而产生，道德和风俗也因而存在，"重新做人"的意识极强，"人的文学"于是成为一个动人的名词。可是"重新做人"虽已成为一个口号，具尽符咒的魔力。如何重新做人？重新做什么样人？似乎被主持这个运动的人，把范围限制在"争自由"一面，含义太泛，把趋势放在"求性的自由"一方面，要求太窄。初期白话文学中的诗歌，小说，戏剧，大多数只反映出两性问题的重新认识，重新建设一个新观念，这新观念就侧重在"平等"，末了可以说，女人已被解放了。可是表示解放只是大学校可以男女同学，自由恋爱。愚而无知的政治上负责者，俨然应用下面观点轻轻松松对付了这个问题：

"要自由平等吧，如果男女同学你们看来就是自由平等，好，照你们意思办。"

于是开放了千年禁例，男女同学。正因为等于在无可奈何情形中放弃固有见解，取不干涉主义，因此对于男女同学教育上各问题，便不再过问。就是说在生理上，社会业务习惯上，家庭组织上，为女子设想能引起注意值得讨论的各种问题，从不作任何计划。换言之，即是在一种无目的的状况中混了八年，由民八到民十六（一九一九年到一九二七年）。我们若对过去稍加分析，自然会明白这八年中不仅女子教育如此，整个教育事实上都在拖混情形之中度过这八年。正是中国近三十年内政最黑暗糊涂时代。内战不息，军阀割据，贿选卖官，贪赃纳贿，一切都视为极其自然，负责者毫无羞耻感和责任感。北京政府的内政部不发薪，部员就借口扩大交通，拆卖故宫皇城作生活费用。教育部不发薪，部员就主张将京师图书馆藏善本书封存抵押于盐业银行。一切国家机关都俨然和官产处取同一态度，凡经手保管的都可自由处理变卖，不受任何限制。因此雍和宫喇嘛就卖法宝，天坛经管人就卖祭器。故宫有一群太监，民国以后留在京中侍候溥仪，因偷卖东西太多，恐被查出，索性一把火烧去西路大殿两幢灭迹，据估计损失至少值纹银五千万！（后来故宫博物院长易培基的监守自盗，不过说明这个"北京风气"在国家收藏的文物宝库中，还未去尽罢了。比较起来，是最小一次偷偷摸摸案件，算不得一回事！）当时京畿驻军荒唐跋扈处更不可想象，驻防颐和园西苑的奉军长官，竟随意把附近小山丘上几千棵合抱古柏和沿马路上万株风景树一齐砍伐，给北京城里木行作棺木，充劈柴。到后且把圆明园废墟的大石狮，大石华表，拱形石桥和白石栏杆，甚至于铺辇道的大石条，一律挖抬出卖，给燕京大学盖房子装点风景！大臣卖国，可说是异途同归，目的只在弄几个钱。大家卖来卖去，把屋里摆的，路上砌的，地面长的，地下放的，可卖的无一不卖，北京政府因此也就卖倒了。

北伐后，政府对于高等教育虽定下了一些新章则，并学校，划学区，注意点似乎只重在分配地盘，调整人事，依然不曾注意到一个根本问题，即大学教育有个什么目的？男女同学同教，在十年试验中有些什么得失将待修正？主持教育的最高当局，至多从统计上知道受高等教育的男女人数比较，此外竟似乎别无兴趣可言。直到战前为止，二十年来的男女同学同教，这一段试验时间不为不长，在社会家庭各方面，已发生了些什么影响？两性问题从生理心理两方面研究认识，其他国家又有了些什么新的发现，可以用作参考？关于教学问题上，课程编排上，以及课外生活训练上，实在事事都需要用一个比较细心客观比较科学的态度来处理。尤其是现在国内各地正有数百万壮丁参加抗战，沿江沿海且有数千万民众向西南西北各省迁移，战时的适应，与战后的适应，对于女子无一不有个空前的变化，也就无一不需要教育负责人，给它一种最大的关心，看出一些问题，重新有个态度，且用极大勇气来试验，来处理。

这个时代象那种既已放弃了好好做人权利的妇人，在她们身分或生活上虽还很尊贵舒适，在历史意义上，实在只是一个废物，一种沉淀，民族新陈代谢工作，对她们已经毫无意义，不足注意。女子教育的对象，无妨把她们抛开。目前国内各处，至少有百万计二十岁左右年青女子，离开了家庭，在学校作学生，十年后必然还要到社会工作，作主妇，作母亲，都需要一些比当前更进步更自重的作人知识，和更健康更勇敢的人生观。在受教育时，应有计划的用各种训练方法，输入这种知识和人生观，实在是最高教育当局不能避免的责任。

此外凡是对于妇女运动具有热诚的人，也应当承认"改造运动"必较"解放运动"重要，"做人运动"必较"做事运动"重要。我们需要一个新的妇女运动，以"改造"与"做人"为目的。十六岁到二十岁的青年女子，若还有做人的自信心与自尊心，不愿意在十年后堕落到社会常见的以玩牌消磨生命的妇人类型中去，必对于这个改造与做人运动，感到同情，热烈拥护。

我们还希望对于中层社会怀有兴趣的作家，能用一个比较新也比较健康的态度，用青年女子作对象，来写几部新式《青史子》或《列女传》。更希望对通俗文学充满信心的作家，以平常妇女为对象，用同样态度来写几部新式《女儿经》。从去年起始，"民族文学"成为一个应时的口号，若说民族文学有个广泛的含义，主要的是这个民族战胜后要建国，战败后想翻身。那么，这种作品必然成为民族文学最根本的形式或主题。

二

> 自然既极博大，也极残忍，战胜一切，孕育众生。蝼蚁蚍蜉，伟人巨匠，一样在它怀抱中，和光同尘。因新陈代谢，有华屋山丘。智者明白"现象"，不为困缚，所以能用文字，在一切有生陆续失去意义，本身亦因死亡毫无意义时，使生命之光，煜煜照人，如烛如金。作烛虚二。

上星期下午，我过呈贡去看孩子，下车时将近黄昏，骑上了一匹栗色瘦马，向西南田埂走去。见西部天边，日头落处，天云明黄媚人，山色凝翠堆蓝。东部长山尚反照夕阳余光，剩下一片深紫。豆田中微风过处，绿浪翻银，萝卜花和油菜花黄白相间，一切景象庄严而兼华丽，实在令人感动。正在马上凝思时空，生命与自然，历史或文化种种意义，俨然用当前一片光色作媒触剂，引起了许多奇异感想。忽然有两匹马从身后赶上，超过我马头不远，又忽然慢下来了。马上两个二十岁左右大学生模样女子，很快乐的一面咬嚼酸梨，一面谈笑。说的是你吃三个我吃五个一类的话语。末后在前面一个较胖一点的，忽回头把个水淋淋的梨核猛然向同伴抛去。同伴笑着一闪，那梨核就不偏不斜打在我的身上。两个女学生却笑嘻嘻的赶马向前跑了。

××也是一个大学生，年纪二十二岁，在国立大学二年级。关于读书事，连她自己也不大明白，为什么就入了大学英文系。功课还能及格，有一两门学科教员特别认真，就借同学笔记抄抄，写报告时也能勉强及格。她属于中产阶级的近代型女子。样子还相当好看，衣服又能够追随风气，所以在学校就常有男同学称她为"美人"。用"时代轮子转动了，我们一同漂流到这山国来"一类庸俗句子，写一些虽带做作还不失去青春的热与香的信件。可是学校的书本和同学的殷勤都并不引起她多少兴趣。她需要的只是玩一玩，此外都不大关心。出门时也欢喜穿几件比较好看时新的衣服，打扮得体体面面，给人一个漂亮印象，宿舍中衣被可零乱而无秩序。金钱大部分用在吃食，最小部分方用来买书。她也学美术，历史，生物学，这一切知识都似乎只能同考试发生关系，绝不能同生活发生关系。也努力学外国文，最大目的，只是能说话同洋人一样，得人赞美，并不想把它当成一个向人类崇高生命追求探索工具。做人无信心，无目的，无理想，正好象二十年前有人为她们争取解放，于是解放了。但事实上她并不知道真正要解放的是什么，因此在年龄相差不多的女同学中，最先解放了一个胃口，随时都需要吃，随处都可以吃。俨若每天任何一时都能够用食物填塞到胃囊中，表示消化力之强。同时象征生命正是需要最少最少的想象，需要最多最多实际事物的年龄。想起她们那个还待解放或已解放的"性"，以及并无机会也好象不大需要解放的"头脑"，使人默然了。

这正是另外一种类型，大凡家中有三五个子侄亲友的，总可以在其中发现那么一个女孩子。引起感想是这些女人旧知识学不了，新知识说不上。一眼看去还好，可不许人想想好在哪里。从这种类型女子说来，上帝真象有点草率处，如果我们不宜把这问题牵引到"上帝"方面去，那就得承认这是"现代教育"的特点，只要她们读书，照二十年前习惯读书，读什么书，有什么用，谁都不大明白。作教育部长或大学教授的，作家长的，且似乎也永远不必需对这个问题明白，或提出一些明智有益的意见。对于人的教育，尤其是和民族最有关系的女子教育，一直到如今还脱不了在因习的自然状态下进行，实在是负责者无知与不负责的表现！

这种现代教育的特点，如果不能引起当局的关心，有计划的来勇敢改造，我们就得自己想办法。这同许多问题差不多，总得有个办法，方能应付"明天"和"未来"！对妇女本身幸福快乐言，若知道关心明天和未来，也方能够把生命有个更合理更有意义的安排。

现代教育特点事实上应当称为弱点，改造运动必需从修正这个弱点着手。修正方法消极方面是用礼貌节制她们的"胃"，积极方面是用书本训练她们的"脑子"。一个新女性，应当是在饮食方面明白自制，在自然美方面还能够有兴致欣赏。且知道把从书本吸收一切人类广泛知识，看成是生命存在的特别权利，不仅仅当作学校或爸爸派定义务。扩大母性爱，对人类崇高美丽观念或现象充满敬慕与倾心，对是非好恶反应特别强，对现社会堕落与腐败能认识又能避免，对作人兴趣特别浓厚也特别热诚，换言之，就是她既已从旧社会不良习惯观念中解放了出来，便能为新社会建立一个新的人格的标准。她不再是"自然"物，于人类社会关系上，仅仅注定尽生育义务，从这种义务上讨取生活，以得人怜爱为已足。她还应当作一个"人"，用人的资格，好好处理她的头脑，运用到较高文化各方面追求上去，放大她的生命与人格，从书本上吸收，同时也就创造，在生活上学习，同时也就享受。

我们是不是可以希望这种新女性，在这个新社会大学校学生群中陆续发现？形成这个五光十色的人生，若决定于人的意志力，也许我们需要的倒是一种哲学，一种表现这个真正新的优美理想的人生哲学，用它来作土壤，培植中国的未来新女性。

三

看看自己用笔写下的一切，总觉得很痛苦。先以为我为运用文字而生，现在反觉得文字占有了我大部分生命。除此以外，别无所有，别无所余。

重读《月下小景》、《八骏图》、《自传》，八年前在青岛海边一梧桐树下面，见朝日阳光透树影照地下，纵横交错，心境虚廓，眼目明爽，因之写成各书。二十三年（一九三四年）写《边城》，也是在一小小院落中老槐树下，日影同样由树干枝叶间漏下，心若有所悟，若有所契，无滓渣，少凝滞。这时节实无阳光，仅窗口一片细雨，不成烟，不成雾，天已垂暮。

和尚，道士，会员……人都俨然为一切名分而生存，为一切名词的迎拒取舍而生存。禁律益多，社会益复杂，禁律益严，人性即因之丧失净尽。许多所谓场面上人，事实上说来，不过如花园中的盆景，被人事强制曲折成为各种小巧而丑恶的形式罢了。一切所为，所成就，无一不表示对于"自然"之违反，见出社会的拙象和人的愚心。然而所有各种人生学说，却无一不即起源于承认这种种，重新给以说明与界限。更表示对"自然"倾心的本性，有所趋避，感到惶恐。这就是人生。也就是多数人生存下来的意义。

莫泊桑说，"平常女子，大多数如有毛萝卜"。平常男子呢，一定还不如有毛萝卜，不过他并不说出。可是这个人，还是得生活在有毛无毛萝卜间数十年，到死为止。生前写了一本书，名叫《水上》，记载他活下来的感想，在有毛无毛萝卜间所见所闻所经验得来的种种感想。那本书恼怒了当时多少衣冠中人，不大明白。但很显然，有些人因此得承认，事实上我们如今还俨然生存在萝卜田地中，附近到处是"生命"，是另外一种也贴近泥土也吸收雨露阳光，可不大会思索更不容许思索的生命。

因为《水上》，使我想起二十年前，在酉水中部某处一个小小码头边一种痛苦印象。有个老兵，那时害了很重的热病，躺在一只破烂空船中喘气等死。只自言自语说，"我要死的，我要死的。"声音很沉很悲。当时看来极难受，送了他两个桔子。觉得甚不可解，"为什么一个人要死？是活够了还是活厌了？"过了一夜，天明后再去看看，人果然已经死了。死去后身体显得极瘦小，好象表示不愿意多占活人的空间。下陷的黑脸上有两只麻蝇爬着。桔子尚好好搁在身边。一切静寂，只听到水面微波嚼咬船板细碎声音。这个"过去"，竟好好的保留在我印象中，活在我的印象中。

在他人看来，也许有点不可解，因为我觉得这种寂寞的死，比在城市中同一群莫名其妙的人热闹的生，倒有意义得多。

死既死不成，还得思活计。

驻防在陕西的朋友×××来信说，"你想来这里，极表欢迎。我已和×将军说过了，来时可以十分自由，看你要看的，写你想写的。"我真愿意到黄河岸边去，和短衣汉子坐土窑里，面对汤汤浊流，寝馈在炮火铁雨中一年半载，必可将生命化零为整，单单纯纯的熬下去，走出这个琐碎，懒惰，敷衍，虚伪的衣冠社会。一分新的生活，或能够使我从单纯中得到一点新的信心。

四

吴稚晖先生说笑话，以为，"人虽由虫豸进化而来，但进化到有灰白色脑髓质三斤十二两后，世界便大不相同。世界由人类处理，人自己也好好处理了自己。"其实这三斤多脑髓在人类中起巨大作用，还只是近百年来事情。至于周口店的猿人，头脑虽已经相当大，驾御物质，征服自然，通说不上。当时日常生活，不过是把石头敲尖磨光，绑在一个木棒上，捉打懦弱笨小一点生物，茹毛饮血过日子罢了。论起求生工具精巧伶便自由洒脱时，比一只蝴蝶穿得花枝招展，把长长的吸管向花心吮蜜，满足时一飞而去，事实上就差多了。但人之所以为人，也就在此。人类求生并不是容易事，必在能飞、能潜、能啮、能螫、能跑、能跳、能钻入地里、能寄生在别的生物身上，在一群大小不一生物中努力竞争，方能支持生命。在各种困苦艰难中训练出了一点能力，把能力扩大，延长，才有今日。

这么努力，正好象有点为上天所忌，所以在人类中直到如今，尚保留了两种本能：一种是好斗本能，一种是懒惰本能。好斗与求生有密切关系。但好斗与愚蠢在情绪上好象又有种希奇接合，换言之，就是古代斗的方式用于现代，常常不可免成为愚行，因此人固然产生了近代文明，然而近代文明也就大规模毁灭人的生命（战胜者同样毁灭）。这成毁互见，可说是自然恶作剧事例之一。懒惰也似乎与求生不可分，即生命的新陈代谢，需要有个秩序安排，方能平均。有懒惰方可产生淘汰，促进新陈代谢作用。这世界若无一部分人懒惰，进步情形必大大不同，说不定会使许多生物都不能同时存在。即同属人类，较幼弱者亦恐无机会向上。即属同一种族，优秀而新起的，也不容易抬头。这可说是自然小聪明处另外一面。

好斗本能与愚行容易相混，大约是"工具"与"思想"发展不能同时并进的结果。是一时的现象，将来或可望改变。最大改变即求种族生存，不单纯诉诸武力与武器，另外尚可望发明一种工具，至少与武力武器有平行功效的工具。这工具是抽象的观念，非具体的枪炮。至于懒惰本能，形成它的原因，大致如下：即人虽与虫豸起居生活截然不同，脑子虽比多数生物分量重，花样多，但基本的愿望，多数还是与低级生物相去不多远，要生存，要发展。易言之，即是要满足食与性。所愿不深，容易达到，故易满足，自趋懒惰。一个民族中懒惰分子日多，从生物观点上说，不算是件坏事，从社会进步上说，也就相当可怕。但这种分子若属知识阶级，倒与他们所学"人为生物之一"原则相合。因为多数生物，能饱吃好睡，到性周期时生儿育女不受妨碍，即可得到生存愉快。人类当然需要这种安逸的愉快。不过知识积累，产生各样书本，包含各种观念，求生存图进步的贪心，因知识越多，问题也就越多。读书人若使用脑子，尽让这些事在脑子中旋转不已，会有多少苦恼，多少麻烦！事情显然明白，多数的读书人，将生命与生活来作各种抽象思索，对于他的脑子是不大相宜的。这些人大部分是因缘时会，或袭先人之余荫，虽在国内国外，读书一堆，知识上已成"专家"后，在作人意识上，其实还只是一个单位，一种"生物"，只要能吃，能睡，且能生育，即已满足愉快，并无何等幻想或理想推之向上或向前。尤其是不大愿因幻想理想而受苦，影响到已成习惯的日常生活太多。平时如此，即在战时，自然还是如此。生活下来，俨然随时随处都可望安全而自足。为的是生存目的，只是目下安全而自足。罗素说，"远虑"是人类的特点，其实远虑只是少数又少数人的特点，这种近代教育培养成的知识阶级，大多数是无足语的！

人当然应象个生物。尽手足勤劳贴近土地，使用锄头犁耙作工具以求生，是农民便更象一个生物的例子。至于知识分子呢，只好用他们玩牌兴趣嗜好来作说明了。照道理说来，这些人是已因抽象知识的增多，与生物的单纯越离越远的。但这些人却以此为不幸，为痛苦，实在也是不幸痛苦，所以就有人发明麻雀牌和扑克牌，把这些人的有用脑子转移到与人类进步完全不相干的小小得失悲欢上去。这么一来，这些上等人就不至于为知识所苦，生活得很象一个"生物"了。不过话说回来，若有人把这个现象从深处发掘，认为他们这点求娱乐习惯，是发源于与虫豸"本能"一致的要求时，他们却常常会感到受讽刺而不安。只是这不安事实上并不能把玩牌兴趣或需要去掉，亦不过依然是三四个人在牌桌旁发发牢骚罢了。为的是虫豸在习惯上比人价值低得多，所以有小小不安，玩牌在习惯上已成为上等人一种享乐，所以还是继续玩牌。

对于读书人玩牌的嗜好，我并不象许多老年人看法简单，以为是民族"堕落"问题。我只觉得这是一个"懒惰"现象，而且同时还承认是一个"自然"现象。因为这些人已能靠工作名分在社会有吃、有穿，作工作事都有个一定时间，只要不误事就不会受淘汰，受的既是普通所说近代教育，思想平凡而自私，根本上又并无什么生活理想，剩余生命的耗费，当然不是用扑克牌就是用麻雀牌。懒惰结果，从全个民族精力使用方式上来说，大不经济，但由这些上等人个人观点说，却好象是很潇洒而快乐的。由于这么一来，一面他是在享受自由承平时代公民的权利，一面他不思不想，可以更象一个生物（于此我们正可见出上帝之巧慧）。

譬如有一人，若超越习惯心与眼，对这种知识分子活在当前情形下，加以权利义务的检视，稍稍对于他们的生活观念与生活习惯感到怀疑和不敬，引起的反应。还是不会好。反应方式是这些人必一面依然玩牌，一面生气。"你说我是虫豸，我倒偏要如此。你不玩牌，做圣人去好了。"于是大家一阵哈哈大笑起来，桃花杏花，皇后王子，换牌洗牌，纠纷一团，时间也就过去了。或者意犹未平，就转述一点属于那个人的不相干谣言，抵补自己情绪上的损失，说到末了，依然一阵大笑。单纯生气，恼羞成怒，尚可救药。因为究竟有一根看不见的小刺签在这些知识分子的心上，刺虽极小，总得拔去。若只付之一笑，就不免如古人所说"日光之下无新事"，当然一切还是照旧。

不知何故，这类小事细细想来，也就令人痛苦。我纵把这种懒惰本能解释为自然意思，玩牌又不过是表示人类求愉快之一种现象，还是不免痛苦。正因为我们还知道这个民族目前或将来，想要与其他民族竞争生存，不管战时或承平，总之懒惰不得的。不特有许多事要人去做，还有许多事要人去想。而且事情居多是先要人想出一个条理头绪，方能叫人去做。一懒惰就糟糕！目下知识分子中的某些人，若能保留罗素所谓人类"远虑"长处多一些，岂不很好？眼见的是这种"人之师"就无什么方法可以将他们的生活观重造，耗费剩余生命方式还只会玩牌。更年青一点的呢，且有从先生们剪花样造就自己趋势。

我们怎么办？是顺天体道，听其自然，还是不甘灭亡，另作打算？我们似乎还需要一些不能安于目前生活习惯与思想形式又不怕痛苦的年青读书人，或由于"远虑"，或由于"好事"，在一个较新观点上活下来，第一件事是能战胜懒惰。我们对于种族存亡的远虑，若认为至少应当如虫豸对于后嗣处理的谨慎认真，会觉得知识分子把一部分生命交给花骨头和花纸，实在是件可怕和可羞事情。

"怕"与"羞"两个字的意义，在过去时代，或因鬼神迷信与性的禁忌，在年青人情绪上占有一个重要位置。三千年民族生存与之不无关系。目下这两字意义却已大部分丢去了。所以使读书人感觉某种行为"可怕"或"可羞"，在迷信、禁忌以及法律以外产生这种感觉，实在是一种艰难伟大的工作，要许多有心人共同努力，方有结果。文学、艺术，都得由此出发。可是这问题目下说来，正象痴人说梦，正因为所谓有心人的意识上，对许多事也就只是糊糊涂涂，马马虎虎，功利心切，虚荣心大，不敢向深处思索，俨然唯恐如此一来，就会溺死在自己思想中。抄抄撮撮，读书教书，轻松写作之余，还是乐意玩三百分数目散散心。生命相抵相销，末了等于一个零。

我似乎正在同上帝争斗。我明白许多事不可为，努力终究等于白费，口上沉默，我心并不沉默。我幻想在未来读书人中，还能重新用文学艺术激起他们"怕"和"羞"的情感，因远虑而自觉，把玩牌一事看成为唯有某种无用废人（如象老妓女一类人）方能享受的特有娱乐。因为这些人到晚年实在相当可悯，已够令人同情了，这些人生活下来，脑子不必多所思索，尽职之余，总得娱乐散心，玩牌便是这些人最好散心工具。我那么想，简直是在同人类本来惰性争斗，同上帝争斗。

五

说他人不如说自己，记人事不如记心情，试从《三星在户》杂记中摘抄若干则。作烛虚五。

书本给我的启示极多，我欢喜《新约·哥林多书》记的一段：

我认得一个在基督里的人，……我认得这人，或在身内，或在身外，我都不知道，只有神知道。他被提到乐园里，听见隐秘的言语，是人不可说的。为这人，我要夸口。但是我为自己，除了我的软弱以外，我并不夸口。

——《哥林多书》十二章四〇四页

办事处小楼上隔壁住了个木匠，终日锤子凿子，敲敲打打，声音不息。可是真正吵闹到我不能构思，不能休息的，似乎还是些无形的事物，一片颜色，一闪光，在回想中盘旋的一点笑和怨，支吾与矜持，过去与未来。

为了这一切，上帝知道我应当怎办。

我需要清静，到一个绝对孤独环境里去消化消化生命中具体与抽象。最好去处是到个庙宇前小河旁边大石头上坐坐，这石头是被阳光和雨露漂白磨光了的。雨季来时上面长了些绿绒似的苔类。雨季一过，苔已干枯了，在一片未干枯苔上正开着小小蓝花白花，有细脚蜘蛛在旁边爬。河水从石罅间潄流，水中石子蚌壳都分分明明。石头旁长了一株大树，枝干苍青，叶已脱尽。我需要在这种地方，一个月或一天。我必须同外物完全隔绝，方能同"自己"重新接近。

黄昏时闻湖边人家竹园里有画眉鸣啭，使我感觉悲哀。因为这些声音对于我实在极熟习，又似乎完全陌生。二十年前这种声音常常把我灵魂带向高楼大厦灯火辉煌的城市里，事实上那时节我却是个小流氓，正坐在沅水支流一条小河边大石头上，面对一派清波做白日梦。如今居然已生活在二十年前的梦境里，而且感到厌倦了，我却明白了自己，始终还是个乡下人。但与乡村已离得很远很远了。

二十八年（一九三九年）五月五日

我发现在城市中活下来的我，生命俨然只淘剩一个空壳。正如一个荒凉的原野，一切在社会上具有商业价值的知识种子，或道德意义的观念种子，都不能生根发芽。个人的努力或他人的关心，都无结果。试仔细加以注意，这原野可发现一片水塘泽地，一些瘦小芦苇，一株半枯柽柳，一个死兽的骸骨，一只干田鼠。泽地角隅尚开着一丛丛小小白花紫花（抱春花），原野中唯一的春天。生命已被"时间""人事"剥蚀快尽了。天空中鸟也不再在这原野上飞过投个影子。生存俨然只是烦琐继续烦琐，什么都无意义。

百年后也许会有一个好事者，从我这个记载加以检举，判案似的说道："这个人在若干年前已充分表示厌世精神。"要那么说，就尽管说好了，这于我是不相干的。

事实上我并不厌世。人生实在是一本大书，内容复杂，分量沉重，值得翻到个人所能翻看到的最后一页，而且必需慢慢的翻。我只是翻得太快，看了些不许看的事迹。我得稍稍休息，缓一口气！我过于爱有生一切。爱与死为邻，我因此常常想到死。在有生中我发现了"美"，那本身形与线即代表一种最高的德性，使人乐于受它的统治，受它的处置。人的智慧无不由此影响而来。典雅词令与华美文学，与之相比都见得黯然无光，如细碎星点在朗月照耀下同样黯然无光。它或者是一个人，一件物，一种抽象符号的结集排比，令人都只想低首表示虔敬。阿拉伯人在沙漠中用嘴唇触地，表示皈依真主，情绪和这种情形正复相同，意思是如此一来，虽不曾接近上帝真主，至少已接近上帝造物。

这种美或由上帝造物之手所产生，一片铜，一块石头，一把线，一组声音，其物虽小，可以见世界之大，并见世界之全。或即"造物"，最直接最简便那个"人"。流星闪电刹那即逝，即从此显示一种美丽的圣境，人亦相同。一微笑，一皱眉，无不同样可以显出那种圣境。一个人的手足眉发在此一闪即逝缥缈的印象中，即无不可以见出造物者之手艺无比精巧。凡知道用各种感觉捕捉住这种美丽神奇光影的，此光影在生命中即终生不灭。但丁、歌德、曹植、李煜，便是将这种光影用文字组成形式，保留的比较完整的几个人。这些人写成的作品虽各不相同，所得启示必中外古今如一，即一刹那间被美丽照耀，征服，教育是也。

"如中毒，如受电，当之者必喑哑萎悴，动弹不得，失其所信所守。"美之所以为美，恰恰如此。

我好单独，或许正希望从单独中接近印象里未消失那一点美。温习过去，即依然能令人神智清明，灵魂放光，恢复情感中业已失去甚久之哀乐弹性。

五月十日

宇宙实在是个极复杂的东西，大如太空列宿，小至蚍蜉蝼蚁，一切分裂与分解，一切繁殖与死亡，一切活动与变易，俨然都各有秩序，照固定计划向一个目的进行。然而这种目的，却尚在活人思索观念边际以外，难于说明。人心复杂，似有过之无不及。然而目的却显然明白，即求生命永生。永生意义，或为生命分裂而成子嗣延续，或凭不同材料产生文学艺术。也有人仅仅从抽象产生一种境界，在这种境界中陶醉，于是得到永生快乐的。

我不懂音乐，倒常常想用音乐表现这种境界。正因为这种境界，似乎用文字颜色以及一切坚硬的物质器材通通不易保存（本身极不具体，当然不能用具体之物保存）。如知和声作曲，必可制成若干动人乐章。

表现一抽象美丽印象，文字不如绘画，绘画不如数学，数学似乎又不如音乐。因为大部分所谓"印象动人"，多近于从具体事实感官经验而得到。这印象用文字保存，虽困难尚不十分困难。但由幻想而来的形式流动不居的美，就只有音乐，或宏壮，或柔静，同样在抽象形式中流动，方可望能将它好好保存并重现。

试举一例。仿佛某时、某地、某人，微风拂面，山花照眼，河水浑浊而有生气，漂浮着菜叶。有小小青蛙在河畔草丛间跳跃，远处母黄牛在豆田阡陌间长声唤子。上游或下游不知何处有造船人斧斤声，遥度山谷而至。河边有紫花、红花、白花、蓝花，每一种花每一种颜色都包含一种动人的回忆和美丽联想。试摘蓝花一束，抛向河中，让它与菜叶一同逐流而去，再追索这花色香的历史，则长发、清、粉脸、素足，都一一于印象中显现。似陌生、似熟习，本来各自分散，不相粘附，这时节忽拼合成一完整形体，美目含睇，手足微动，如闻清歌，似有爱怨。……稍过一时，一切已消失无余，只觉一白鸽在虚空飞翔，在不占据他人视线与其它物质的心的虚空中飞翔。一片白光荡摇不定。无声、无香，只一片白。《法华经》虽有对于这种情绪极美丽形容，尚令人感觉文字大不济事，难于捕捉这种境界。……又稍过一时，明窗绿树，已成陈迹。惟窗前尚有小小红花在印象中鲜艳夺目，如焚如烧。这颗心也同样如焚如烧。……唉，上帝。生命之火燃了又熄了，一点蓝焰，一堆灰。谁看到？谁明白？谁相信？

我说的是什么？凡能著于文字的事事物物，不过一个人的幻想之糟粕而已。

天气阴雨，对街瓦沟一片苔，因雨而绿，逼近眼边。心之所注，亦如在虚幻中因雨而绿，且开花似碎锦，一片芬芳，温静美好，不可用言语形容。白日既去，黄昏随来，夜已深静，我尚依然坐在桌边，不知何事必需如此有意挫折自己肉体，求得另外一种解脱。解脱不得，自然困缚转加。直到四点，闻鸡叫声，方把灯一扭熄，眼已润湿。看看窗间横格已有微白。如闻一极熟习语音，带着自得其乐的神气说："荷叶田田，露似银珠。"不知何意。但声音十分柔美，因此又如有秀腰白齿，往来于一巨大梧桐树下。桐荚如小船，缀有梧子。思接手牵引，既不可及。忽尔一笑，翻成愁苦。

凡此种种，如由莫扎特用音符排组，自然即可望在人间成一惊心动魄佚神荡志乐曲。目前就手中所有，不过一支破笔，一堆附有各种历史上的霉斑与俗气意义文字而已。用这种文字写出时，自然好象不免有些陈腐，有些颓废，有些不可解。

上帝吝于人者甚多。人若明白这一点，必求其自取自用。求自取自用，以"人"教育"我"是唯一方法。教育"我"的事照例于"人"无损，扩大自我，不过更明白"人"而已。

天之予人经验，厚薄多方，不可一例。耳目口鼻虽同具一种外形，一种同样能感受吸收外物外事本性，可是生命的深度，人与人实在相去悬远。读万卷书，行万里路，自然有浩浩然雍雍然书卷气和豪爽气。然而识万种人，明白万种人事，从其中求同识差，有此一分知识，似乎也不是坏事。知人方足以论世。知人在大千世界中，虽只占一个极平常地位，而且个体生命又甚短促，然而手脑并用，工具与观念堆积日多，人类因之就日有进步，日趋复杂，直到如今情形。所谓知人，并非认识其复杂，只是归纳万汇，把人认为一单纯不过之"生物"而已。极少人能违反生物原则，换言之，便是极少人能避免自然所派定义务，"爱"与"死"。人既必死，即应在生存时知所以生。故孔子说，未知生，焉知死？多数人以为能好好吃喝，生儿育女，即所谓知生。然而尚应当有少数人，知生存意义，不仅仅是吃喝了事！爱就是生的一种方式，知道爱的也并不多。

我实需要"静"，用它来培养"知"，启发"慧"，悟彻"爱"和"怨"等等文字相对的意义。到明白较多后，再用它来重新给"人"好好作一度诠释，超越世俗爱憎哀乐的方式，探索"人"的灵魂深处或意识边际，发现"人"，说明"爱"与"死"可能具有若干新的形式。这工作必然可将那个"我"扩大，占有更大的空间，或更长久的时间。

可是目前问题呢，我仿佛正在从各种努力上将自己生命缩小，似乎必如此方能发现自己，得到自己，认识自己。"吾丧我"，我恰如在找寻中。生命或灵魂，都已破破碎碎，得重新用一种带胶性观念把它粘合起来，或用别一种人格的光和热照耀烘炙，方能有一个新生的我。

可是，这个我的存在，还为的是反照人。正因为一个人的青春是需要装饰的，如不能用智慧来装饰，就用愚也无妨。

八月三日

潜　渊

一

　　黄昏极美丽悦人。光景清寂，极静，独坐小蒲团上，望窗口微明。欧战从一日起始，至今天为止，已三十天。此三十天中波兰即已灭亡。一国家养兵至一百万，一月中即告灭亡，何况一人心中所信所守，能有几许力量，抵抗某种势力侵入？一九三九之九月，实一值得记忆的月份。人类用双手一头脑创造出一个惊心动魄文明世界，然此文明不旋踵立即由人手毁去。人之十指，所成所毁，亦已多矣。

　　　　　　　　　　　　　　　　　　九月××

二

　　读《人与技术》、《红百合》二书各数章。小楼上阳光甚美，心中茫然，如一战败武士，受伤后独卧荒草间，武器与武力已全失。午后秋阳照铜甲上炙热。手边有小小甲虫爬行，耳畔闻远处尚有落荒战马狂奔，不觉眼湿。心中实充满作战雄心，又似觉一切已成过去，生命

299

中仅残余一种幻念，一种陈迹的温习。

心若翻腾，渴想海边，及海边可能见到的一切。沙滩上为浪潮漂白的一些螺蚌残壳，泥路上一朵小小蓝花，天末一片白帆，一片紫。

房中静极。面对窗上三角形夕阳黄光，如有所悟，亦如有所惑。

十月 × ×

三

晴。六时即起。甚愿得在温暖阳光下沉思，使肩背与心同在朝阳炙晒中感到灼热。灼热中回复清凉，生命从疲乏得到新生，久病新瘥一般新生。所思者或为阳光下生长一种造物（精巧而完美，秀与壮并之造物），并非阳光本身。或非造物，仅仅造物所遗留之一种光与影，形与线。

人有为这种光影形线而感兴激动的，世人必称之为"痴汉"。因大多数人都"不痴"。知从"实在"上讨生活，或从"意义""名分"上讨生活。捕蚊捉虱，玩牌下棋，在小小得失上注意关心，引起哀乐，即可度过一生。生活安适，即已满足。活到末了，倒下完毕。多数人所需要的是"生活"，并非对于"生命"具有何种特殊理解，故亦不必追寻生命如何使用，方觉更有意思。因此若有一人，超越习惯的心与眼，对于美特具敏感，自然即被称为痴汉。此痴汉行为，若与多数人庸俗利害观念相冲突，且成为罪犯，为恶徒，为叛徒。换言之，即一切不吉名词无一不可加诸其身，对此符号，消极意思为"沾惹不得"，积极企图为"与众弃之"。然一切文学美术以及人类思想组织上巨大成就，常惟痴汉有分，与多数无涉，事情显明而易见。

十月××

四

金钱对"生活"虽好象是必需的，对"生命"似不必需。生命所需，惟对于现世之光影疯狂而已。因生命本身，从阳光雨露而来，即如火焰，有热有光。

我如有意挫折此奔放生命，故从一切造形小物事上发生嗜好，即不能挫折它，亦可望陶冶它，羁縻它，转变。不知者以为留心细物，所志甚小，见闻不广，无多大价值物事，亦如宝贝，加以重视，未免可笑。这些人所谓价值，自然不离金钱，意即商业价值。

美固无所不在，凡属造形，如用泛神情感去接近，即无不可以见出其精巧处和完整处。生命之最大意义，能用于对自然或人工巧妙完美而倾心，人之所同。惟宗教与金钱，或归纳，或消灭，因此令多数人生活下来都庸俗呆笨，了无趣味。某种人情感或被世务所阉割，淡漠如一僵尸，或欲扮道学，充绅士，作君子，深深惧怕被任何一种美所袭击，支撑不住，必致误事。又或受佛教"不净观"影响，默会《诃欲经》本意，以爱与欲不可分，惶恐逃避，唯恐不及。象这些人，对于"美"，对于一切美物，美行，美事，美观念，无不漠然处之，竟若毫无反应。

不过试从文学史或美术史（以至于人类史）加以清查，却可得一结论，即伟人巨匠，千载宗师，无一不对于美特具敏锐感触。或取调和态度，融汇之以成为一种思想，如经典制作者对于经典文学符号排比的准确与关心。或听其撼动，如艺术家之与美对面时，从不逃避某种光影形线所感印之痛苦：以及因此产生佚智失理之疯狂行为。举凡所谓活下来"四平八稳"人物，生存时自己无所谓，死去后他人对之亦无所谓。但有一点应当明白，即"社会"一物，是由这种人支持的。

十月××

五

饭后倦极。至翠湖土堤上一走。木叶微脱，红花萎悴，水清而草乱。猪耳莲尚开淡紫花，静贴水面。阳光照及大地，随阳光所及，举目临眺，但觉房屋人树，及一池清水，无不如相互之间，大有关系。然个人生命，转若甚感单独，无所皈依，亦无所附丽。上天下地，粘滞不住。过去生命可追寻处，并非一堆杂著，只是随身记事小册三五本。名为记事，事无可记，即记下亦无可观。唯生命形式，或可于字句间求索得到一二，足供温习。生命随日月交替而有新陈代谢现象，有变化，有移易。生命者，只前进，不后退，能迈进，难静止。到必需"温习过去"，则目前情形可想而知。沉默甚久，生悲悯心。

我目前俨然因一切官能都十分疲劳，心智神经失去灵明与弹性，只想休息。或如有所规避，即逃脱彼噬心啮知之"抽象"，由无数造物空间时间综合而成之一种美的抽象。然生命与抽象固不可分，真欲逃避，唯有死亡。是的，我的休息，便是多数人说的死。

十月××

六

在阳光下追思过去，俨然整个生命俱在两种以及无数种力量中支撑抗拒，消磨净尽。所得唯一种知识，即由人之双手所完成之无数泥土陶瓷形象，与由上帝双手抟泥所完成之无数造物灵魂有所会心而已。令人痛苦也就在此。人若欲贴近土地，呼吸空气，感受幸福，则不必有如此一分知识。多数人或具有一种浓厚动物本性，如猪如狗，或虽如猪如狗，惟感情被种种名词阉割，皆可望从日常生活中感到完美与幸福。譬如说"爱"，这些人爱之基础或完全建筑在一种"情欲"事实上，或纯粹建筑在一种"道德"名分上，异途同归，皆可得到安定与快乐。若将它建筑在一抽象的"美"上，结果自然到处见出缺陷和不幸。因美与"神"近，即与"人"远。生命具神性，生活在人间，两相对峙，纠纷随来。情感可轻矞高飞，翱翔天外，肉体实呆滞沉重，不离泥土。

××说，"×××年前死得其所，是其时。"即"人"对"神"的意见，亦即神性必败一个象征。××实死得其时，因为救了一个"人"，一个贴近地面的人。但××若不死，未尝不可以使另外若干人增加其神性。

有些人梦想生翅膀一双，以为若生翅翼，必可轻举，向日飞去。

303

事实上即背上生出翅膀，亦不宜高飞。有些人从不梦想，惟时时从地面踊跃升腾，虽腾空不高，旋即堕地，依然永不断念，信心特坚。前者是艺术家，后者是革命家。但一个文学作家，似乎必需兼有两种性格。

十月××
十月十六日摘抄

长 庚

一

久不出门，天雨闷人，上街去买点书，买点杂用事物，同时也想看看人，从"无言之教"得到一点启发。街上人多如蛆，杂声嚣闹。尤以带女性的男子话语到处可闻，很觉得古怪。心想：这正是中华民族的悲剧。雄身而雌声的人特别多，不祥之至。人既雄身而雌声，因此国事与家事便常相混淆，不可分别。"亲戚"不仅在政治上是个有势力有实力的名词，经济，教育，文学，任何一方面事业，也与"亲戚"关系特别深。"外戚""宦官"虽已成为历史上名词，事实上我们三千年的历史，一面固可夸耀，一面也就不知不觉支配到这个民族，困缚了这个民族的命运。如今有多少人作事，不是因亲戚面子得来！有多少从政者，不是用一个阉宦风格，取悦逢迎，巩固他的大小地位！这也就名为"政治"。走来走去，看到这种政治人物不少，活在这种人群中，俨若生存只是一种嘲讽。

晚上到承华圃送个朋友到医院去，闻几个"知识阶级"玩牌争吵声，热闹异常。觉人生长勤，各有其分。正如陈思王侩诗，"巢许让天下，商贾争一钱"；在争让中就可见出所谓人生两极。这两极分野，并不以教育身分为标准。换言之，就是不以识字多少或社会地位大小为标准。同为圆颅方踵，不识字身分低的人，三年抗战中的种种表现，尽人皆知。至于有许多受过高等教育称绅士淑女的，这种人的生活兴趣，不过同虫蚁一样，在庸俗的污泥里滚爬罢了。这种人在滚爬中也居然搀杂泪和笑，活下来，就活在这种小小得失恩怨中，死去了，世界上少了一个"知识阶级"，如此而已。这种人照例永远还是社会中的"多数"。历史虽变，人性不变，所以屈原两千年前就有糟啜醨以谐俗的愤激话。这个感情丰富作人认真的楚国贤臣，虽装做世故，势不可能。众醉独醒，作人不易，到末了还是自沉清流，一死了事。人虽死了，事还是不了的。两千年后的考据家，便很肯定的说，"屈原是个疯子。政治上不得意，所以发疯自杀。"这几句话倒说明了另外一件事实，近代中国从政者自杀之少，原来政治家不得于此者还可望得于彼，所以不会疯，也从不闻自杀。可是任何时代，一个人脑子若从人事上作较深思索，理想同事实对面，神经张力逾限，稳定不住自己，当然会发疯，会自杀！再不然，他这种思索的方式，也会被人当作疯子，或被人杀头的。庄子既不肯自杀，也不愿被杀，所以宁曳尾泥涂以乐天年。同样近于自沉，即将生命沉于一个对人生轻嘲与鄙视的态度中。这态度稳定了他，救活了一条老命，多活几年，看尽了政治上得意成功人的种种，也骂尽了这种得意成功人的丑态，死去时，却得到一个"聪明人"称呼，作品且为后来道家一部重要经典。其实两个人对于他们所熟习的中层分子，是同样感到完全绝望的。虽然两千年来两人的作品，还靠的是这种中层分子来捧场，来欣赏，来研究。

九日

二

在乡下住，黄昏时独自到后山高处去，望天空云影，由紫转黑。天空尚净白，云已墨黑。树影亦如墨色，夜尚未来。远望滇池，一片薄烟，令人十分感动。在仙人掌作成的篱笆间，看长脚蜘蛛缀网，经营甚力，忽若有契于心。人生百年长勤，大都如是！捕蚊捉虫，其事虽小，然与生存大有关系，便自然会有意义。世界上有不少人所思所愿，脑子中转来运去，恐怕总逃不出"果口腹"打算。所愿不多，故易满足。既能满足，即趋懒惰。读书人对学问不进步处，对人事是非好坏麻木处，对生活无可无不可处，无不是这种人得到满足以后的反应。若不明白近年来中层阶级的不振作，从此可以得到贴近事实的解释。然人能贴近生活，即俨然接近自然，成为生物之一种，从"万物之灵"回到"脊椎动物"，也可谓上帝一种巧妙安排。上帝知道，世人所谓得失哀乐，离我多远！

住小楼上，半夜闻山中狼嗥。在窗口见一星子，光弱而美，如有所顾盼。耳目所接，却俨然比若干被人称为伟人功名巨匠作品留给我的印象，清楚深刻得多。

十七日

三

得××来信说，"从最近文章看来，你近来生活似乎十分消沉，值得同情。"回信告她说，"不用同情。"我人并没有衰老，何尝消沉？惟沉默已久，分析一番，也只是人太年青一点必然现象。我正感觉楚人血液给我一种命定的悲剧性。生命中储下的决堤溃防潜力太大太猛，对一切当前存在的"事实"，"纲要"，"设计"，"理想"，都找寻不出一点证据，可证明它是出于这个民族最优秀头脑与真实情感的产物。只看到它完全建筑在少数人的霸道无知和多数人的迁就虚伪上面。政治、哲学、文学、美术，背面都给一个"市侩"人生观在推行。由于外来现象的困缚，与一己信心的固持，我无一时不在战争中，无一时不在抽象与实际的战争中，推挽撑拒，总不休息。沉默正是这战争的发展。古人说，"三十而立，四十而不惑"，我的年龄恰恰在两者之间。一年来战争的结果，感觉生命已得到了稳定，生长了一种信心。相信一切由庸俗腐败小气自私市侩人生观建筑的有形社会和无形观念，都可以用文字作为工具，去摧毁重建。

从五四到如今，廿年来由于这个工具的误用与滥用，在士大夫新陈代谢情形中，进步和退化现象，都明明白白看得出。其属于精神堕落处，正由于工具误用，在受过高等教育的公务员中，就不知不觉培养成一种阉宦似的阴性人格，以阿谀作政术，相互竞争。这相互竞争的结果，在个人功名事业为上升，在整个民族向上发展即受妨碍。同时在专家或教育界知识分子中，则造成一种麻木风气。任何人都知道这么拖下去不成，可是还是一事不作，坐以待毙。麻木风气表现于个人性格上，大家都只图在窄小人圈子里独善其身，把所学一切只当成换吃换喝工具，别的毫无意义。这些人生存的意义既只是养家活口，因此凡一切进步理想，都不能引起何等良好作用，只要同他们当前生活略为冲突时，还总不免要想方设法加以抵制。观念的凝固，无形中即助长恶势力的伸张，与投机小人的行险侥幸。我因此感到，工具使用的方式，实在是一件大事，值得严肃谨慎来检校一番。

其次，看看二十年来用文字作工具，使这个民族自信心的生长，有了多少成就。从成就上说，便使我相信，经典性作品的产生，不是不可能的。但这种新作品的产生，还待多数从各方面来努力。这努力的起始，是有识者将写作的专利，从少数"职业作家"独占情形下解放，另外从一个更宽广的社会中去发现作家，鼓励作家，培养作家。

又其次是经典性新作品的原则，当从一个崭新观点去建设这个国家有形社会和无形观念。尤其是属于做人的无形观念重要。勇敢与健康，对于更好的明天或未来人类的崇高理想的向往。为追求理想，牺牲心的激发，……更重要点是从生物学新陈代谢自然律上，肯定人生新陈代谢之不可免，由新的理性产生"意志"，且明白种族延续国家存亡全在乎"意志"，并非东方式传统信仰的"命运"。用"意志"代替"命运"，把生命的使用，在这个新观点上变成有计划而能具连续性，是一切新经典的根本。

从五四到今年正好二十周年，一个人刚刚成熟的年龄。修正这个运动的弱点，发展这个运动长处，再来个二十年努力，是我们的责任也是我们的权利。两年来的沉默，得到那么一个结论。屈原的愤世，庄周的玩世，现在是不成了。理性在活生生的人事中培养了两千年，应当有了些进步。生命的意义，若同样是与愚迷战争，它使用的工具，仍离不了文学，这工具的使用方法，值得我们好好的来思索思索。

廿二日

生　命

　　我好象为什么事情很悲哀，我想起"生命"。

　　每个活人都象是有一个生命，生命是什么，居多人是不曾想起的，就是"生活"也不常想起。我说的是离开自己生活来检视自己生活这样事情，活人中就很少那么作，因为这么作不是一个哲人，便是一个傻子了。"哲人"不是生物中的人的本性，与生物本性那点兽性离得太远了，数目稀少正见出自然的巧妙与庄严。因为自然需要的是人不离动物，方能传种。虽有苦乐，多由生活小小得失而来，也可望从小小得失得到补偿与调整。一个人若尽向抽象追究，结果纵不至于违反自然，亦不可免疏忽自然，观念将痛苦自己，混乱社会。因为追究生命意义时，即不可免与一切习惯秩序冲突。在同样情形下，这个人脑与手能相互为用，或可成为一思想家或艺术家，脑与行为能相互为用，或可成为一革命者。若不能相互为用，引起分裂现象，末了这个人就变成疯子。其实哲人或疯子，在违反生物原则，否认自然秩序上，将脑子向抽象思索，意义完全相同。

　　我正在发疯。为抽象而发疯。我看到一些符号，一片形，一把线，一种无声的音乐，无文字的诗歌。我看到生命一种最完整的形式，这一切都在抽象中好好存在，在事实前反而消灭。

　　有什么人能用绿竹作弓矢，射入云空，永不落下？我之想象，犹如长箭，向云空射去，去即不返。长箭所注，在碧蓝而明静之广大虚空。

明智者若善用其明智，即可从此云空中，读示一小文，文中有微叹与沉默，色与香，爱和怨。无著者姓名。五年月。无故事。无……然而内容极柔美。虚空静寂，读者灵魂中如有音乐。虚空明蓝，读者灵魂上却光明净洁。

大门前石板路有一个斜坡，坡上有绿树成行，长干弱枝，翠叶积叠，如翠翠，如羽葆，如旗帜。常有山灵，秀腰白齿，往来其间。遇之者即喑哑。爱能使人喑哑——一种语言歌呼之死亡。"爱与死为邻"。

然抽象的爱，亦可使人超生。爱国也需要生命，生命力充溢者方能爱国。至如阉寺性的人，实无所爱，对国家，貌作热诚，对事，马马虎虎，对人，毫无情感，对理想，异常吓怕。也娶妻生子，治学问教书，做官开会，然而精神状态上始终是个阉人。与阉人说此，当然无从了解。

夜梦极可怪。见一淡绿白合花，颈弱而花柔，花身略有斑点青渍，倚立门边微微动摇。在不可知地方好象有极熟习的声音在招呼：

"你看看好，应当有一粒星子在花中。仔细看看。"

于是伸手触之。花微抖，如有所怯。亦复微笑，如有所恃。因轻轻摇触那个花柄，花蒂，花瓣。近花处几片叶子全落了。

如闻叹息，低而分明。

…………

雷雨刚过。醒来后闻远处有狗吠，吠声如豹。半迷糊中卧床上默想，觉得惆怅之至。因白合花在门边动摇，被触时微抖或微笑，事实上均不可能！

起身时因将经过记下，用半浮雕手法，如玉工处理一片玉石，琢刻割磨。完成时犹如一壁炉上小装饰。精美如瓷器，素朴如竹器。

一般人喜用教育身分来测量一个人道德程度。尤其是有关乎性的道德。事实上这方面的事情，正复难言。有些人我们应当嘲笑的，社会却常常给以尊敬，如阉寺。有些人我们应当赞美的，社会却认为罪恶，如诚实。多数人所表现的观念，照例是与真理相反的。多数人都乐于在一种虚伪中保持安全或自足心境。因此我焚了那个稿件。我并不畏惧社会，我厌恶社会，厌恶伪君子，不想将这个完美诗篇，被伪君子眼目所污渎。

白合花极静。在意象中尤静。

山谷中应当有白中微带浅蓝色的白合花，弱颈长蒂，无语如语，香清而淡，躯干秀拔。花粉作黄色，小叶如翠珰。

法郎士曾写一《红白合》故事，述爱欲在生命中所占地位，所有形式，以及其细微变化。我想写一《绿白合》，用形式表现意象。